insel taschenbuch 46
Das Weihnachtsbuch

Dies ist ein Buch zum uralten Fest, das geliebt und gefeiert, verschmäht und angefeindet wird, das Empfindungen von Sanftmut, Freude, Erinnerung oder »zeitgemäße Ungeduld« aufkommen läßt. Ein legendäres Fest, das ein alter Brauch ist und von Bräuchen mißbraucht wird. Das Weihnachtsbuch enthält Texte von Abraham a Santa Clara, H. C. Artmann, Walter Benjamin, Heinrich Böll, Bertolt Brecht, Alphonse Daudet, Günter Grass, Peter Handke. Friedrich Hebbel, Johann Peter Hebel, Heinrich Heine, Hermann Hesse, Hölderlin, Ödön von Horváth, Peter Huchel, Hans Henny Jahnn, Franz Kafka, Erhart Kästner, Marie Luise Kaschnitz, Else Lasker-Schüler, Luther, Rosa Luxemburg, Majakowski, Palinurus, Rainer Maria Rilke, Ringelnatz, Jean-Paul Sartre, Jesse Thoor, Kurt Tucholsky, Martin Walser, Robert Walser, Oscar Wilde, W. B. Yeats u. a.

# Das Weihnachtsbuch

Mit alten und neuen Geschichten
Gedichten und Liedern
Ausgewählt von Elisabeth Borchers
Insel Verlag

insel taschenbuch 46
81. bis 137. Tausend 1975

Quellenhinweise am Schluß des Bandes. Vertrieb durch den Suhrkamp Taschenbuch Verlag. Umschlag nach Entwürfen von Willy Fleckhaus. Satz: Fotosatz Tutte, Salzweg-Passau. Druck: Ebner, Ulm. Printed in Germany.

Allen Autoren und Rechtsinhabern
dankt der Verlag für die Druckgenehmigung.

# Das Weihnachtsbuch

*Adventslegende*

Maria durch ein Dornwald ging.
*Kyrieleison.*
Maria durch ein Dornwald ging,
der hatt' sieben Jahr kein Laub getragen.
*Jesus und Maria.*
Was trug Maria unter ihrem Herzen?
*Kyrieleison.*

Ein kleines Kindlein ohne Schmerzen,
das trug Maria unter ihrem Herzen.
*Jesus und Maria.*
Da haben die Dornen Rosen getragen.
*Kyrieleison.*
Als das Kindlein durch den Wald getragen,
da haben die Dornen Rosen getragen.
*Jesus und Maria.*

# Adventrede

Und die Bewegtheit des Herrn ist ohne Groll
und von großer Dauer.
Und seine Gerechtigkeit hört nicht auf,
und seine Güte bleibt ewig.
Und darum entfernen wir gern die Bitterkeit,
wie ein enges Gewand.
Und die Trauer legen wir ab,
wie einen Mantel im Frühling.

Und mit viel Sorgfalt nehmen wir
die Einsamkeit von unserer Stirn.
Und wir weisen unsere Aufmerksamkeit hin
zu den einfachen Dingen.
Und wir verlassen uns auf das Dach,
das keinen Regen durchläßt.
Und wir vertrauen dem Stuhl, der fest steht
und der uns trägt.

Und es kommen wieder zu uns die täglichen Wiesen
und die Sonntage.
Und die Salamander mit den seidenen Strümpfen
und goldenen Hemden.
Und auch die Lämmer und die Zicklein ...
meine gnädigen Freunde.

Und die Lieder der Hirten ...
   und die Gebete der erwachenden Frauen.
Und es brechen die Tore auf ...
   und es treten hervor die Erkennbaren.
Und sie stehen makellos da ...
   und sie breiten ihre Flügel aus.

JESSE THOOR

# Es begab sich aber zu der Zeit /

(Geschetzt) Schetzen ist hie / das ein jglicher hat müssen ein Ort des gülden geben von jglichem Heubt.

Das ein Gebot von dem Keiser Augusto ausgieng / Das alle Welt geschetzt würde. Und diese Schatzung war die allererste / und geschach zur zeit / da Kyrenius Landpfleger in Syrien war. Und jederman gieng / das er sich schetzen liesse / ein jglicher in seine Stad.

Da machet sich auff auch Joseph / aus Galilea / aus der stad Nazareth / in das Jüdischeland / zur stad David / die da heisst Bethlehem / Darumb das er von dem Hause und geschlechte David war / Auff das er sich schetzen liesse mit Maria seinem vertraweten Weibe / die war schwanger. Und als sie daselbst waren / kam die zeit / das sie geberen solte. Und sie gebar jren ersten Son / und wickelt jn in Windeln / und leget jn in eine Krippen / Denn sie hatten sonst keinen raum in der Herberge.

Und es waren Hirten in der selbigen gegend auff dem felde / bey den Hürten / die hüteten des nachts jrer Herde. Und sihe / des Herrn Engel trat zu jnen / und die Klarheit des Herrn leuchtet umb sie / Und sie furchten sich seer. Und der Engel sprach zu jnen. Fürchtet euch nicht / Sihe / Ich verkündige euch grosse Freude / die allem Volck widerfaren wird / Denn Euch ist heute der Heiland geborn / welcher ist Christus der Herr / in der stad David. Und das habt zum Zeichen / Jr werdet finden das Kind in windeln gewickelt / und in einer Krippen ligen. Und als bald ward da bey dem Engel die menge der himelischen

Herrscharen / die lobten Gott / und sprachen / Ehre sey Gott in der Höhe / Und Friede auff Erden / Und den Menschen ein Wolgefallen.

Und da die Engel von jnen gen Himel furen / sprachen die Hirten unternander / Lasst uns nu gehen gen Bethlehem / und die Geschicht sehen / die da geschehen ist / die uns der Herr kund gethan hat. Und sie kamen eilend / und funden beide Mariam und Joseph / dazu das Kind in der krippen ligen. Da sie es aber gesehen hatten / breiteten sie das wort aus / welchs zu jnen von diesem Kind gesagt war. Und alle / fur die es kam / wunderten sich der Rede / die jnen die Hirten gesagt hatten. Maria aber behielt alle diese wort / und beweget sie in jrem hertzen. Und die Hirten kereten widerumb / preiseten und lobten Gott umb alles / das sie gehöret und gesehen hatten / wie denn zu jnen gesagt war.

**(Wolgefallen) Das die menschen davon lust und liebe haben werden / gegen Gott und unternander. Und dasselb mit danck annemen / und darüber alles mit freuden lassen und leiden.**

S. LUCAS

Im Papsttum hat man eine Historie gesagt: Es sei der Teufel auf eine Zeit in eine Kirche zur Messe gekommen, und da man im Patrem die Worte gesungen habe: »Et homo factus est, Gottes Sohn ist Mensch geworden«, und die Leute gestanden und nicht haben niedergekniet, hat er einen aufs Maul geschlagen und ihn gescholten und gesagt: Du grober Schelm, schämst du dich nicht, daß du so stehst wie ein Stock und nicht vor Freuden niederfällest? Wenn Gottes Sohn unser Bruder geworden wäre, wie euer, wüßten wir nicht, wo wir vor Freuden bleiben sollten.

MARTIN LUTHER

# Ein altes deutsches Weihnachtsspiel

Evangelist: Ich tritt herein ohn allen Spott:
Einen guten Abend geb euch Gott,
Einen schönen guten Abend, eine freudenreiche Zeit,
Wie sie Gott vom Himmel geit!
Hohe, wohlweise, großgünstige Herren
Und tugendsame Fraun und Jungfraun in Ehren
Und ganze ehrsame Gemeind
Und alle, die hier versammelt seind!
Der Tag ist heut so freudenvoll
Und tut der ganzen Welt so wohl,
Weilen, wie ihr selbst wissen werdt,
Gott seinen Sohn uns hat beschert,
Ihn gesendet hat allzumal
Vom Himmel hoch ins tiefe Tal.
Drum wollen wir Erlaubnis han
Ein geistlich Spiel zu heben an,

Wie die Geburt des Herrn Jesus Christ
Uns zum Trost geschehen ist.
Das haben sich keine Menschen erdacht,
Das ist in der heiling Schrift vollbracht.

Maria: O laß dir sagen, Joseph mein,
Bei mir wirds nit lang währen,
Schau mir um ein kleines Örtelein,
Ein Kind soll ich gebären.
Erster Wirt: Was kommt da für ein schlechtes Gsind?
Wollt gwiß auch hier einkehren.
Bei mir ihr gwiß kein Platz nit findt,
Ich bin ein Wirt für d'Herren!
Bei mir heißts zu dem goldnen Stern,
Wo Fürsten und Grafen nur einkehrn.
Joseph: Wir grüßen dich, wir bitten dich,
Tu uns ein Herberg geben.
Erster Wirt: Gleichfalls bei mir nicht gschehen kann,
Nichts anders habt ihr z'hoffen.
Mein Tür steht keinem Bettelmann,
Nur Grafen und Herren offen.
Auf schlechte Leut ghört schlechtes Dach,
Wirtskunst heißt unterscheiden.
Der euch bekommt hat wenig Gwinn,
Und sparet seine Kreiden.
Doch meine Red ist jetzt zu End,
Hab Zeit genug mit euch verschwendt.
Zweiter Wirt: Fahr hin alter Landstreicher doch,
Sonst schmier ich dir die Lenden.
Es macht dein Mund nur Lügen kund,
Mich wirst du nicht verblenden.
Ich sehe wohl die Jungfrau zart,

Sie steht bei dir hier neben,
Die wird ein Kind han auf der Fahrt,
Und soll euch Obdach geben?
Hab angenommen seit ich denk
Nur züchtig Gäst in Ehren.
Wirt: Ist euch um ein warms Ort zu tun,
Müßt nicht die Stadt erwählen!
Das freie Feld sei euch erwählt,
Dort weiß ich eine Höhlen.
Hab drin geborgen Esel und Rind,
Dasmal so seis gelitten,
Daß in den Stall ihr schliefen künnt,
Weil ihr so sehr tut bitten.
Jetzt aber muß ich gehn und schaun,
Daß ich im Haus die Herrn und Fraun
In gut Gemach, bei guter Speis
Vollauf bedienet weiß.
Joseph: Das Heu ist bissig, 's Stroh ist hart,
Das Dach ist ganz zerspalten,
Ach Bethlehem, ach Bethlehem,
Wie hart tust du uns halten!
Maria: Sei wohl getröst, o Joseph mein,
Ich laß den Stall mir gnügen,
Ich siech darin ein Krippelein,
Wirds Kindel wohl drin liegen.
Joseph: Das Krippel dienet Esel und Rind.
Soll das den Herrn behalten?
O Bethlehem, o Bethlehem,
Wie hart tust du uns halten!
Maria: Den Ochs und Esel fürcht ich nit,
Die solln den Stall nur brauchen,
Hats Kindel warme Fusserlan

Von ihrem steten Hauchen.
Joseph: Drum misch dem Ochs und Eselein
Ich Rosen in das Futter:
Damit solch lieblich Mischgemüs
Den Atem ihnen mache süß,
Wenn er bestreicht das Kindlein hier,
So tritt ich ein mit dir.

Hauser: Ei, wie vom Mund die Wolken gehnt!
Wie tut die Kält heut brennen!
Ich mein, es wird mir d'Füß und Händ,
Ja gar den Grind wegbrennen.
Nichts hilft dafür, ja wenn ich schon
Siebe wollne Joppen trüg,
Und hätt dazu zehn Hosen an,
Dennoch die Kält durchschlüg.
Denk kaum amal a söchanö Zeit
Und hab schon a ziemligs Älter,
I glaub, wie länger d'Welt wird stehn,
So wirds halt allweil kälter.
Jirgl: Da weißt auch, was d'Leut prophezein,
So hab ich es vernommen:
Ein große Kält wird fallen ein,
Wann sollt Messias kommen.
Leicht daß er jetzt auf d'Welt käm gar,
Man siehts ja recht mit Augen,
All Prophezeiung werden wahr.
Leindl: I will engs wahrla sagn heraus
Und will eng nöt lang sama.
Mir tat ganz lieblich überaus
Von dem Messias trama.
Als wann a schon geboren wa

Und lag in einer Krippen.
Ein Mann, ein Frau auch waren da,
In eines Stalles Hütten.
Ja wahrla nur ein armes Haus
Zum Roß und Küh einstellen,
Da kam ich hin mit schlechter Müh
Und ös warts meinö Gsellen.
Hauser: I glaub, o Leindl, du redst verkehrt,
Gibst ab an halben Narren,
Hat dir tramt, daß Messias war
Nur in ein Stall geboren.
Jirgl: Messias wird ein König sein,
Seinsgleichen nie auf Erden.
Sechs steinern Krüg voll besten Wein
Vor seinem Tisch stehn werden.
Sein Reich ohn End auch mit der Tat
Wird niemals werden kliener.
Wird haben zwölf gemeine Rat
Und zweiundsiebzig Diener.
Sie stammen gar von Abraham
Und David auserkoren.
Drum glaub du mir, mein lieber Gspan,
Dein Traum ist ganz verloren.
Laß uns dafür, weil lang die Nacht,
Ein Gutes aber schlafen.
Der Stöffel halt a gute Wacht,
Tut liegen bei den Schafen.

Engel: Auf, auf, ihr Hirten all,
Verkünd euch allzumal
Ein große Freude.
Geboren ist anheunt

Messias euer Freund
Aus Jungfrau Leibe.

Geht nur in einem fort
Nach Bethlehem ans Ort.
Ihr findt das Kindlein
Liegend im Krippelein
Bei Ochs und Eselein
In armen Windlein.

Ein Jungfrau und ein Mann
Beim Kindlein treffet an,
Die ihn anbeten.
Das soll das Zeichen sein,
Wann ihr in Stall geht nein,
Ihn tut betreten.

Drum muntert euch bald auf,
Ein Stern, der vorher lauft,
Der wird euch führen
Den nächst und sichern Weg
Über Felder und Steg.
Ihr könnt nicht irren.

Balthasar: Das muß gewiß das Ort ja sein.
Der Stern sich hier schon setzet
Und gibt von sich so hellen Schein,
Daß einen Scherz ergötzet.
Kaspar: Mir auch schier das Gesicht vergeht,
Kann kaum vor mir recht sehen.
Fürwahr der Stern allhier still steht,
Wir müssen hinzu gehen.

Melchior: Wie ist hier ein so klarer Schein,
Verblendt mir schier die Augen.
Das muß fürwahr die Hütten sein,
Mich dünkt ein Kind siech saugen.
Maria: Geliebtste Herren alle drei,
Vor die so großen Gaben,
So ihr allhier geopfert frei,
Tu ich euch all Dank sagen.
Soll nun ein Zeit der Bitterkeit
Euch einstmals auch begegnen,
So wird gewiß mein Sohn nicht weit
Von euch sein und euch segnen.

Engel: Joseph, Maria rein,
Nehmt auf das Kindelein,
Verlaßt die Hütten,
Ihr müsset eilends fort
Fliehn an ein sichres Ort
Ins Land Ägypten.
Herodes der Tyrann
Schmerzlich das Kindlein schan
Will lassen töten.
Drum machet euch bald auf,
Vollziehet euren Lauf,
Helfts Kind erretten.
Damit ihr sicher seid
Vor aller Gfährlichkeit
Auf allen Straßen,
Seind Engel schon bereit,
Geben euch das Geleit,
Tun euch nicht verlassen.

Joseph: O liebe Mutter mein,
Wach auf, nimms Kindelein,
Wir müssen fliehen.
Ein Engel kam daher,
Verkündet neue Mär,
Fort müssen wir ziehen.
Maria: O lieber Joseph mein,
Sag an, wie kann das sein,
's ist kalt und finster!
Die Straßen liegen voll Schnee,
Das tut dem Kindlein weh
Im harten Winter!

Herodes: Ihr Soldaten, euch befehl ich nun:
Seht im ganzen Land herum
Und tötet geschwind die Knäblein all,
Die da seind unter der anderen Jahreszahl.
Nehmt an kein Gschenk, Geld oder Gut,
Wann man euch gleich viel reichen tut.
Laßt euch mit Worten nicht überlisten,
Reißt ihnen die Kinder von den Brüsten,
Schlauft in alle Winkel, Ort und Eck,
Daß man vor euch kein Knaben versteck;
Ich will den neuen König finden,
Und steck er noch so weit dahinten.
Die Kron will ich ihm lassen aufsetzen.
Geht, tut eure Messer tapfer wetzen.

Erster Knecht: Vollzogen haben wir diese Schlacht.
Die Kindlein sind alle umgebracht.
Wir habens zerstochen und zerhaut,
An meinem Schwerte hängt noch die Haut.

Zweiter Knecht: Wir habens gerissen aus Mutters Hand,
Wir habens geschmissen an die Wand,
Wovon eins bis ins andre Jahr
Das Leben hat empfangen,
Dem sein wir unerschrocken gar
Ins Haus hinein nachgangen.
Es schallt die Stadt von der Weiber Schrein,
Liegt alles voll Blut und Wunden.
Es wird kein Knäblein übrig sein,
Das nicht das Schwert empfunden.
Herodes: Recht, das klingt meinen Ohren hold.
Ihr Knechte, gut, so hab ichs gewollt.

Wer bist du Mensch? Ein Garten voller Distlen. Ist nit gnug das. Ein Rosen voller Dörner. Ist noch nicht gnug. Ein Himmel voller Finsternuß. Ist noch nicht gnug. Eine Kuchel voller Rauch. Ist noch nicht gnug. Ein Haus voller Winkel. Ist noch nicht gnug. Ein Buch voller Fehler. Ist noch nicht gnug. Ein Kalender voller trübes Wetter. Ist noch nicht gnug. Ein Baum voller faulen Früchten. Ist noch nicht gnug. Ein Wein voller Gläger. Ist noch nicht gnug. Ein Meer voller Schiffbruch. Ist noch nicht gnug. Ein Fleisch voller Würm. Ist noch nicht gnug. Ein Licht voller Butzen. Ist noch nicht gnug. Ein Geschirrr voller Schmutz. Ist noch nicht gnug. Ein Mensch voller Schulden. Das wohl. Ein Mensch voller Schulden bist du. Hast du nie gehört, daß Christus der Herr habe samt seiner heiligen Bildnuß dem König Abagarus nach Edessa einen Brief geschrieben? Eben dieser schickt dir auch ein schriftliches Auszügel.

ABRAHAM A SANTA CLARA

Er soll dein eigen sein, du sollst sein genießen, und alles, was er hat, im Himmel und auf Erden, das soll dein sein. Wer nun solches höret, doch keine Freude davon hat oder diesen Heiland läßt fahren und suchet einen anderen, der ist wert, daß ihn der Donner neun Ellen unter die Erde schlage.

MARTIN LUTHER

# Christ-Kindlein wird zur H. Weynacht-Zeit im Schnee gefunden

Thomas Cantipratanus schreibet, daß einest ein frommer Religios und Priester deß Ordens H. Bernardi gewiser Geschäfft halber auf einem Mayr-Hof geritten seye zu eben solcher Zeit, da die Geistliche und Weltliche Menschen sich pflegten zu bereiten auf die heilige Weyh-Nacht-Zeit, solche mit möglichster Andacht zu begehen. Nun ware damahls ein grimmige Kälten und ein gar tieffer Schnee. Als nun diser Geistliche seines Weegs also fort reiten thäte, sihet er an dem Weeg sitzen ein gar hold-seeliges Knäblein, aber vor Frost und Kälte schier erstarret, und am gantzen Leib zitterend, welches von allen Menschen verlassen ware, und deßthalben bitterlich weinte.

Der fromme Geistliche auß hertzlichem Mitleiden bewegt, steiget alsobald von dem Pferd, hebet das Knäblein auß dem Schnee auf, nimmet es unter seinen Mantel, solches zu erwärmen. Mein liebs Kind (sagt er), wie bist du hieher kommen? wo ist dein Vatter oder Mutter? warumb hat man dich also verlassen? das Knäblein mit starckem Wainen gibet Antwort: Ach wehe, ach wehe, wie bin ich verlassen, da muß ich allein sitzen in der Kälte, und muß Hunger leiden, niemand will mich aufnehmen und ernähren.

Schweig, schweig, mein liebs Kind (sagte der Religios), ich will dich annemmen: ich will dein Vatter und Mutter seyn, ich will dir schon zu essen geben, wolte also mit sambt dem Knäblein zu Pferd steigen, das Kind aber entwischt auß seinen Armen, und in einem Augenblick verschwindet es auß seinen Augen. Da erkennte erst der Gottseelige Mann, wer dises Knäblein müsse gewesen seyn, nemblich Jesus, der Sohn der unbefleckten Jungfrauen

Mariae, der Heiland der Welt. Es erkannte auch diser fromme Geistliche, was der Sohn Gottes und Mariae mit diser Erscheinung und seinen Klagen hat wollen zuverstehen geben: daß er nemblich zu diser verderbten Welt-Zeit von den undanckbaren Welt-Menschen eben so übel tractiret werde, gleichwie damahls, als er noch in dem gebenedeyten Leib seiner Jungfräulichen Mutter ligend, von den groben Bethlemiteren ist verstossen worden in einen offnen und kalten Vich-Stall...

LEO WOLFF

Das Elsaß ist als Ursprungsgegend des heutigen Weihnachtsbaums anzusehen. Schon in den ersten Jahren des 17. Jahrhunderts berichtet der Chronist Balthasar Beck aus Schlettstadt im Elsaß, daß in seiner Heimatstadt am Christtagabend Tannenbüsche oder -bäume aufgerichtet und mit leichtem Backwerk (ostien) und Äpfeln (öpfflin) verziert wurden. Die zweitälteste, ausführliche Schilderung von geschmückten Bäumen findet sich wieder im Elsaß. Sie ist von einem Unbekannten in einer Art Reisetagebuch aus dem Jahr 1605 aufgezeichnet worden: »Auff Weihenachten richtt man Dannenbäume zu Strassburg in der Stubben auf, daran henckett man rossen aus vielfarbigem Papier geschnitten, Äpfel, Oblaten, Zischgold, Zukker. Man pflegt darum einen viereckigen Rahmen zu machen...«

Ein berühmter Theologe und Prediger, Johann Konrad Dannhauer aus Straßburg, der sich in den 40er Jahren des 17. Jahrhundert gegen diese neue ›Unsitte‹ wandte, lieferte ein weiteres frühes Zeugnis für den geschmückten, aber kerzenlosen Weihnachtsbaum im Elsaß: »Unter anderen Lappalien, damit man die alte Weihnachtszeit oft mehr als mit Gottes Wort begeht, ist auch der Weihnacht- oder Tannenbaum, den man zuhause aufrichtet, denselben mit Puppen und Zucker behängt und ihn hiernach schüttelt und abblümen läßt.«

EVA STILLE

## Weihnachtslied

Auf dem Berge, da gehet der Wind,
da wieget Maria ihr Kind
mit ihrer schlohengel weißen Hand,
sie hat dazu kein Wiegenband.

»Ach Josef, lieber Josef mein,
ach, hilf mir wiegen mein Kindelein!«
»Wie kann ich dir denn dein Knäblein wiegen?
Ich kann ja kaum selber die Finger biegen.«
*Schum – schei*
*Schum – schei*

AUS SCHLESIEN

Zuerst will ich Euch einen Christkindelsbaum beschreiben, dergleichen Ihr in Eurem Leben nicht gesehen habt, und die Pracht davon Euch kaum werdet vorstellen können. Der stand nun mitten in einer Stube in der Ecke, und seine Zweige waren so ausgebreitet, daß sie fast die Helfte der Decke der Stube bedeckten, und man darunter stand, wie unter einer Sommerhaube. An allen Aestchen und Zweigen hiengen nun allerhand kostbare Conditor- und Zuckerwaren, als: Engel, Puppen, Thiere und dergleichen, alles von Zucker: welches mit den Blüthen des Baumes gar artig harmonierte. Ferner hing auch vergoldetes Obst, von allen Sorten, in großer Menge daran, so daß man unter diesem Baume wie in einem Speisegewölbe sich befand: und es ist nur Jammerschade, daß nicht auch Schinken und Bratwürste (wovon ich ein großer Liebhaber bin) und Schwartenmägen, Ochsenfüsse, nebst gebratenen Tauben dran hiengen. In der Mitte dieses Magazins befand sich der heilige Geist in seiner gewöhnlichen Gestalt, als eine allerliebst schöne Taube von Zucker, zur Rechten hieng das Christkindlein, und zur Linken seine Mutter – gar niedlich anzusehen, und alles von Zucker, so daß ich beyde, die Jungfer Maria nebst ihrem Kinde, vor Liebe wohl hätte fressen mögen, wenn es wäre erlaubt gewesen. Endlich war der ganze Baum, mit allen seinen Zweigen und Früchten, mit einem goldenen Netz, das von vielen tausend vergoldeten, und an Schnüre gereihten Haselnüssen gar künstlich zubereitet war, überzogen, und mit Guirlanden und Bandelotten, wie an einem Kronleuchter geziert. Zwischen all diesen Kostbarkeiten leuchteten eine unzählige Menge Wachslichtlein hervor, wie Sterne am Himmel, welches ein prächtiger Anblick war.«

SIMPLIZIANISCHER
WUNDERGESCHICHTS-CALENDER 1795

# Geburt Christi

Hättest du der Einfalt nicht, wie sollte
dir geschehn, was jetzt die Nacht erhellt?
Sieh, der Gott, der über Völkern grollte,
macht sich mild und kommt in dir zur Welt.

Hast du dir ihn größer vorgestellt?

Was ist Größe? Quer durch alle Maße,
die er durchstreicht, geht sein grades Los.
Selbst ein Stern hat keine solche Straße.
Siehst du, diese Könige sind groß,

und sie schleppen dir vor deinen Schoß

Schätze, die sie für die größten halten,
und du staunst vielleicht bei dieser Gift –:
aber schau in deines Tuches Falten,
wie er jetzt schon alles übertrifft.

Aller Amber, den man weit verschifft,

jeder Goldschmuck und das Luftgewürze,
das sich trübend in die Sinne streut:
alles dieses war von rascher Kürze,
und am Ende hat man es bereut.

Aber (du wirst sehen): Er erfreut.

RAINER MARIA RILKE

# Die gute Nacht

Der Tag, vor dem der große Christ
zur Welt geboren worden ist
war hart und wüst und ohne Vernunft.
Seine Eltern, ohne Unterkunft
fürchteten sich vor seiner Geburt
die gegen Abend erwartet wurd.
Denn seine Geburt fiel in die kalte Zeit.
Aber sie verlief zur Zufriedenheit.
Der Stall, den sie doch noch gefunden hatten
war warm und mit Moos zwischen seinen Latten
und mit Kreide war auf die Tür gemalt
daß der Stall bewohnt war und bezahlt.
So wurde es doch noch eine gute Nacht
auch das Heu war wärmer, als sie gedacht,
Ochs und Esel waren dabei
damit alles in Ordnung sei.

Eine Krippe gab einen kleinen Tisch
und der Hausknecht brachte ihnen heimlich einen Fisch.
(Denn es mußte bei der Geburt des großen Christ
   alles heimlich gehen und mit List.)
Doch der Fisch war ausgezeichnet und reichte durchaus
und Maria lachte ihren Mann wegen seiner Besorgnis aus
denn am Abend legte sich sogar der Wind
und war nicht mehr so kalt, wie die Winde sonst sind.
Aber bei Nacht war es fast wie ein Föhn.
Und der Stall war warm und das Kind war sehr schön.
Und es fehlte schon fast gar nichts mehr
da kamen auch noch die Dreikönig daher!
Maria und Joseph waren zufrieden sehr.
Sie legten sich sehr zufrieden zum Ruhn
mehr konnte die Welt für den Christ nicht tun.

BERTOLT BRECHT

Frankfurt, 25. Dezember 1772

Christtag früh. Es ist noch Nacht, lieber Kestner, ich binn aufgestanden um bey Lichte Morgens wieder zu schreiben, das mir angenehme Erinnerungen voriger Zeiten zurückruft; ich habe mir Coffee machen lassen den Festtag zu ehren und will euch schreiben bis es Tag ist. Der Türmer hat sein Lied schon geblasen ich wachte drüber auf. Gelobet seyst du Jesu Christ. Ich habe diese Zeit des Jahrs gar lieb, die Lieder die man singt; und die Kälte die eingefallen ist macht mich vollends vergnügt ... Der Türmer hat sich wieder zu mir gekehrt, der Nordwind bringt mir seine Melodie, als blies er vor meinem Fenster. Gestern lieber Kestner war ich mit einigen guten Jungens auf dem Lande, unsre Lustbarkeit war sehr laut, und Geschrey und Gelächter von Anfang zu Ende. Ein schöner Abend, als wir zurückgingen, es ward Nacht. Nun muß ich dir sagen das ist immer eine Sympathie für meine Seele wenn die Sonne lang hinunter ist und die Nacht von Morgen herauf nach Nord und Süd um sich gegriffen hat und nur noch ein dämmernder Kreis vom Abend herauf-leuchtet. Seht Kestner wo das Land flach ist ists das herrlichste Schauspiel, ich habe jünger und wärmer Stunden lang so ihr zugesehn hinab dämmern auf meinen Wandrungen. Auf der Brücke hielt ich still. Die düstre Stadt zu beyden Seiten, der still leuchtende Horizont, der Widerschein im Fluß machte einen köstlichen Eindruck in meine Seele den ich mit beyden Armen umfaßte. Ich lief zu den Gerocks lies mir Bleystift geben und Papier, und zeichnete zu meiner großen Freude, das ganze Bild so dämmernd warm als es in meiner Seele stand. Sie hatten alle Freude mit mir darüber, empfanden alles was ich gemacht hatte und da war ichs erst gewiß, ich bot ihnen an drum zu würfeln, sie schlugens aus und wollen ich solls Mercken schicken. Nun hängts hier an meiner Wand, und freut mich heute wie gestern. Wir hatten einen schönen Abend zusammen wie Leute denen das Glück ein großes Geschenk gemacht hat und ich schlief ein, den Heiligen im Himmel dankend, daß sie uns Kinderfreude zum Christ bescheren wollen. Als ich über den Markt ging und die vielen Lichter und Spielsachen sah dacht ich an euch und meine Bubens wie ihr ihnen kommen würdet, diesen Augenblick ein Himmlischer Bote mit dem blauen Evangelio, und wie aufgerollt sie das Buch erbauen werde. Hätt ich bey euch seyn können ich hätte wollen so ein Fest Wachsstöcke illuminieren, daß es in den kleinen Köpfen ein Widerschein der Herrlichkeit des Himmels geglänzt hätte.

Die Tohrschließer kommen vom Burgemeister, und rasseln mit Schlüsseln. Das erste Grau des Tags kommt mir über des Nachbaars Haus und die Glocken läuten eine Christliche Gemeinde zusammen. Wohl ich bin erbaut hier oben auf meiner Stube, die ich lang nicht so lieb hatte als jetzt. Sie ist mit den glücklichsten Bildern ausgeziert die mir freundlichen guten Morgen sagen...

Nun Adieu, es ist hell Licht. Gott sey bey euch, wie ich bey euch binn. Der Tag ist festlich angefangen...

GOETHE AN KESTNER

*Liebste Mama!* [kurz vor Weihnachten 1785]

Wann diesmal mein Brief etwas verworrener ist als sonst, so müssen *Sie* eben denken, mein Kopf sei auch von Weihnachtsgeschäften eingenommen wie der Ihrige – doch differieren sie ein wenig: Meine sind, ohne das heutige Laxier, Plane auf die Rede, die ich am Johannistage bei der Vesper halte, tausend Entwürfe zu Gedichten, die ich in denen Cessationen (vier Wochen, wo man bloß für sich schafft) machen will, und machen muß (*NB* auch lateinische), ganze Pakete von Briefen, die ich, obschon das N. Jahr wenig dazu beiträgt, schreiben muß, z. E. HE. Helfer, HE. Klemm, HE. Bilfinger, nach Altona, und was die Sachen als sind, und die Ihrige sind – was sie eben sind.

Was die Besuche in den Weihnachten betrifft, so bin ich eher so frei, *Sie* hieher einzuladen, weil mich das Geschäft am Johannistage, wie gesagt, nicht leicht abkommen läßt. Die l. Geschwisterige werden sich wieder recht freuen; aber, im Vertrauen gesagt, mir ist's halb und halb bange, wie sie von mir beschenkt werden sollen. Ich überlasse es *Ihnen, liebste Mama,* wann's ja so ein wenig unter uns beim alten bleiben soll, so ziehen *Sie's* mir ab und schenken's ihnen in meinem Namen. Der l. Frau *Großmama* mein Kompliment, und ich wolle Ihr auch ein Weihnachtsgeschenk machen – – – ich wolle dem l. Gott mit rechter Christtagsfreude danken, daß er *Sie* mir auch dieses beinahe vollendte Jahr wieder so gesund erhalten habe. Ohnerachtet meines Laxiers bin ich doch im übrigen recht wohl. Bei mir ist's zwar nicht zu spät wie bei *Ihnen*, doch weiß ich eben nichts mehr zu schreiben, als daß ich bin

*meiner liebsten Mama* gehorsamster Sohn

HÖLDERLIN.

d.24. Dezbr. [1843]

Heute ist Weihnachtsabend, heute morgen wußte ich es noch nicht, erst als mein Wäscher kam und von den vielen Geschenken sprach, die an diesem Tage in »Allemagne«, wo der Mann mit Napoleon gewesen ist, gemacht würden, erfuhr ich's. Da habe ich denn ordentlich zu Mittag gegessen und mir abends im Palays royal einen Goethe zu 30 fl gekauft. Ob ich recht getan? Ich denke. Haben muß ich durchaus mehr Bücher und hier besonders, wo mir aller Umgang fehlt, auch habe ich meine eigentliche Kasse nicht angegriffen, sondern das für den Prolog zum Diamant eingelaufene Honorar dazu verwendet. Als ich mit meinem Schatz, der ziemlich schwer zu tragen war und den ich mir doch nicht zuschicken lassen wollte, weil ich ihn dann erst morgen erhalten hätte, zu Hause kam, fand ich zwei Briefe vor, einen längst erwarteten, überaus liebevollen von dem alten herrlichen Oehlenschläger, der mich über vieles beruhigt, und einen zweiten von Elise, den ich erst beim Zubettgehen lesen will. Gott gebe ihr den Frieden, dessen ihre arme Seele bedarf!

Abends 11 1/2 Uhr

Bis 10 Uhr war ich im Café de Paris mit Bamberg, dann ging ich zu Hause, kaufte mir aber zuvor, da ich den Weihnachtsabend doch auszeichnen mußte, für 3 Sous Galette, eine Art von Blätterbackwerk...

AUS FRIEDRICH HEBBELS TAGEBÜCHERN

Paris, den 27. Dezember 1854

Liebe gute Mutter!
Dieses Jahr hat nun auch ein Ende, und obgleich mir nicht viel Schlimmes während demselben widerfuhr und es sogar manche Annehmlichkeiten mitunter bot, so hat es im ganzen doch nicht viel getaugt, und der Teufel mag es holen wie die vorigen. Ich gratuliere Dir heute zu dem bevorstehenden neuen Jahre. Möge der Himmel Dich vor allen Schmerzen und jedem Kummer bewahren und mir meine liebe gute Mutter noch lange Jahre erhalten! Wenn Du einmal weggehst, so wird auch meines Bleibens auf dieser Welt nicht lange sein, und die arme Mathilde mag sich um einen andern Narren umsehn. Sie läßt Dich herzlich küssen und gratuliert Euch allen. Auch Dir, liebe Schwester, gratuliere ich. Ich hatte etwas Husten, aber das hat gottlob wieder aufgehört. Wir befinden uns alle wohl, mit Ausnahme der Katze, die, wie mir meine Frau sagt, vor lauter Liederlichkeit krank sei und wirklich diese Nacht nicht nach Hause gekommen ist. Von Carl habe ich keine Nachricht. Die Bücherkiste ist endlich angekommen, aber der Spaß ist mir verdorben.
Und nun lebt wohl und behaltet lieb

Euren getreuen

Harry.

HEINRICH HEINE

Montag. Weihnachten

Vierzig Kinder um einen Christbaum; der Baum recht hübsch, die Kinder recht häßlich. Was ihre Gesichter am schwersten auszudrücken vermögen, ist Freude. Ich habe auch nicht den Eindruck gehabt, als mache ihnen die Sache Vergnügen. Bedrückt, starr und stumm standen sie im Kreis um den Baum herum; keine noch so große Freundlichkeit konnte ihr gehemmtes Gebaren ein wenig lösen.

Marseille. 27. Dezember

Die Zeitungen haben erzählt:
ein Freund habe gesehen, wie ich, ausnahmsweise, einem Bettler fünfzig Centimes gegeben, und gehört, wie ich dazu gesagt hätte: »Und wann bekomme ich's zurück?«;
ein Kollege (eine andere Zeitung, die denselben Unsinn berichtete, sprach von einem italienischen Prinzen) habe, von mir zum Essen eingeladen, vergeblich darauf gewartet, daß ich die Rechnung verlangte, und sich schließlich gezwungen gesehen, sie selbst zu bezahlen, auch der Garderobenfrau ein Trinkgeld zu geben, während ich mit zusammengebissenen Zähnen zu ihm gesagt hätte: »Was wollen Sie? Ich bin eben geizig«;
daß ich, als ich einen Scheck einlösen wollte und an der Kasse Leute vor mir stehen sah, gesagt hätte: »Ich bin André Gide und warte nicht gern«, und zwar in einem solchen Ton, daß man mich gleich vorgelassen habe. Usw.
Geht es mir gut, berührt mich das alles kaum; sobald ich aber müde bin, beschweren mir derlei Unverschämtheiten das Herz, und ich leide unter dem Gefühl, daß sich so viel Dummheit und Haß gegen mich verschwört. Ich fürchte auch, daß sich solche Züge meiner Gestalt anhängen werden, denn ich weiß nur zu gut, daß die Lüge viel rascher Glauben findet als die Wahrheit.

ANDRÉ GIDE

# Vor Weihnachten 1914

Da kommst du nun, du altes zahmes Fest,
und willst, an mein einstiges Herz gepreßt,
getröstet sein. Ich soll dir sagen: du
bist immer noch die Seligkeit von einst,
und ich bin wieder dunkles Kind und tu'
die stillen Augen auf, in die du scheinst.
Gewiß, gewiß. Doch damals, da ichs war
und du mich schön erschrecktest, wenn die Türen
aufsprangen – und dein wunderbar
nicht länger zu verhaltendes Verführen
sich stürzte über mich wie die Gefahr
reißender Freuden: damals selbst, empfand
ich damals *dich*? Um jeden Gegenstand
nach dem ich griff, war Schein von deinem Scheine,
doch plötzlich ward aus ihm und meiner Hand
ein neues Ding, das bange, fast gemeine
Ding, das besitzen heißt. Und ich erschrak.
O wie doch alles, eh ich es berührte,
so rein und leicht in meinem Anschaun lag.
Und wenn es auch zum Eigentum verführte,
noch war es keins. Noch haftete ihm nicht
mein Handeln an; mein Mißverstehn; mein Wollen,
es solle etwas sein, was es nicht *war*.
Noch war es klar
und klärte mein Gesicht.
Noch fiel es nicht, noch kam es nicht ins Rollen,
noch war es nicht das Ding, das widerspricht.
Da stand ich zögernd vor dem wundervollen
Un-Eigentum...

RAINER MARIA RILKE

# Tannennadeln

Nein, bitte nicht, laßt!
Keine Weihnachtstanne.
Nein, schickt den Vater nicht
in den Wald!
Mißtraut dem Wald
und dem bösen Manne,
der hinterm Wald Granatfäuste ballt.

Nein, es geht nicht.
Den Putz in blitzblanken Flittern
wollen wir heut
nicht in Watte betten.
Weil sonst Getroffne,
von tödlichen Splittern
Verwundete dort keine Watte hätten.

Nein, keine Kerzen.
Entsagt den Lichtern.
Vom Weltmeer steigen
die eisernen Drachen,
drin lauern Menschen
mit bösen Gesichtern,
ob Lichtlein in unsern Fenstern wachen.

Nein, sagt nicht,
der Weihnachtsmann solle kommen
mit seinem Sack
voll prächtiger Sachen.
Die Fabrik hat den Mann
in Beschlag genommen,
die Fabrik, wo sie Pulver und Kugeln machen.

Nein, keine Musik
wird diesmal erschallen.
Wie soll denn der armlose Musiker
fiedeln?
Bruder Flötist
ist im Felde gefallen,
so mußt er ins Himmelreich übersiedeln.

Nicht weinen. Was hilfts denn?
Verzieht nicht das Mündchen!
Bald wird die dunkle Welt
sich entschleiern.
Bald muß alles anders werden,
ihr Kindchen.
Dann werdet ihr fröhliche Weihnachten feiern.

Ein Tannenbäumchen wird dastehn,
ein mächtiges,
behängt mit Schmuckzeug
im Überfluß.
Das wird ein Fest sein,
ein wunderprächtiges,
ergötzlich – fast bis zum Überdruß.

WLADIMIR MAJAKOWSKI

# Die Hirtenstrophe

Wir gingen nachts gen Bethlehem
und suchten über Feld
den schiefen Stall aus Stroh und Lehm,
von Hunden fern umbellt.

Und drängten auf die morsche Schwell
und sahen an das Kind.
Der Schnee trieb durch die Luke hell
und draußen Eis und Wind.

Ein Ochs nur blies die Krippe warm,
der nah der Mutter stand.
Wie war ihr Kleid, ihr Kopftuch arm,
wie mager ihre Hand.

Ein Esel hielt sein Maul ins Heu,
fraß Dorn und Distel sacht.
Er rupfte weich die Krippenstreu,
o bitterkalte Nacht.

Wir hatten nichts als unsern Stock,
kein Schaf, kein eigen Land,
geflickt und fasrig war der Rock,
nachts keine warme Wand.

Wir standen scheu und stummen Munds:
Die Hirten, Kind, sind hier.
Und beteten und wünschten uns
Gerät und Pflug und Stier.

Und standen lang und schluckten Zorn,
weil uns das Kind nicht sah.
Griff nicht das Kind dem Ochs ans Horn
und lag dem Esel nah?

Es brannte ab der Span aus Kien.
Das Kind schrie und schlief ein.
Wir rührten uns, feldein zu ziehn.
Wie waren wir allein!

Daß diese Welt nun besser wird,
so sprach der Mann der Frau,
für Zimmermann und Knecht und Hirt,
das wisse er genau.

Ungläubig hörten wirs – doch gern.
Viel Jammer trug die Welt.
Es schneite stark. Und ohne Stern
ging es durch Busch und Feld.

Gras, Vogel, Lamm und Netz und Hecht,
Gott gab es uns zu Lehn.
Die Erde aufgeteilt gerecht,
wir hättens gern gesehn.

PETER HUCHEL

# Gross-Stadt-Weihnachten

Nun senkt sich wieder auf die heim'schen Fluren
die Weihenacht! die Weihenacht!
Was die Mamas bepackt nach Hause fuhren,
wir kriegens jetzo freundlich dargebracht.

Der Asphalt glitscht. Kann Emil das gebrauchen?
Die Braut kramt schämig in dem Portemonnaie.
Sie schenkt ihm, teils zum Schmuck und teils zum Rauchen,
den Aschenbecher aus Emalch glasé.

Das Christkind kommt! Wir jungen Leute lauschen
auf einen stillen heiligen Grammophon.
Das Christkind kommt und ist bereit zu tauschen
den Schlips, die Puppe und das Lexikohn.

Und sitzt der wackre Bürger bei den Seinen,
voll Karpfen, still im Stuhl, um halber zehn,
dann ist er mit sich selbst zufrieden und im reinen:
»Ach ja, son Christfest is doch ooch janz scheen!«

Und frohgelaunt spricht er vom ›Weihnachtswetter‹,
mag es nun regnen oder mag es schnein.
Jovial und schmauchend liest er seine Morgenblätter,
die trächtig sind von süßen Plauderein.

So trifft denn nur auf eitel Glück hienieden
in dieser Residenz Christkindleins Flug?
Mein Gott, sie mimen eben Weihnachtsfrieden...
»Wir spielen alle. Wer es weiß, ist klug.«

KURT TUCHOLSKY

Breslau, Mitte Dezember 1917

... genau vor einem Jahr waren Sie bei mir in Wronka, haben mir den schönen Weihnachtsbaum beschert ... Heuer habe ich mir hier einen besorgen lassen, aber man brachte mir einen ganz schäbigen, mit fehlenden Ästen – kein Vergleich mit dem vorjährigen. Ich weiß nicht, wie ich darauf die acht Lichtlein anbringe, die ich erstanden habe. Es ist mein drittes Weihnachten im Kittchen, aber nehmen Sie es ja nicht tragisch. Ich bin so ruhig und heiter wie immer. Gestern lag ich lange wach – ich kann jetzt nie vor ein Uhr einschlafen, muß aber schon um zehn ins Bett – dann träume ich verschiedenes im Dunkeln. Gestern dachte ich also: wie merkwürdig das ist, daß ich ständig in einem freudigen Rausch lebe – ohne jeden besonderen Grund. So liege ich zum Beispiel hier in der dunklen Zelle auf einer steinharten Matratze, um mich im Hause herrscht die übliche Kirchhofstille, man kommt sich vor wie im Grabe, vom Fenster her zeichnet sich auf der Decke der Reflex der Laterne, die vor dem Gefängnis die ganze Nacht brennt. Von Zeit zu Zeit hört man nur ganz dumpf das ferne Rattern eines vorbeifahrenden Eisenbahnzuges oder ganz in der Nähe unter den Fenstern das Räuspern der Schildwache, die in ihren schweren Stiefeln ein paar Schritte langsam macht, um die steifen Beine zu bewegen. Der Sand knirscht so hoffnungslos unter diesen Schritten, daß die ganze Öde und Ausweglosigkeit des Daseins daraus klingt in die feuchte, dunkle Nacht. Da liege ich still allein, gewickelt in diese vielfachen schwarzen Tücher der Finsternis, Langeweile, Unfreiheit des Winters – und dabei klopft mein Herz von einer unbegreiflichen, unbekannten inneren Freude, wie wenn ich im strahlenden Sonnenschein über eine blühende Wiese gehen würde. Und ich ich lächle im Dunkeln dem Leben, wie wenn ich irgendein zauberhaftes Geheimnis wüßte, das alles Böse und Traurige Lügen straft und in lauter Helligkeit und Glück wandelt. Und dabei suche ich selbst nach einem Grund zu dieser Freude, finde nichts und muß wieder lächeln über mich selbst. Ich glaube, das Geheimnis ist nichts anderes als das Leben selbst, die tiefe nächtliche Finsternis ist so schön und weich wie Sammet, wenn man nur richtig schaut. Und in dem Knirschen des feuchten Sandes unter den langsamen schweren Schritten der Schildwache singt auch ein kleines schönes Lied vom Leben – wenn man nur richtig zu hören weiß...

Ach, Sonitschka, ich habe hier einen scharfen Schmerz erlebt; auf dem Hof, wo ich spaziere, kommen oft Wagen vom Militär, voll bepackt mit Säcken oder alten Soldatenröcken und Hemden, oft mit Blutflecken ..., die werden hier abgeladen, in die Zellen verteilt, geflickt, dann wieder aufgeladen und ans Militär abgeliefert.

Neulich kam so ein Wagen, bespannt, statt mit Pferden mit Büffeln. Ich sah die Tiere zum erstenmal in der Nähe. Sie sind kräftiger und breiter gebaut als unsere Rinder, mit flachen Köpfen und flach abgebogenen Hörnern, die Schädel also unseren Schafen ähnlicher, ganz schwarz, mit großen, sanften Augen. Sie stammen aus Rumänien, sind Kriegstrophäen ... die Soldaten, die den Wagen führten, erzählten, daß es sehr mühsam war, diese wilden Tiere zu fangen, und noch schwerer, sie, die an die Freiheit gewöhnt waren, zum Lastdienst zu benutzen. Sie wurden furchtbar geprügelt, bis daß für sie das Wort gilt »vae victis«... dazu bekommen sie, die an die üppige rumänische Weide gewöhnt waren, elendes und karges Futter.

Sie werden schonungslos ausgenutzt, um alle möglichen Lastwagen zu schleppen, und gehen dabei rasch zugrunde. Vor einigen Tagen kam also ein Wagen mit Säcken hereingefahren, die Last war so hoch aufgetürmt, daß die Büffel nicht über die Schwelle bei der Toreinfahrt konnten. Der begleitende Soldat, ein brutaler Kerl, fing an derart auf die Tiere mit dem dicken Ende des Peitschenstiels loszuschlagen, daß die Aufseherin ihn empört zur Rede stellte, ob er denn kein Mitleid mit den Tieren hätte! »Mit uns Menschen hat auch niemand Mitleid!« antwortete er mit bösem Lächeln und hieb noch kräftiger ein ... Die Tiere zogen schließlich an und kamen über den Berg, aber eins blutete...

Sonitschka, die Büffelhaut ist sprichwörtlich an Dicke und Zähigkeit, und die war zerrissen. Die Tiere standen dann beim Abladen ganz still erschöpft, und eins, das, welches blutete, schaute dabei vor sich hin mit einem Ausdruck in dem schwarzen Gesicht und den sanften schwarzen Augen, wie ein verweintes Kind. Es war direkt der Ausdruck eines Kindes, das hart bestraft worden ist und nicht weiß, wofür, weshalb, nicht weiß, wie es der Qual und der rohen Gewalt entgehen soll ... ich stand davor, und das Tier blickte mich an, mir rannen die Tränen herunter...

Derweil tummelten sich die Gefangenen geschäftig um den Wagen, luden die schweren Säcke ab und schleppten sie ins Haus, der Soldat aber steckte beide Hände in die Hosentaschen, spazierte mit großen Schritten über den Hof, lächelte und pfiff leise einen Gassenhauer. Und der ganze herrliche Krieg zog an mir vorbei... Schreiben Sie schnell, ich umarme Sie, Sonitschka. Ihre Rosa

ROSA LUXEMBURG AN SOPHIE LIEBKNECHT

Auch der Himmel bricht manchmal ein
Indem Sterne auf die Erde fallen.
Sie zerschlagen sie mit uns allen.
Das kann morgen sein.

*

Der Schnee beginnt zu treiben
Wer wird denn da bleiben?
Da bleiben, wie immer so auch heut
Der steinige Boden und die armen Leut.

BERTOLT BRECHT

24. Dezember

... Heute habe ich Glück. Auf den Straßen liegt viel Papier ... Um 5 Uhr fing ich an, mich anzuziehen, um zum Spiritistischen Zentrum des Himmlischen Meisters zu gehen und dort die Weihnachtsgeschenke zu bekommen. Ich zog die Kinder an und ging aus dem Hause... Ich hörte Stimmen:

»Es werden Karten verteilt!«

Ich lief hin, um zu sehen, was los sei. Ich sah, wie die Bewohner der Favela einen Wagen umringten. Und die Leute liefen, um Karten zu bekommen. Im Wagen saß nur der Fahrer. Und die Leute bettelten:

»Gib mir eine. Gib mir eine!«

Der Fahrer sagte: »Ihr macht den Wagen schmutzig!«

Ich fragte ihn:

»Was verteilen Sie?«

»Ich habe einen Mann hierhergefahren. Ich weiß gar nicht, worum diese Leute betteln.«

»Wenn in der Weihnachtszeit ein Auto herkommt, glauben sie, daß es Geschenke gibt.«

»Ich werde Weihnachten nie wieder hierherfahren«, sagte der Fahrer und schaute uns mit Widerwillen an.

Um den Wagen herum standen so viel Leute, daß ich mir die Nummer nicht merken konnte.

... Beim Spiritistischen Zentrum war die Schlange riesig, als wir ankamen ... Die zehn Kinder einer Frau aus dem Norden baten um Brot. Dona Maria Preta gab ihr 15 Cruzeiros. Sie ging Brot kaufen.

Senhor Pinheiro, der ehrenwerte Präsident des Spiritistischen Zentrums, kam heraus, um sich mit den Armen zu unterhalten ... Ein Herr ging vorbei, blieb stehen und

schaute uns an. Und er sagte, so daß man es hören konnte: »Ob diese Leute aus dieser Welt stammen?«
Ich fand das witzig und antwortete:
»Wir sind häßlich und schlecht gekleidet, aber wir stammen aus dieser Welt.«
Ich schaute mir die Leute an, um zu sehen, ob sie menschlich aussahen oder ob sie aussahen wie Geister. Der Mann ging lächelnd weiter. Und ich analysierte. Als wir eintraten, um die Geschenke zu empfangen, hatte ich die Nummer 90. Ich und die anderen bekamen Geschenke und Lebensmittel: Wäsche, Mate, Kartoffeln, Reis und Bohnen. Senhor Pinheiro lud mich ein, zum Zentrum zu kommen.
Es war halb zehn, als wir an der Endhaltestelle der Straßenbahn ankamen; und wir schauten uns eine Krippe an, die man in einer leeren Garage aufgebaut hat. Auf einer Tafel stand: Eintritt frei. Aber in der Krippe stand ein Tablett mit Scheinen von 1 bis 100 Cruzeiros. Als ich hinausging, lobte ich die Krippe. Das ist das einzige, was ich tun kann.
Als ich in der Favela ankam, war die Tür offen. Der Mond war wunderbar.

25. Dezember

... João kam nach Hause und sagte, er habe Leibschmerzen. Ich stellte fest, daß es daran lag, daß er eine verdorbene Wassermelone gegessen hatte. Heute haben sie einen Lastwagen Wassermelonen in der Nähe des Flusses ausgekippt. Ich weiß nicht, warum diese unvernünftigen Kaufleute ihre verdorbenen Sachen hier in der Nähe der Favela auskippen; die Kinder sehen es und essen es.
Meiner Ansicht nach treiben die Großhändler in São Paulo

mit dem Volk ebenso Spaß wie die Cäsaren, wenn sie die Christen quälten. Nur, daß die heutigen Cäsaren den Cäsaren der Vergangenheit überlegen sind. Die anderen wurden aus Glaubensgründen verfolgt. Und wir werden vom Hunger verfolgt! Damals ließen diejenigen, die nicht sterben wollten, davon ab, Christus zu lieben.
Aber wir können nicht davon ablassen zu essen.

26. Dezember

... Die Dame, die in der Rua Paulino Guimarães Nummer 308 wohnt, schenkte Vera eine Puppe. Wir gingen gerade vorbei, da rief sie Vera und sagte ihr, sie möchte warten. Vera sagte zu mir:
»Ich glaube, ich werde eine Puppe bekommen.«
Ich antwortete:
»Ich glaube, wir werden Brot bekommen.«
Ich merkte ihre Aufregung und ihre Neugierde, zu erfahren, was sie bekommen würde. Die Dame trat mit der Puppe aus dem Hause. Vera sagte zu mir:
»Hab' ich das nicht gesagt? Ich habe recht gehabt!«
Und sie lief hin, um die Puppe in Empfang zu nehmen. Sie nahm die Puppe und rannte zurück, um sie mir zu zeigen. Sie bedankte sich und sagte, daß die Mädchen in der Favela neidisch werden würden. Sie würde jeden Tag beten, damit die Frau glücklich werde. Sie wolle die Puppe beten lehren. Und sie wird sie zur Messe mitnehmen, damit sie betet, daß die Frau in den Himmel kommt und keine Krankheit bekommt, die sehr weh tut.

CAROLINA MARIA DE JESUS

## Wiegenlied

Eia popeia
Was raschelt im Stroh?
Nachbars Bälg greinen
Und meine sind froh.
Nachbars gehn in Lumpen
Und du gehst in Seid
Ausn Rock von einem Engel
Umgearbeit'.

Nachbars han kein Brocken
Und du kriegst eine Tort
Ist sie dir zu trocken
Dann sag nur ein Wort.
Eia popeia
Was raschelt im Stroh?
Der eine liegt in Polen
Der andre ist werweißwo.

BERTOLT BRECHT

# Das Paket des lieben Gottes

Nehmt eure Stühle und eure Teegläser mit hier hinter an den Ofen und vergeßt den Rum nicht. Es ist gut, es warm zu haben, wenn man von der Kälte erzählt.

Manche Leute, vor allem eine gewisse Sorte Männer, die etwas gegen Sentimentalität hat, haben eine starke Aversion gegen Weihnachten. Aber zumindest *ein* Weihnachten in meinem Leben ist bei mir wirklich in bester Erinnerung. Das war der Weihnachtsabend 1908 in Chicago.

Ich war Anfang November nach Chicago gekommen, und man sagte mir sofort, als ich mich nach der allgemeinen Lage erkundigte, es würde der härteste Winter werden, den diese ohnehin genügend unangenehme Stadt zustande bringen könnte. Als ich fragte, wie es mit den Chancen für einen Kesselschmied stünde, sagte man mir, Kesselschmiede hätten keine Chancen, und als ich eine halbwegs mögliche Schlafstelle suchte, war alles zu teuer für mich. Und das erfuhren in diesem Winter 1908 viele in Chicago, aus allen Berufen.

Und der Wind wehte scheußlich vom Michigansee herüber durch den ganzen Dezember, und gegen Ende des Monats schlossen auch noch eine Reihe großer Fleischpackereien ihren Betrieb und warfen eine ganze Flut von Arbeitslosen auf die kalten Straßen.

Wir trabten die ganzen Tage durch sämtliche Stadtviertel und suchten verzweifelt nach etwas Arbeit und waren froh, wenn wir am Abend in einem winzigen, mit erschöpften Leuten angefüllten Lokale im Schlachthofviertel unterkommen konnten. Dort hatten wir es wenigstens warm und konnten ruhig sitzen. Und wir saßen, solange es irgend ging mit *einem* Glas Whisky, und wir sparten alles den Tag über auf für dieses eine Glas Whisky, in das noch Wärme, Lärm und Kameraden mit einbegriffen waren, all das, was es an Hoffnung für uns noch gab.

Dort saßen wir auch am Weihnachtsabend dieses Jahres, und das Lokal war noch überfüllter als gewöhnlich und der Whisky noch wäßriger und das Publikum noch verzweifelter. Es ist einleuchtend, daß weder das Publikum noch der Wirt in Feststimmung geraten, wenn das ganze Problem der Gäste darin besteht, mit einem Glas eine ganze Nacht auszureichen, und das ganze Problem des Wirtes, diejenigen hinauszubringen, die leere Gläser vor sich stehen hatten.

Aber gegen zehn Uhr kamen zwei, drei Burschen herein, die, der Teufel mochte wissen woher, ein paar Dollars in der Tasche hatten, und die luden, weil es doch eben Weihnachten war und Sentimentalität in der Luft lag, das ganze Publikum ein, ein paar Extragläser zu leeren. Fünf Minuten darauf war das ganze Lokal nicht wiederzuerkennen. Alle holten sich frischen Whisky (und paßten nun ungeheuer genau darauf auf, daß ganz korrekt eingeschenkt wurde), die Tische wurden zusammengerückt, und ein verfroren aussehendes Mädchen wurde gebeten, einen Cakewalk zu tanzen, wobei sämtliche Festteilnehmer mit den Händen den Takt klatschten. Aber was soll ich sagen, der Teufel mochte seine schwarze Hand im Spiel haben, es kam keine rechte Stimmung auf.

Ja, geradezu von Anfang an nahm die Veranstaltung einen direkt bösartigen Charakter an. Ich denke, es war der Zwang, sich beschenken lassen zu müssen, der alle so aufreizte. Die Spender dieser Weihnachtsstimmung wurden nicht mit freundlichen Augen betrachtet. Schon nach den

ersten Gläsern des gestifteten Whiskys wurde der Plan gefaßt, eine regelrechte Weihnachtsbescherung, sozusagen ein Unternehmen größeren Stils, vorzunehmen.
Da ein Überfluß an Geschenkartikeln nicht vorhanden war, wollte man sich weniger an direkt wertvolle und mehr an solche Geschenke halten, die für die zu Beschenkenden passend waren und vielleicht sogar einen tieferen Sinn hatten.
So schenkten wir dem Wirt einen Kübel mit schmutzigem Schneewasser von draußen, wo es davon gerade genug gab, *damit er mit seinem alten Whisky noch ins neue Jahr hinein ausreichte*. Dem Kellner schenkten wir eine alte, erbrochene Konservenbüchse, *damit er wenigstens ein anständiges Servicestück hätte*, und einem zum Lokal gehörigen Mädchen ein schartiges Taschenmesser, *damit sie wenigstens die Schicht Puder vom vergangenen Jahr abkratzen könnte*.
Alle diese Geschenke wurden von den Anwesenden, vielleicht nur die Beschenkten ausgenommen, mit herausforderndem Beifall bedacht. Und dann kam der Hauptspaß.
Es war nämlich unter uns ein Mann, der mußte einen schwachen Punkt haben. Er saß jeden Abend da, und Leute, die sich auf dergleichen verstanden, glaubten mit Sicherheit behaupten zu können, daß er, so gleichgültig er sich auch geben mochte, eine gewisse, unüberwindliche Scheu vor allem, was mit der Polizei zusammenhing, haben mußte. Aber jeder Mensch konnte sehen, daß er in keiner guten Haut steckte.
Für diesen Mann dachten wir uns etwas ganz Besonderes aus. Aus einem alten Adreßbuch rissen wir mit Erlaubnis des Wirtes drei Seiten aus, auf denen lauter Polizeiwachen

standen, schlugen sie sorgfältig in eine Zeitung und überreichten das Paket unserm Mann.
Es trat eine große Stille ein, als wir es überreichten. Der Mann nahm das Paket zögernd in die Hand und sah uns mit einem etwas kalkigen Lächeln von unten herauf an. Ich merkte, wie er mit den Fingern das Paket anfühlte, um schon vor dem Öffnen festzustellen, was darin sein könnte. Aber dann machte er es rasch auf.
Und nun geschah etwas sehr Merkwürdiges. Der Mann nestelte eben an der Schnur, mit der das »Geschenk« verschnürt war, als sein Blick, scheinbar abwesend, auf das Zeitungsblatt fiel, in das die interessanten Adreßbuchblätter geschlagen waren. Aber da war sein Blick schon nicht mehr abwesend. Sein ganzer dünner Körper (er war sehr lang) krümmte sich sozusagen um das Zeitungsblatt zusammen, er bückte sein Gesicht tief darauf herunter und las. Niemals, weder vor- noch nachher, habe ich je einen Menschen so lesen sehen. Er verschlang das, was er las, einfach. Und dann schaute er auf. Und wieder habe ich niemals, weder vor- noch nachher, einen so strahlend schauen sehen wie diesen Mann.
»Da lese ich eben in der Zeitung«, sagte er mit einer verrosteten, mühsam ruhigen Stimme, die in lächerlichem Gegensatz zu seinem strahlenden Gesicht stand, »daß die ganze Sache einfach schon lang aufgeklärt ist. Jedermann in Ohio weiß, daß ich mit der ganzen Sache nicht das geringste zu tun hatte.« Und dann lachte er.
Und wir alle, die erstaunt dabeistanden und etwas ganz anderes erwartet hatten und fast nur begriffen, daß der Mann unter irgendeiner Beschuldigung gestanden und inzwischen, wie er eben aus diesem Zeitungsblatt erfahren hatte, rehabilitiert worden war, fingen plötzlich

an, aus vollem Halse und fast aus dem Herzen mitzulachen, und dadurch kam ein großer Schwung in unsere Veranstaltung, die gewisse Bitterkeit war überhaupt vergessen, und es wurde ein ausgezeichnetes Weihnachten, das bis zum Morgen dauerte und alle befriedigte.
Und bei dieser allgemeinen Befriedigung spielte es natürlich gar keine Rolle mehr, daß dieses Zeitungsblatt nicht wir ausgesucht hatten, sondern Gott.

BERTOLT BRECHT

Im Dezember

Da ruft einer
und schreit:
Hochherrliche Zeit!

Ich bin blank
und bloß.
Aber mein Engel
ist groß.

Ich bin arm
und bleich.
Aber mein Engel
ist reich.

JESSE THOOR

## Vom Brot
## und den Kindlein

Sie haben nicht gegessen
Das Brot im hölzernen Schrein
Sie riefen, sie wollten essen
Lieber die kalten Stein.

Es ist das Brot verschimmelt
Weil's keiner essen will.
Es blickte mild zum Himmel
Da sagte der Schrank ihm still:

»Die werden sich noch stürzen
Auf ein Stückelein Brot
Mit wenigen Gewürzen
Nur für des Leibes Not.«

Es sind die Kindlein gangen
Viele Straßen weit.
Da mußten sie ja gelangen
Außer die Christenheit.

Und bei den Heiden da hungern
Kindlein dürr und blaß.

Es geben ihnen die Heiden
Keinem irgendwas.

Sie würden sich gerne stürzen
Auf ein Stücklein Brot
Mit wenigen Gewürzen
Nur für des Leibes Not.

Das Brot aber ist verschimmelt
Gefressen von dem Vieh.
Woll's Gott, es hat einst der Himmel
Ein kleines Gewürzlein für sie.

BERTOLT BRECHT

# Monolog eines Kellners

Ich weiß nicht, wie es hat geschehen können; schließlich bin ich kein Kind mehr, bin fast fünfzig Jahre und hätte wissen müssen, was ich tat – und hab's doch getan, noch dazu, als ich schon Feierabend hatte und mir eigentlich nichts mehr hätte passieren können. Aber es ist passiert, und so hat mir der Heilige Abend die Kündigung beschert. Alles war reibungslos verlaufen: Ich hatte beim Dinner serviert, kein Glas umgeworfen, keine Soßenschüssel umgestoßen, keinen Rotwein verschüttet, mein Trinkgeld kassiert und mich auf mein Zimmer zurückgezogen, Rock und Krawatte aufs Bett geworfen, die Hosenträger von den Schultern gestreift, meine Flasche Bier geöffnet, hob gerade den Deckel von der Terrine und roch: Erbsensuppe. Die hatte ich mir beim Koch bestellt, mit Speck, ohne Zwiebeln, aber sämig, sämig. Sie wissen sicher nicht, was sämig ist; es würde zu lange dauern, wenn ich es Ihnen erklären wollte: Meine Mutter brauchte drei Stunden, um zu erklären, was sie unter sämig verstand. Na, die Suppe roch herrlich, und ich tauchte die Schöpfkelle ein, füllte meinen Teller, spürte und sah, daß die Suppe richtig sämig war – da ging meine Zimmertür auf, und herein kam der Bengel, der mir beim Dinner aufgefallen war: klein, blaß, bestimmt nicht älter als acht, hatte sich den Teller hoch füllen und alles, ohne es anzurühren, wieder abservieren lassen: Truthahn und Kastanien, Trüffeln und Kalbfleisch, nicht mal vom Nachtisch, den doch kein Kind vorübergehen läßt, hatte er auch nur einen Löffel gekostet, ließ sich fünf halbe Birnen und 'nen halben Eimer Schokoladensoße auf den Teller kippen und rührte nichts, aber auch nichts an, und sah doch dabei nicht mäklig aus, sondern wie je-

mand, der nach einem bestimmten Plan handelt. Leise schloß er die Tür hinter sich und blickte auf meinen Teller, dann mich an: »Was ist denn das?« fragte er. »Das ist Erbsensuppe«, sagte ich. »Die gibt es doch nicht«, sagte er freundlich, »die gibt es doch nur in dem Märchen von dem König, der sich im Wald verirrt hat.« Ich hab's gern, wenn Kinder mich duzen; die Sie zu einem sagen, sind meistens affiger als die Erwachsenen. »Nun«, sage ich, »eins ist sicher:

Das ist Erbsensuppe.« – »Darf ich mal kosten?« – »Sicher, bitte«, sagte ich, »setz dich hin.« Nun, er aß drei Teller Erbsensuppe, ich saß neben ihm auf meinem Bett, trank Bier und rauchte und konnte richtig sehen, wie sein kleiner Bauch rund wurde, und während ich auf dem Bett saß, dachte ich über vieles nach, was mir inzwischen wieder entfallen ist; zehn Minuten, fünfzehn, eine lange Zeit, da kann einem schon viel einfallen, auch über Märchen, über Erwachsene, über Eltern und so. Schließlich konnte der Bengel nicht mehr, ich löste ihn ab, aß den Rest der Suppe, noch eineinhalb Teller, während er auf dem Bett neben mir saß. Vielleicht hätte ich nicht in die leere Terrine blicken sollen, denn er sagte: »Mein Gott, jetzt habe ich dir alles aufgegessen.« – »Macht nichts«, sagte ich, »ich bin noch satt geworden. Bist du zu mir gekommen, um Erbsensuppe zu essen?« – »Nein, ich suchte nur jemand, der mir helfen kann, eine Kuhle zu finden; ich dachte, du wüßtest eine.« Kuhle, Kuhle, dann fiel mir's ein, zum Murmelspielen braucht man eine, und ich sagte: »Ja, weißt du, das wird schwer sein, hier im Haus irgendwo eine Kuhle zu finden.« – »Können wir nicht eine machen«, sagte er, »einfach eine in den Boden des Zimmers hauen?« Ich weiß nicht, wie es hat geschehen können, aber ich hab's getan, und als der Chef mich fragte: Wie konnten Sie das tun?, wußte ich kein Antwort. Vielleicht hätte ich sagen sollen: Haben wir uns nicht verpflichtet, unseren Gästen jeden Wunsch zu erfüllen, ihnen ein harmonisches Weihnachtsfest zu garantieren? Aber ich hab's nicht gesagt, ich hab' geschwiegen. Schließlich konnte ich nicht ahnen, daß seine Mutter über das Loch im Parkettboden stolpern und sich den Fuß brechen würde, nachts, als sie betrunken aus der Bar zurückkam. Wie konnte ich das wissen? Und daß die Versicherung eine Erklärung verlangen würde, und so weiter, und so weiter. Haftpflicht, Arbeitsgericht, und immer wieder: unglaublich, unglaublich. Sollte ich ihnen erklären, daß ich drei Stunden, drei geschlagene Stunden lang mit dem Jungen Kuhle gespielt habe, daß er immer gewann, daß er sogar von meinem Bier getrunken hat – bis er schließlich todmüde ins Bett fiel? Ich hab' nichts gesagt, aber als sie mich fragten, ob ich es gewesen bin, der das Loch in den Parkettboden geschlagen hat, da konnte ich nicht leugnen; nur von der Erbsensuppe haben sie nichts erfahren, das bleibt unser Geheimnis. Fünfunddreißig Jahre im Beruf, immer tadellos geführt. Ich weiß nicht, wie es hat geschehen können; ich hätte wissen müssen, was ich tat, und hab's doch getan: Ich bin mit dem Aufzug zum Hausmeister hinuntergefahren, hab' Hammer und Meißel geholt, bin mit dem Aufzug wieder raufgefahren, hab' ein Loch in den Parkettboden gestemmt. Schließlich konnte ich nicht ahnen, daß seine Mutter darüber stolpern würde, als sie nachts um vier betrunken aus der Bar zurückkam. Offen gestanden, ganz so schlimm finde ich es nicht, auch nicht, daß sie mich rausgeschmissen haben. Gute Kellner werden überall gesucht.

HEINRICH BÖLL

Der heilige Martin, wie ihr wißt
Ertrug nicht fremde Not.
Er sah im Schnee ein' armen Mann
Und er bot seinen halben Mantel ihm an
Da frorn sie alle beid zu Tod.
Der Mann sah nicht auf irdischen Lohn!
Und seht, da war es noch nicht Nacht
Da sah die Welt die Folgen schon:
Selbstlosigkeit hatt' ihn so weit gebracht!
Beneidenswert, wer frei davon!

BERTOLT BRECHT

Keinen verderben zu lassen,
auch nicht sich selber
Jeden mit Glück zu erfüllen,
auch sich, das
Ist gut.

BERTOLT BRECHT

# Das Lied
# von der barmherzigen Frau

So stehts geschrieben in der Schrift,
hört, Brüder, kommt und hört mich an,
damit die Welt sich neu gebiert
und keine Krankheit Wunden schlägt,
hört, Brüder:

In Bethlehem, der heilgen Stadt,
geboren ward Herr Jesus Christ
von einer Jungfrau gnadenreich.

Die Sonne und der stille Mond,
sie freuten sich mitsamt der Welt:
Geboren ist das Christuskind.

Doch seine Feinde ruhten nicht
und wollten ihn vernichten,
als sie erfuhren, daß er ward geboren.
Sie wünschten Böses ihm und wollten
furchtbare Folterqualen an ihm üben.
Es kamen Diebe, Mörder in die Stadt,
und alle kleinen Kinder wurden
von ihnen abgewürgt, erdolcht und aufgehängt.
An vierzigtausend haben sie gemordet,
an vierzigtausend kleine Kinder,
die zwischen zwei und einem Jahre waren.

In Bethlehem, der heilgen Stadt,
hub an ein schrecklich Weinen.

Der wahre Christus, Gottes Sohn,
ward durch des Vaters Hand gerettet,
und als er floh auf Gottes Weg,
begegnet einem Weibe er
mit einem Kindlein an der Brust.
Und also redet er sie an:
»Barmherzge, mitleidvolle Frau,
wirf deinen Sohn in einen Ofen,
nimm mich dafür auf deinen Arm,
denn Jesus Christus bin ich, Gottes Sohn.
Du wirst für deine Opfertat
den Himmel dir erwerben.«

Das Weib bekreuzigt' sich zuerst
und dann warf sie den eignen Sohn
ins Feuer, und sie nahm dafür
das Christuskind auf ihren Arm.

Und schon gelaufen mit Geschrei
kommt an der Feinde wüste Schar.
Der Teufel wies dem Schinderpack
die Spur, und selber fanden sie
mit Waffenklang und Fluch den Weg.
»Du mitleidvolle Frau, sag an,
hast du nicht Jesus Christ gesehn?
Wo hat sich Gottes Sohn versteckt?«

Da sprach die mitleidvolle Frau:
»Verfluchte Feinde, wo soll ich
wohl Gottes Sohn gefunden haben?
Jetzt grade fing ich hier ein Kind
und warf es in den Ofen.«

Die Feinde wollten das nicht glauben
und schauten in dem Ofen nach.
Und sieh! da regt ein Gliedchen sich
ein Händchen und ein Beinchen sich...

Wie freute sich das Schindervolk!
»Da sitzt er drin, der Gottessohn!«

Sie sprangen, sangen, tanzten, fluchten
und zogen lärmend wieder heim.

Da weinte nun die arme Frau:
»O weh, was habe ich getan?
Ich hab mein eigen Kind verbrannt,
und das ist nun zu Asche worden.«

Doch da auf ihrem Arme sprach
das Christuskind, der Gottessohn:
»Vergieße keine Tränen, mitleidvolles Weib.
Dein Kind ist unversehrt geblieben.
Schau hin, es spielt im Ofen;
es sitzt im Feuer und es liest
die Heilge Schrift, du mitleidvolles Weib.«

Das mitleidvolle Weib jedoch
wollt dem nicht Glauben schenken;
ging zu des Ofens Feuerglut,
schaut in die rote Flammenloh,
und sieh! im Feuer wächst grün Gras,
und bunte Blumen blühn im Gras,
das Kind spielt in dem Ofen
und liest die Heilge Schrift.

Ein Engel schützet vor der Glut
das Kind mit seinen Flügeln.

Es schlug ein Kreuz das mitleidvolle Weib:
»Wie weise bist du, Gottes Sohn,
wie groß ist deine Macht!«

Dem Kind der mitleidvollen Frau
gab Gott selbst einen Namen.

Wir aber preisen dich, o Herr,
mit Halleluja ohne Ende.

ALTRUSSISCHES KIRCHENLIED

# Von einem Knaben und einem Mädchen, die nicht erfroren sind

In den Weihnachtserzählungen ist es von alther üblich, jährlich mehrere arme Knaben und Mädchen erfrieren zu lassen. Der Knabe oder das Mädchen einer angemessenen Weihnachtserzählung steht gewöhnlich vor dem Fenster eines großen Hauses, ergötzt sich am Anblick des brennenden Weihnachtsbaumes in einem luxuriösen Zimmer und erfriert dann, nachdem es viel Unangenehmes und Bitteres empfunden hat.
Ich verstehe die guten Absichten der Autoren solcher Weihnachtserzählungen, ungeachtet der Grausamkeit, welche die handelnden Personen betrifft; ich weiß, daß sie, diese Autoren, die armen Kinder erfrieren lassen, um die reichen Kinder an ihre Existenz zu erinnern; aber ich persönlich kann mich nicht dazu entschließen, auch nur einen einzigen Knaben oder ein armes Mädchen erfrieren zu lassen, auch zu solch einem sehr achtbaren Zweck nicht.

Ich selbst bin nicht erfroren und bin auch nicht beim Erfrieren eines armen Knaben oder armen Mädchens dabeigewesen und fürchte, allerhand lächerliche Dinge zu sagen, wenn ich die Empfindungen beim Erfrieren beschreibe, und außerdem ist es peinlich, ein lebendes Wesen erfrieren zu lassen, nur um ein anderes lebendes Wesen an seine Existenz zu erinnern.
Das ist es, weshalb ich es vorziehe, von einem Knaben und einem Mädchen zu erzählen, die nicht erfroren sind.
Es war Heiligabend, ungefähr um sechs Uhr. Der Wind wehte und wirbelte hier und da durchsichtige Schneewölkchen auf. Diese kalten Wölkchen von nicht greifbarer Gestalt, schön und leicht wie zusammengeknüllter Mull, flogen überall umher, gerieten den Fußgängern ins Gesicht und stachen ihnen mit Eisnadeln in die Wangen, bestäubten den Pferden die Köpfe, die sie – warme Dampfwolken ausstoßend – laut wiehernd schüttelten. Die Telegrafendrähte waren mit Reif behängt, sie sahen wie Schnüre aus weißem Plüsch aus. Der Himmel war wolkenlos und funkelte von vielen Sternen. Sie glänzten so hell, als ob jemand sie zu diesem Abend mit Bürste und Kreide sorgfältig geputzt hätte, was natürlich unmöglich war.
Auf der Straße ging es laut und lebhaft her. Traber sausten dahin, Fußgänger kamen, von denen einige eilten, andere ruhig dahinschritten.
Dieser Unterschied lag sichtlich darin begründet, daß die ersteren etwas vorhatten und sich Sorgen machten oder keine warmen Mäntel besaßen, die letzteren aber weder Geschäfte noch Sorgen hatten und nicht nur warme Mäntel, sondern sogar Pelze trugen.
Dem einen dieser Leute, die keine Sorgen hatten und dafür Pelze mit üppigen Kragen, einem von diesen Herrschaf-

ten, die langsam und wichtig dahinschritten, rollten zwei kleine Lumpenbündel direkt vor die Füße und begannen, sich vor ihm herumdrehend, zweistimmig zu jammern. »Lieber, guter Herr«, klagte die hohe Stimme eines kleinen Mädchens. »Euer Wohlgeboren«, unterstützte es die heisere Stimme eines Knaben. »Geben Sie uns armseligen Kindern etwas!«

»Ein Kopekchen für Brot! Zum Feiertage!« schlossen sie beide vereint. Das waren meine kleinen Helden – arme Kinder: der Knabe Mischka Pryschtsch und das Mädchen Katjka Rjybaja.

Der Herr ging weiter; sie aber liefen behende vor seinen Füßen hin und her, wobei sie ihm beständig im Wege waren, und Katjka flüsterte, vor Aufregung keuchend, immer wieder: »Geben Sie uns doch etwas!« während Mischka sich bemühte, den Herrn soviel wie möglich am Gehen zu hindern. Und da, als er ihrer endlich überdrüssig geworden war, schlug er seinen Pelz auseinander, nahm sein Portemonnaie heraus, führte es an seine Nase und schnaufte. Darauf entnahm er ihm eine Münze und steckte sie in eine der sehr schmutzigen kleinen Hände, die sich ihm entgegenstreckten. Die beiden Lumpenbündel gaben augenblicklich dem Herrn im Pelz den Weg frei und fanden sich plötzlich in einem Torweg, wo sie eng aneinandergedrückt eine Zeitlang schweigend die Straße auf und ab blickten. »Er hat uns nicht gesehen, der Teufel!« flüsterte der arme Knabe Mischka, boshaft triumphierend.

»Er ist um die Ecke herum zu den Droschkenkutschern gegangen«, antwortete seine kleine Freundin. »Wieviel hat er denn gegeben, der Herr?«

»Einen Zehner!« sagte Mischka gleichmütig.

»Und wieviel sind es jetzt im ganzen?«

»Sieben Zehner und sieben Kopeken!«
»Oh, schon soviel! ... Gehen wir bald nach Hause? Es ist so kalt.«
»Dazu ist noch Zeit!« sagte Mischka skeptisch. »Sieh zu, drängle dich nicht gleich vor; wenn dich die Polente sieht, packt sie dich und zaust dich ... Dort schwimmt eine Barke! Los!«
Die Barke war eine Dame in einer Rotonde, woraus zu ersehen ist, daß Mischka ein sehr boshafter, unerzogener und älteren Leuten gegenüber unehrerbietiger Knabe war.
»Liebe gnädige Frau«, begann er zu jammern.
»Geben Sie etwas, um Christi willen!« rief Katjka.
»Drei Kopeken hat sie spendiert! Sieh mal an! Die Teufelsfratze!« schimpfte Mischka und schlüpfte wieder in den Torweg.
Und die Straße entlang stoben nach wie vor leichte Schneewölkchen, und der kalte Wind wurde immer rauher. Die Telegrafenstangen summten dumpf, der Schnee knirschte unter den Schlittenkufen, und in der Ferne hörte man ein frisches, helles weibliches Lachen.
»Wird Tante Anfissa heute auch betrunken sein?« fragte Katjka, sich fester an ihren Kameraden schmiegend.
»Warum denn nicht? Warum sollte sie nicht trinken? Genug davon!« antwortete Mischka wichtig.
Der Wind wehte den Schnee von den Dächern und begann leise ein Weihnachtsliedchen zu pfeifen; irgendwo winselte eine Türangel. Darauf erklang das Klirren einer Glastür, und eine helle Stimme rief: »Droschke!«
»Laß uns nach Hause gehen!« schlug Katjka vor.
»Nun, jetzt fängst du noch an zu jammern!« fuhr der ernste Mischka sie an.
»Was gibt es denn schon zu Hause?«

»Dort ist's warm«, erklärte sie kurz.
»Warm!« äffte er sie nach. »Und wenn sich wieder alle versammeln, und du mußt tanzen – ist es dann schön? Oder wenn sie dich mit Schnaps vollpumpen und dir wieder schlecht wird ... und da willst du nach Hause!«
Er reckte sich mit dem Ausdruck eines Menschen, der seinen Wert kennt und von seiner richtigen Ansicht fest überzeugt ist. Katjka gähnte fröstelnd und hockte sich in einem Winkel des Torweges nieder.
»Schweig lieber ... und wenn es kalt ist – halt aus ... das schadet nichts. Wir werden schon wieder warm werden. Ich kenne das schon! Ich will ...« Er hielt inne, er wollte seine Kameradin zwingen, sich dafür zu interessieren, was er wolle. Sie aber zeigte nicht das geringste Interesse und zog sich immer mehr zusammen. Da warnte Mischka sie besorgt:
»Paß auf, daß du nicht einschläfst, sonst erfrierst du! Katjuschka?«
»Nein, mir fehlt nichts«, antwortete sie zähneklappernd.
Wenn Mischka nicht dagewesen wäre, wäre sie vielleicht auch erfroren; aber dieser erfahrene Bursche hatte sich fest vorgenommen, sie an der Ausführung dieser in der Weihnachtszeit üblichen Tat zu hindern.
»Steh lieber auf, das ist besser. Wenn du stehst, bist du größer, und der Frost kann dich nicht so leicht bezwingen. Mit Großen kann er nicht fertig werden. Zum Beispiel die Pferde – die frieren niemals. Aber der Mensch ist kleiner als das Pferd... er friert... Steh doch auf! Wir wollen es bis zu einem Rubel bringen – und dann marsch nach Hause!«
Am ganzen Körper zitternd, stand Katjka auf.
»Es ist schrecklich kalt«, flüsterte sie.

Es wurde in der Tat immer kälter, und die Schneewölkchen verwandelten sich nach und nach in herumwirbelnde dichte Knäuel. Sie drehten sich auf der Straße, hier als weiße Säulen, dort als lange Streifen lockeren Gewebes, mit Brillanten besät. Es war hübsch anzusehen, wenn solche Streifen sich über den Laternen schlängelten oder an den hellerleuchteten Fenstern der Geschäfte vorüberflogen. Dann sprühten sie als vielfarbige Funken auf, die kalt waren und die Augen mit ihrem Glanz blendeten. Obgleich alles schön war, interessierte es meine beiden kleinen Helden absolut nicht.

»Hu – hu!« sagte Mischka, indem er die Nase aus seiner Höhle hinausstreckte. »Da kommen sie geschwommen! ein ganzer Haufen! ... Katjka, schlaf nicht!«

»Gnädige Herrschaften!« begann das kleine Mädchen mit zitternder und unsicherer Stimme zu jammern, während es auf die Straße kullerte.

»Geben Sie uns ar-men ... Katjuschka, lauf!« kreischte Mischka auf.

»Ach, ihr, ich werde euch«, zischte ein langer Polizist, der plötzlich auf dem Bürgersteig erschienen war.

Aber sie waren bereits verschwunden. Sie waren wie zwei große zottige Knäuel fortgekullert und verschwunden.

»Sie sind fortgelaufen, die kleinen Teufel!« sagte der Polizist vor sich hin, lächelte gutmütig und blickte die Straße entlang.

Und die kleinen Teufel rannten und lachten aus vollem Halse. Katjka fiel immer wieder hin, weil sie sich in ihren Lumpen verwickelte, und rief dann: »Lieber Gott! Schon wieder ...«, und sah sich beim Aufstehen ängstlich lächelnd um.

»Kommt er hinterher?«

Mischka lachte, sich die Seiten haltend, aus vollem Halse und bekam einen Nasenstüber nach dem anderen, weil er fortwährend mit Vorübergehenden zusammenstieß.
»Nun aber genug! Hol dich der Teufel! Wie sie herumkullert! Ach du dumme Trine! Plumps! Mein Gott, schon wieder plumpst sie hin, das ist ja zu komisch!«
Katjkas Hinfallen stimmte ihn heiter.
»Jetzt wird er uns nicht mehr einholen, sei nur ruhig! Er ist nicht schlecht, das ist einer von den guten ... Der andere, der von damals, hat gleich gepfiffen ... Ich renne los – und dem Polizisten direkt gegen den Bauch! Und mit der Stirn an seinen Knüppel ...«
»Ich weiß noch, du bekamst eine Beule ...«, und Katjka lachte wieder hellauf.
»Nun, schon gut!« sagte Mischka ernst. »Du hast genug gelacht! Hör jetzt, was ich dir sage.«
Sie gingen nun im bedächtigen Schritt ernster und besorgter Leute nebeneinanderher.
»Ich hab' dich belogen, der Herr hat mir zwei Zehner gegeben, und vorher habe ich dich auch belogen, damit du nicht sagen solltest, es sei Zeit, nach Hause zu gehen. Heute haben wir einen guten Tag! Weißt du, wieviel wir gesammelt haben? Einen Rubel und fünf Kopeken! Das ist viel.«
»Ja-a-a!« flüsterte Katjka. »Für soviel Geld kann man sogar Schuhe kaufen ... auf dem Trödelmarkt.«
»Nun, Schuhe! Schuhe stehle ich für dich ... warte nur ... ich habe es schon lange auf ein Paar abgesehen ... ich werde sie schon stibitzen. Aber weißt du was, wir wollen gleich in eine Schenke gehen ... ja?«
»Tantchen wird wieder davon erfahren, und dann setzt es was, wie das vorige Mal«, sagte Katjka nachdenklich;

aber in ihrem Ton klang schon Vorfreude auf die Wärme.
»Dann setzt es was? Nein, das wird nicht geschehen! Wir wollen uns eine Schenke suchen, wo uns niemand kennt.«
»Ach so«, flüsterte Katjka hoffnungsvoll.
»Also vor allem wollen wir ein halbes Pfund Wurst kaufen, das macht acht Kopeken; ein Pfund Weißbrot für fünf Kopeken. Das sind dreizehn Kopeken! Dann zwei Stück Kuchen zu drei Kopeken – das sind sechs Kopeken und im ganzen schon neunzehn Kopeken! Dann zahlen wir für zweimal Tee sechs Kopeken ... das macht einen Fünfundzwanziger! Siehst du! Dann bleiben uns ...«
Mischka schwieg und blieb stehen. Katjka schaute ihm ernst und fragend ins Gesicht.
»Das ist aber schon sehr viel«, wiederholte sie schüchtern.
»Sei still ... warte ... Das macht nichts, es ist nicht viel, es ist sogar noch wenig. Dann essen wir noch was für acht Kopeken ... dann sind es im ganzen dreiunddreißig! Essen wir drauflos! Ist ja Weihnachten. Dann bleiben ... bei fünfundzwanzig Kopeken acht Zehner und bei dreiunddreißig etwas über sieben Zehner übrig! Siehst du, wie viel! Hat sie noch mehr nötig, die Hexe? ... Hei! ... Geh mal schneller!«
Sie faßten sich an den Händen und hopsten auf dem Bürgersteig weiter. Der Schnee flog ihnen ins Gesicht und in die Augen. Mitunter wurden sie von einer Schneewolke vollständig bedeckt; sie hüllte die beiden kleinen Gestalten in einen durchsichtigen Schleier, den sie in ihrem Streben nach Wärme und Nahrung rasch zerrissen.
»Weißt du«, begann Katjka, vom schnellen Gehen keuchend, »ob du willst oder nicht, aber wenn sie es erfährt, werde ich sagen, daß du das alles ... ausgedacht hast ... Tu, was du willst! Du wirst schließlich fortlaufen ... aber ich

habe es schlechter ... mich kriegt sie immer ... und schlägt mich mehr als dich ... sie mag mich nicht. Paß auf, ich werde alles sagen!«

»Nur zu, sag es nur!« nickte ihr Mischka zu. »Wenn sie uns auch durchprügelt – es wird schon wieder heilen. Das macht nichts ... Sag es nur ...«

Er war von Mut erfüllt und ging einher, pfeifend den Kopf zurückgeworfen. Sein Gesicht war schmal und seine Augen hatten einen unkindlich schlauen Ausdruck, seine Nase war spitz und ein wenig gebogen.

»Da ist sie, die Schenke! Es sind sogar zwei! In welche wollen wir gehen?«

»Los, in die niedrige. Und zuerst in den Laden ... komm!«

Und nachdem sie im Laden alles, was sie sich vorgenommen, gekauft hatten, traten sie in die niedrige Schenke. Sie war voller Dampf und Rauch und einem sauren, betäubenden Geruch. Im dichten rauchigen Nebel saßen an den Tischen Droschkenkutscher, Landstreicher und Soldaten, zwischen den Tischen liefen unglaublich schmutzige Bediente umher, und alles schrie, sang und schimpfte. Mischka fand mit scharfem Blick in einer Ecke ein leeres Tischchen und ging geschickt lavierend darauf zu, nahm schnell seinen Mantel ab und begab sich zum Büfett. Schüchtern um sich blickend, begann nun Katjka ihren Mantel auszuziehen.

»Onkelchen«, sagte Mischka, »kann ich zwei Glas Tee bekommen?« Und schlug gleich mit der Faust auf das Büfett.

»Tee möchtest du haben! Bitte sehr! Gieß dir selber ein, und hol dir auch selbst kochendes Wasser ... Sieh aber zu, daß du nichts zerbrichst! Sonst werde ich dich ...«

Aber Mischka war schon nach dem heißen Wasser fortgerannt. Nach zwei Minuten saß er mit seiner Kameradin ehrbar am Tisch, im Stuhl zurückgelehnt, mit der wichtigen Miene eines Droschkenkutschers nach tüchtiger Arbeit – und drehte sich bedächtig eine Zigarette aus Machorka. Katjka schaute ihn voller Bewunderung für seine Haltung in einem öffentlichen Lokal an. Sie konnte sich noch gar nicht an den lauten, betäubenden Lärm der Schenke gewöhnen und erwartete im stillen, daß man sie beide »am Kragen nehmen« oder daß noch etwas Schlimmeres geschehen würde. Aber sie wollte ihre geheimen Befürchtungen nicht vor Mischka aussprechen und versuchte, indem sie ihr blondes Haar mit den Händen glättete, sich unbefangen und ruhig umzuschauen. Diese Bemühungen ließen ihre schmutzigen Backen immer wieder erröten, und sie kniff ihre blauen Augen verlegen zusammen. Aber Mischka belehrte sie bedächtig, bemüht, in Ton und Rede den Hausmann Signej nachzuahmen, der ein sehr ernster Mensch, wenn auch ein Trinker war und vor kurzer Zeit wegen Diebstahls drei Monate im Gefängnis gesessen hatte.

»Da bettelst du zum Beispiel ... Aber wie du bettelst, das taugt nichts, offen gesagt, ›Ge-e-eben Sie, ge-e-eben Sie uns etwas!‹ Ist denn das die Hauptsache? Du mußt den Menschen vor den Füßen sein, mach es so, daß er Angst hat, über dich zu fallen...«

»Ich werde das tun ...«, stimmte Katjka demütig zu.

»Nun, siehst du ...«, nickte ihr Kamerad gewichtig. »So muß es auch sein. Und dann noch eins: Wenn zum Beispiel Tante Anfissa ... was ist denn diese Anfissa? Erstens eine Trinkerin! Und außerdem...«

Und Mischka verkündete aufrichtig, was Tante Anfissa außerdem noch war. Im völligen Einverständnis mit Mischkas Bezeichnung nickte Katjka mit dem Kopf.

»Du folgst ihr nicht… das muß man anders machen. Sage zu ihr: ›Liebes Tantchen, ich werde brav sein … ich werde Ihnen gehorchen …‹ Schmier ihr also Honig ums Maul. Und dann tu, was du willst … So mußt du es machen…«
Mischka schwieg und kratzte sich gewichtig den Bauch, wie es Signej immer tat, wenn er zu reden aufhörte. Damit war sein Thema erschöpft.
Er schüttelte den Kopf und sagte: »Nun wollen wir essen..«
»Ja, los!« stimmte Katjka bei, die schon längst gierige Blicke auf Brot und Wurst geworfen hatte.
Dann begannen sie ihr Abendessen zu verspeisen inmitten des feuchten, übelriechenden Dunkels der mit berußten Lampen schlecht beleuchteten Schenke, im Lärm zynischer Schimpfreden und Lieder. Sie aßen beide mit Gefühl, Verstand und Bedacht, wie echte Feinschmecker. Und wenn Katjka, aus dem Takt kommend, heißhungrig ein großes Stück abbiß, wodurch sich ihre Backen blähten und ihre Augen komisch hervortraten, brummte der bedächtige Mischka spöttisch: »Schau mal einer an, Mütterchen, wie du über das Essen herfällst!«
Das machte sie verlegen, und sie bemühte sich, beinahe erstickend, die wohlschmeckende Kost rasch zu zerkauen.
Nun, das ist auch alles. Jetzt kann ich sie ruhig ihren Weihnachtsabend zu Ende feiern lassen. Glauben Sie mir, sie werden nun nicht mehr erfrieren! Sie sind am richtigen Platz … Wozu sollte ich sie erfrieren lassen …? Meiner Meinung nach ist es äußerst töricht, Kinder erfrieren zu lassen, welche die Möglichkeit haben, auf gewöhnliche und natürliche Weise zugrunde zu gehen.

MAXIM GORKI

Nimm Platz am Tisch, du hast ihn doch gedeckt.
Von heute ab wird auch die das Kleid tragen,
  die es genäht hat.
Heute, Mittag um zwölf Uhr
Beginnt das goldene Zeitalter.

Wir fangen es an aus der Erwähnung heraus
Daß ihr müd seid, Häuser zu bauen und
Nicht darin zu wohnen. Wir glauben
Ihr wollt jetzt das Brot essen, das ihr gebacken habt.

Mutter, dein Sohn soll essen.
Der Krieg ist abgesagt worden. Wir dachten
So sei es dir recht. Warum, fragten wir uns
Das goldene Zeitalter noch aufschieben?
Wir leben nicht ewig.

BERTOLT BRECHT

# Weihnacht

Es blüht der Winter im Geäst,
und weiße Schleier fallen.
Einsam erfriert ein Vogelnest.
Wie vormals läßt das Weihnachtsfest
die Glocken widerhallen.

Es neigt sich über uns der Raum,
darin auch wir uns neigen.
Es glänzt der Kindheit Sternentraum.
Ein neuer Stern blinkt hoch am Baum
und winkt aus allen Zweigen.

JOHANNES R. BECHER

Gedenkt man, wieviel Menschen man gesehen, gekannt, und gesteht sich, wiewenig wir ihnen, wiewenig sie uns gewesen, wie wird uns da zumute! Wir begegnen dem Geistreichen, ohne uns mit ihm zu unterhalten, dem Gelehrten, ohne von ihm zu lernen, dem Gereisten, ohne uns zu unterrichten, dem Liebevollen, ohne ihm etwas Angenehmes zu erzeigen. Und leider ereignet sich dies nicht bloß dem Vorübergehenden. Gesellschaften und Familien betragen sich so gegen ihre liebsten Glieder, Städte gegen ihre würdigsten Bürger, Nationen gegen ihre vorzüglichsten Menschen.

GOETHE

WEIHNACHTSABEND: Alles widert mich an. Das große Kotzen mitten im Winter.

La Nochebuena se viene
la Nochebuena se va
y nosotros nos iremos
y no volveremos mas.

Die Christnacht kommt
die Christnacht geht
auch wir müssen gehen
und kommen nicht wieder.

*(Altes spanisches Lied)*

PALINURUS

Im Jahr 1917 wartete ich eines Morgens in La Rochelle auf Mitschüler, die mich ins Gymnasium begleiten sollten; sie verspäteten sich, so daß ich bald zu meiner Zerstreuung nichts mehr zu erfinden vermochte und beschloß, an den Allmächtigen zu denken. Augenblicklich machte er sich in den Azur davon und verschwand ohne irgendeine Erklärung: Er existiert nicht, sagte ich, höflich erstaunt zu mir selbst und hielt die Angelegenheit für abgetan. In gewisser Weise war sie es auch, denn seither habe ich niemals die leiseste Versuchung gespürt, ihn von neuem zu beschwören. Aber der andere blieb, der Unsichtbare, der Heilige Geist, der meinen Auftrag garantierte und mein Leben durch große, anonyme und geheiligte Kräfte regierte. Von dem da konnte ich mich um so schwerer frei machen, als er sich im hinteren Winkel meines Kopfes eingerichtet hatte mit Hilfe von eingeschmuggelten Begriffen, deren ich mich bediente, um mich zu verstehen, meine Lage zu bestimmen und mich zu rechtfertigen.

JEAN-PAUL SARTRE

Außer diesem Stern, dachte ich,
    ist nichts und er
Ist so verwüstet.
Er allein ist unsere Zuflucht und die
Sieht so aus.

BERTOLT BRECHT

# Advent

Wenn Onkel Dagobert wieder die Trompeten vertauscht
und wir katalytisches Jericho mit Bauklötzen spielen,
weil das Patt der Eltern
oder das Auseinanderrücken im Krisenfall
den begrenzten Krieg,
also die Schwelle vom Schlafzimmer zur Eskalation,
weil Weihnachten vor der Tür steht,
nicht überschreiten will,
    wenn Onkel Dagobert wieder was Neues,
    die Knusper-Kneißchen-Maschine
    und ähnliche Mehrzweckwaffen Peng! auf den Markt
    wirft,
    bis eine Stunde später Rickeracke ... Puff ... Plops!
    der konventionelle, im Kinderzimmer lokalisierte Krieg
    sich unorthodox hochschaukelt,
    und die Eltern,
    weil die Weihnachtseinkäufe
    nur begrenzte Entspannung erlauben,
    und Tick, Track und Trick, –
    das sind Donald Ducks Neffen, –
    wegen nichts Schild und Schwert vertauscht haben,
    ihre gegenseitige, zweite und abgestufte,
    ihre erweiterte Abschreckung aufgeben,
    nur noch minimal flüstern, Bitteschön sagen,
wenn Onkel Dagobert wieder mal mit den Panzerknak-
kern
und uns, wenn wir brav sind, doomsday spielt,
weil wir alles vom Teller wegessen müssen,
weil die Kinder in Indien Hunger haben
und weniger Spielzeug und ABC-Waffen,

die unsere tägliche Vorwärtsverteidigung
vom Wohnzimmer bis in die Hausbar tragen,
in die unsere Eltern das schöne Kindergeld stecken,
bis sie über dreckige Sachen lachen,
kontrolliert explodieren
und sich eigenhändig,
wie wir unseren zerlegbaren Heuler,
zusammensetzen können,
    wenn ich mal groß und nur halb so reich
    wie Onkel Dagobert bin,
    werde ich alle Eltern, die überall rumstehen
    und vom Kinder anschaffen und Kinder abschaffen reden,
    mit einem richtigen spasmischen Krieg überziehen
    und mit Trick, Track und Tick, –
    das sind die Neffen von Donald Duck, –
    eine Familie planen,
    wo bös lieb und lieb bös ist
    und wir mit Vierradantrieb in einem Land-Rover
    voller doll absoluter Lenkwaffen
    zur Schule dürfen,
    damit wir den ersten Schlag führen können;
denn Onkel Dagobert sagt immer wieder:
Die minimale Abschreckung hat uns bis heute, –
und Heiligabend rückt immer näher, –
keinen Entenschritt weiter gebracht.

GÜNTER GRASS

# Überredung zum Feiertag

Ich sage mir: Nimm ein Blatt vor den Mund, die Feiertage nahen.
Ich sage mir: Mach, was du willst, Edelrauhreif fällt gezielt auch auf den sprödesten Fleck, das Klima ist teuer präpariert, mach, was du willst: Es weihnachtet sehr. Zögere, ganz zuletzt schlüpfst du doch noch in eine Rolle. Es muß ja nicht gleich das am meisten getragene Drogistenlächeln sein. Schau einen Winterbaum an, beachte den durchdringenden Ernst, mit dem er auf dürren Zweigen Schnee trägt, als ginge ihn der was an. Mach, was du willst, du wirst mitmachen. Schließlich sind das deine Festspiele.
Ich sage mir: Wer jetzt eine Großmutter hat oder ganz kleine Kinder, der hat Glück, der hat rasch eine Rolle. Gib dir feierlich Mühe, sag ich mir. Dazu stehen ja die Feiertage mit hohen Wänden im Wind als Vitrinen auf Zeit, daß wir in angestrengter Gelassenheit darin spielen, für uns, für den beliebten Himmel, oder bloß so, daß gespielt wird. Am Ende hat jedes Jahr seine gefürchteten Feiertage verdient. Die Schneegrenze sinkt ins Tal, Maiwege sind nur noch mit Ketten befahrbar, nun rück schon zusammen mit allen, der traurige Gemeinplatz wärmt auch dich. Schellengeläut der Erinnerung und so. Taube Nüsse, Wehmut, der Geruch der Jahrzehnte. Lach doch mit. Das ganze Jahr flüssiger Maskenwechsel, jetzt wird dir doch nicht zuletzt noch das Gesicht ausgehen für ein bißchen Kerzengerechtigkeit. Und ist denn das gar nichts, wenn dir im Halse das Silberglöcklein wächst, die Kerze dir fünfsterniges Edelweiß auf dem Zahnschmelz züchtet und in deinen Ohrgängen Chöre nisten, daß es dich vor inwendigem Brausen auf die Zehenspitzen hebt? Du kannst

sogar ausführlich von Liebe reden. Das ist das rechte Wort für diese Festspiele. Das hat Kunstcharakter, darin klirrt Leistung. Denk, was das Ballett der schieren Natur abringt. Trau dir was zu. Ganz positiv. So richtig in Rechtshändermanier. Tu, als könntest du momentan nicht anders. Wähl also Liebe, wähl Heimlichkeit, furchigen Ernst, wähl einen weißen Bart oder verhalten flakkernde Würde, beobachte die Wirkung, und dein Lampenfieber ist weg. Du spielst dich frei, und ringsum verfallen die Glocken sofort in wildfröhliches Läuten.
Ich sage mir: Was soll dir jetzt Asien? Vergiß doch Asien. Vergiß alle möglichen Brüder. Ausgerechnet zur hohen Festspielzeit fällt es dir ein, den Christenmenschen zu spielen, dem sein Punsch nicht schmeckt, weil andere noch immer kein gutes Wasser haben. Überhaupt, wenn du an Christus denkst, hört sich sowieso alles auf. Dann können wir einpacken. Hübsch barbarisch-kultivierte Feiertage, mehr ist nicht drin. Falls zwiespältige Empfindungen dich stören, bleib schön irdisch, bleib hart. Keine christlichen Anfechtungen. Du willst am Leben bleiben und deine Anzüge selber tragen. Das ist schon eine Welt, in der man sich wegen eines so schlichten Vorsatzes gleich Gewissensbisse einbilden muß zur eigenen Beruhigung. Zum Beispiel, nein, bitte keine Beispiele. Daß das Fräulein im fünften Stock besonders kalte Füße hat und irgendwo einen Pilz, ist ja auch kein Beispiel. Die Misere blüht so gut wie die Riviera. Darum haben wir doch die Vitrinen. Also Vorsicht. Sonst zieht es gleich, und die Feiertage kriegen die Schwindsucht. Bewegungen nur wie am Steuer eines Autos auf Glatteis. Und allen Mitspielern einen um Beschränktheit bemühten Verschwörerblick. Wir wollen Feiertag spielen, auch wenn uns auf blankem Eis Asche und

Asche serviert wird. Daß Regen als Schnee fällt zur Zeit, ist kalkuliert. Wer ein Glas hebt, zerbricht es, vielleicht. Aber wenn du dann trotz allem deinem Freund übern Kopf streichst, beherrsche dich, zähl nicht seine Haare. Wir kommen sonst einfach nicht in die richtige Stimmung. Zuletzt müssen wir die Feiertage noch abblasen mit Trompeten aus Himmelsrichtungsschrott. Wenn aber jeder weiß, er ist ein ungesunder Elefant, dann wird schon ein Zauber mäßig gelingen. Viel Musik, wenig Text. Den Blick starr auf die Kerze. Bis sie qualmt. Dann dürfte es ohnehin spät genug sein, Zeit, das Blatt wieder vom Mund zu nehmen.

MARTIN WALSER

TRAVELS

# Die drei Stillen Messen

*Eine Weihnachtsgeschichte aus der Provence*

## I

»Zwei Truthennen, gefüllt mit Trüffeln, Garrigou ...?«

»Ei und wie, Hochwürden, zwei leckere, herrliche Truthennen – und vollgestopft mit Trüffeln! Ich kann Euch sagen ...! Ich habe ja selber beim Füllen mitgeholfen: Man möchte meinen, gleich auseinanderknacken müsse sie beim Braten, ihre Haut, so gespannt war sie, zum Platzen ...«

»Jesus-Maria, und ich esse die Trüffeln doch für mein Leben gern – Garrigou, mach schon, reich mir mein Chorhemd her! ... Und außer den Puten? Was hast du da noch so gesehen in der Küche ...?!«

»O-ah! alle möglichen guten Sachen ... Seit dem Mittagsläuten haben wir nichts getan als gerupft: Fasanen, Wiedehöpfe, fette Haselhühnchen, Birkhähne ... Es stiebte überall nur so von Federn! – Und was dann so noch aus den Fischweihern herangeschleppt wurde: die Aale, die Goldkarpfen, Forellen und ...«

»Forellen, sagst du? Wie groß, Garrigou?«

»Na, so-o hier von dieser Güte, Hochwürden! Solche Ungeheuer ...!«

»Ah, Gott, ich glaube, ich sehe sie ...! Hast du den Meßwein in die Kännchen gefüllt?«

»Schon eingegossen, Hochwürden ... Aber, verdammich, unser Meßwein, der kann sich nicht messen mit dem, den Ihr da drüben gleich schlürfen werdet, in einer Stunde, nach der Mitternachtsmesse! Wenn Ihr das gesehen hättet im Speisesaal drüben: die Karaffen voll Wein, in allen Farben funkelnd ... Und das Silbergeschirr, die ziselierten

Tafelaufsätze ... Und die Blumenpracht, die festliche Kerzenbeleuchtung ...! So einen Weihnachtsschmaus wird man wohl kaum ein zweites Mal wieder erleben. Unser Herr Marquis, der hat sich doch alle Seigneurs aus der ganzen Umgegend eingeladen zu diesem Feste: Mindestens vierzig Herren werdet ihr da bei Tisch sein, unseren Amtmann und seinen Schreiber gar nicht mitgerechnet ... Ah, Hochwürden, Ihr seid gut dran, mit dazuzugehören ...! Schon vom bloßen Bratèngeruch dieser herrlichen Puten könnte man ganz selig werden – oh und der Duft, der Duft der Trüffeln, der will mir nicht mehr von der Nase weg ... Höm-m-m!«

»So mach schon, mein Junge, mach schon! Und ja immer schön auf der Hut sein vor der Sünde der Völlerei und der Schlemmerei, zumal in der heiligen Christnacht ... Eil dich, zünd die Kerzen an, und dann lauf und läute die Messe ein: Die Mitternacht ist da, und wir dürfen uns nicht verspäten ...!«

Dieses Zwiegespräch geschah in einer Weihnacht – im Jahre des Heils sechzehnhundert und etliches dazu – zwischen Hochwürden Dom Balaguère, dem ehemaligen Barnabiterprior und derzeit wohlbestallten Schloßkaplan der Edlen Herren von Trinquelague, und seinem kleinen Mesner Garrigou – oder vielmehr demjenigen, welchen Dom Balaguère für seinen Ministranten hielt. (Denn ihr wißt ja wohl, daß in jener denkwürdigen Nacht und dem Dämmerschein der Kerzen aus dem pausbäckigen jungen Sakristansgesicht mit den verschmitzten Zügen der Teufel selber sprach, um Hochwürden leichter herumzubekommen und zu der entsetzlichsten Erzsünde, der Leckermäuligkeit, zu verlocken!) Währenddem also unser sogenannter Garrigou (hum! hum!) aus Leibeskräften die Glocken im Turm der Schloßkapelle erschallen ließ, machte sich Hochwürden in seiner kleinen Sakristei für den Gottesdienst fertig. Und wie er sich so sein Chorhemd überstreifte und im vollen Meßornate dastand, wiederholte er sich in seinem Geiste, der schon etwas umnebelt und entrückt war von all den gastronomischen Schildereien, immer wieder die Worte:

»Gebratene Truthennen ... goldgelbe Karpfen ... Forellen von dieser Güte ...!«

Draußen bließ der Nachtwind und trieb in mächtigem Schwall die Klänge der Glocken nach allen Richtungen weiter ins Land; und alsbald glommen da und dort Lichter auf aus dem Dunkel längs den Hängen des Mont Ventoux, auf dessen Gipfel sich die altersgrauen Türme der Veste Trinquelague in den Himmel reckten. Das waren die Familien der Pächtersleute und Hofmeier, die da der Schloßkapelle zuströmten, um die Weihnachtsmesse zu hören. Sie klommen den Burgweg hinan, in Gruppen zu fünf oder sechs, und sangen fromme Choräle: Den Seinen voran der Vater, mit der Laterne in der Hand, dahinter das Weibervolk, in ihre weiten braunen Umschlagtücher gehüllt, unter denen die Kinder, eng aneinandergedrückt, mit Schutz suchten.

Trotz der Mitternachtsstunde und der Winterkälte stapfte all das wackre Volk fröhlich voran, von der Vorfreude beschwingt, daß es auch diesmal, wie alle Jahre, nach dem Ausklang der Weihnachtsmesse für sie einen Festtisch, in den Tiefen der Schloßküchen drunten gedeckt, geben werde. Im Mondlicht gleißten von Zeit zu Zeit beim holprigen Aufstieg die Spiegelscheiben einer vorüberrollenden, von Fackelträgern geleiteten Karosse auf; oder auch einmal ein Maultier trottete bergan an ihnen vorbei und

ließ im Takt seiner Hufe die Schellen an seinem Ledergeschirr mit erklingen, und beim Licht der Kienspäne im Nebeldunst erkannten die Meiersleute ihren Amtmann und grüßten ihn im Vorbeizug: »Grüß Gott, grüß Gott, Meister Arnoton!« – »Guten Abend mitsammen, liebe Leute, guten Abend...!«
Die Nacht war klar, die Sterne glitzerten lebhaft in der Frostluft; der scharfe Wind schnitt und stach ins Gesicht, und ein feiner körniger Graupelschauer rieselte nieder über die Kleider, ohne sie zu durchnässen – ganz wie es immer schon gewesen war, seit Menschengedenken, zu unseren schneeweißen Weihnachten! Ganz droben auf der Höhe – ihr Ziel – war das Schloß sichtbar, mit seinen massigen Türmen, Giebeln, Zinnen und dem Glockenturm seiner Kapelle, der in den nachtblauen Himmel hinaufragte; und ein Gewimmel von kleinen Lichterchen bewegte sich hinter den vielen Fenstern droben: Sie gingen und kamen, blitzten auf und verschwanden wieder – es sah aus, dies Lichterspiel vor dem düsteren Hintergrund des großen Gemäuers, als liefen und huschten tausend glühende Funken und leuchteten auf aus grauen Aschenhaufen verbrannten Papiers... Um zu der Kapelle zu gelangen, mußte man, wenn man endlich über die Zugbrücke und durch die Torhalle oben eingezogen war, erst noch den vorderen Burghof überqueren. Voller Kutschen, Tragsänften und Dienervolk war er und ganz erhellt vom flackernden Scheine der Fackeln und von dem Feuerglanz, der aus den offenen Küchenkaminen herausflammte. Man konnte das Geklicker der sich drehenden Bratspieße hören, das Scheppern der hin und her gerückten Schmorpfannen, Klirren von Kristallgläsern und von all dem Silberzeug, das beim Anrichten solch eines Festmahles andauernd in

Bewegung war. Und über allem waberte und wölkte ein warmer Dunst, aus dem es wunderbar nach allem möglichen Gebratenen roch; und der Duft, der von den vielerlei starkgewürzten Kräutersaucen herwehte, schien den Pächtersleuten ebenso spürbar wie auch dem Hochwürden Hofkaplan und dem Herrn Amtmann, kurz, jedem hier zu Gast Erschienenen zu verkünden:
»Was für einen herrlichen Weihnachtsschmaus werden wir – nach der Messe – sogleich allhier genießen...!«

## II

Kling-ling-ling-ling! Kling-ling-ling-ling...!
Schon hebt sie an, die Mitternachtsmesse. In der Schloßkapelle, dieser winzigen Miniatur-Kathedrale, mit den spitzbogig feinen Kreuzgewölben und eichenen Täfelungen, die alle Mauern überziehen, sind die Schmuckbehänge festlich ausgespannt und alle Kerzen angezündet. Und welch Fülle und Glanz der Welt! Welcher Aufwand an Pracht der Gewänder! Da erblickt man, ganz vornean im geschnitzten Gestühle zunächst dem Altarchor thronend, den Edlen Sire de Trinquelague, im Feststaat aus lachsrosa Taffet, und in seiner nächsten Umgebung alle die anderen vornehmen Herren, die heute seine Gäste sind. Gegenüber, auf den samtbeschlagenen Betstühlen, haben die beiden Damen aus dem Hause Trinquelague sich niedergelassen, die verwitwete alte Madame Marquise in ihrer feuerroten Brokatrobe und ihr zur Seite die junge Herrin des Hauses mit ihrer hohen spitzengezierten Turmhaube, gewaffelt, gefälbelt und gekräuselt nach der letzten Mode des Hofes von Frankreich. Etwas dahinter kann man durch die Banklücken zwei schwarzgewandete männliche Gestalten erkennen, glattrasierte Gesichter

unter ihren imposanten Perücken: Amtmann Thomas Arnoton und sein Schreiber Meister Ambroy – zwei dunkle Punkte zwischen all den hellen, rauschenden Seiden und goldknisternden Damasten.
Und danach reihen sich an: die feisten Haushofmeister, die Edelpagen, die Piqueure, die Verwalter, die schlüsselbartgewaltige Dame Barbe mit ihrem klimpernden Hüftgehänge von feinstem Silber. Hinter ihrem Rücken, auf den folgenden Bänken: das niedere Gesinde, die Instleute, Mägde und Hofmeier mit ihrer vielköpfigen Sippschaft; und ganz im Hintergrund, gegen die Pfeiler der Portaltüren gedrückt, die sich immer wieder halb öffnen und sachte schließen hinter den Eintretenden: die Herren Küchenjungen, die zwischen Sauceeinrühren und Tunkeabschmecken für ein Augenblickchen immer mal wieder hereingeguckt kommen, um ein Weihrauchdüftchen aus der Messe aufzuschnappen und dafür einen lockenden Hauch aus der Weihnachtsfestküche in der nach warmem Kerzenwachs riechenden, festlich erstrahlenden kleinen Kirche dazulassen...
Ob es der Anblick so vieler blanker Küchenjungenmützen sein mag, der Hochwürden immer wieder von seinem Zelebrieren ablenken will? Oder kommt das nicht vielmehr von dem Meßglöckchen in der Hand dieses Garrigou her, diesem wie irrsinnig scheppernden Schellengeklingel, das da am Fuß des Altars in einem fort, mit höllischer Hast, zu treiben scheint: »Schnell-schnell-schnell! Schnell-schnell-schnell! Je schneller wir hier zu Rand sind, um so schneller geht's zu Tisch und zu Teller!«
Und in der Tat, jedesmal wenn sie so absonderlich bimmelt, diese kleine verteufelte Schelle, dann gerät der hochwürdige Schloßkaplan ganz aus seiner Meßlitanei und ist

in Gedanken bereits mitten beim Weihnachtsschmause: Er hat es wieder vor Augen, das Leben und Rumoren in den Schloßhofküchen drüben, die offenen Herde, in denen ein wahres Schmiedeessenfeuer brennt, die duftende Dunstwolke, die unter halbgeöffneten Schmorpfannendeckeln hervordampft, und in dieser köstlichen Dunstwolke – zwei herrliche, knusprige Truthennen, mit einer Haut, zum Platzen gedehnt, vollgestopft mit marmorrunden Trüffeln...

Und es wird immer wunderbarer: er sieht Reihe um Reihe kleiner Pagen an sich vorüberziehen, Schüsseln dahertragend, von den verführerischsten Düften umwallt... Und plötzlich steht er mit ihnen in einem großen Saale, in dem alles schon hergerichtet ist für den Festschmaus... O Wonnen! Da wartet sie bereits, in Duft und Glanz, die unermeßlich lange Tafel, bis zum Biegen beladen ... Fasanen, braunrote, mit ihren knusprig gespreizten Flügeln ... Flaschen, voll rubinrot funkelndem Wein ... Pyramiden von Früchten, die hervorschwellen zwischen ihren grünen Blätterzweigen ... und all die wundervollen Fische, von denen der Garrigou schwätzte (ah, Garrigou, wirklich!) – da liegen sie, herrlich lecker ausgebreitet auf ihrem Bett von Fenchelblättern, mit schimmernden Schuppen, frisch wie aus dem Wasser gezogen, und aus ihren weit offenen Nasenlöchern winken Sträußchen duftender Würzkräuter... So lebhaft ist das Gaukelspiel all dieser Wunder, daß es Dom Balaguère deucht, als seien all diese zauberhaften Gerichte eigens ihm serviert, ganz dicht ihm vor Nase und Augen auf dem festlich bestickten Altartuche, und zwei, drei Mal ertappt er sich darüber, wie er statt des Dominus vobiscum bereits das Benedicite murmeln will. Abgesehen von diesen kleinen Versuchungen, waltet der würdige Mann so gewissenhaft wie nur möglich weiter seines Amtes und zelebriert seine Messe herunter, ohne eine Zeile zu überspringen, ohne eine Kniebeugung zu unterlassen, und alles geht gut bis zum Ende der ersten Messe – denn, wie ihr wißt, müssen in der Christnacht ja drei solcher Stillen Messen vom selben Offizianten zelebriert werden.

»So – ah, die erste wäre geschafft!« atmet, mit einem Seufzer der Erleichterung, der Schloßkaplan auf; dann winkt er, ohne eine Minute zu verlieren, seinem Ministranten – oder vielmehr dem, welchen er dafür hält, zu und...

Kling-ling-ling-ling! Kling-ling-ling-ling!

Schon geht die zweite Messe los, und mit ihr verhaspelt sich Dom Balaguère immer weiter in seine Sünde – »Schnell-schnell-schnell! Schnell-schnell-schneller!« wispert ihm das schrille Bimmelglöckchen Garrigous zu: Und diesmal stürzt sich der unglückselige Priester, schon ganz von dem Dämon irdischer Tafelgenüsse in Bann gezogen, wie hingerissen auf sein Meßbuch und verschlingt Seite um Seite des Liturgietextes mit einer Gier, die mit seinem rasenden Appetit um die Wette wächst. Mit einem wilden Eifer bückt er sich nieder, fährt wieder hoch, wirft er um sich mit den Kreuzeszeichen macht er seine Knickse, kürzt er alle Gebärden, die zu der heiligen Handlung gehören, ab, um nur so schnell wie möglich, ja noch schneller zu Ende zu kommen. Kaum daß er noch die Arme nach dem Evangelium ausstreckt, kaum daß er sich an die Brust schlägt beim Confiteor. Ein immer schnelleres Wettgemurmel geht zwischen ihm und seinem Mesner los: Litaneiverse und Responsorien überstürzen sich nur so und verheddern sich schier unheilig ineinander. Die Worte werden nur noch so halb hingebrabbelt – den Mund dabei aufzumachen würde zuviel Zeit wegnehmen –, und so endet alles schließlich in einem Wortsalat unverständlichen Gemurmels:

»Oremus ps ... ps ... ps-Mea culpa ... pa ...«

Gleich zwei Winzern, die geschäftig in der Kelter ihre Trauben zu Saft quetschen, so zermantschen eiligst die beiden und pressen sie das Meßlatein durch, daß die Spritzer nur so nach allen Seiten fliegen.

»Dom ... scum!« blubbert Balaguère:

»... stutuo!« gurgelt Garrigou dazwischen – und die ganze Zeit durch bimmelt auch noch in einem fort das verdammte kleine Glöckchengeklingel in den Ohren, wie Schellen, die man den Postpferden umhängt, um sie anzutreiben zu immer schnellerem und schnellerem Galoppieren.

Ihr könnt euch vorstellen, wie bei solch rasendem Eiltempo geradezu im Hui so eine Stille Messe heruntergerasselt ist!

»Nummer zwei, ah –!« schnauft ganz außer Atem der Schloßkaplan und stolpert auch schon, ohne sich Zeit zum Atemholen zu lassen, puterrot und schweißtriefend von neuem die Altarstufen herunter und ...

Kling-ling-ling-ling! Kling-ling-ling-ling!

Die dritte Messe setzt ein – nur noch weniger Schritte bedarf es, bis der Speisesaal erreicht ist: Aber ach! mit jedem Schritte, mit dem das Festziel näher rückt, verspürt der unselige Dom Balaguère ein immer tolleres, unbändigeres Gelüste nach den irdischen Tafelgenüssen. Immer überwältigender wird das Gaukelspiel: Da, da sind sie wieder ihm vor den Augen, die goldgelben Karpfen ... die gebratenen Puten ... zum Greifen nahe ... er will sie ... O himmlischer Duft ... die vielen dampfenden Platten, der

herrliche, blumige Wein... Und immer wieder dazwischen diese aufreizende kleine Schelle, die ihm ins Ohr schrillt: »Schnell-schnell-schnell! Noch schneller...!«
Ach Gott, aber wie nur –?! Seine Lippen bewegen sich kaum noch, die Worte wollen sich nicht mehr formen... Wenn man doch wenigstens so ein bißchen bloß den lieben Gott hinters Licht führen könnte und ihm ganz leise seine dritte stille Messe wegpraktizierte – und da ist er auch schon dabei, der Unselige! Von Versuchung zu Versuchung gelockt, fängt er an, hier einen Litaneivers zu überspringen, da gleich mal zwei. Und dann die Epistel, die ist viel zu lang, er liest sie nicht zu Ende; das Evangelium wird nur noch gestreift; beim Credo hält er sich gar nicht erst auf; das Pater noster nimmt er in einem Satz und weiter – der Praefation winkt er von ferne zu: So stürzt er sich schwungvoll geradewegs hinein in die Damnatio in aeternis, immer hineingehetzt von dem höllischen Garrigou (vade retro, Satanas!), der ihm mit unheimlich wunderbarem Einfühlungssinn dabei ministriert, mit fliegenden Bewegungen die Stola abnimmt und wieder überhängt, immer zugleich zwei Blätter im Meßbuch überschlägt, die Pulte durcheinanderschiebt, die Abendmahlskännchen umkippt und zwischendurch unaufhörlich seine Schelle bimmeln läßt, immer durchdringender, immer schneller und immer schneller...
Was da die andächtigen Zuhörer für erschreckte Gesichter machten – das hättet ihr sehen müssen!
Krampfhaft und zwangsläufig suchen sie dem Gebärdenspiel und der Mimik ihres Messepriesters zu folgen, angestrengt horchen sie hin und verstehen doch kein Wort; die einen erheben sich, während die anderen in die Knie sinken: So stiftet dies absonderliche Hochamt unter der

Menge der Gläubigen in den Bankreihen die unheilvollste Verwirrung an. Selbst der Stern der Weihnacht oben am Himmelsgewölbe über der kleinen Krippe erblaßt vor Ohnmacht und Entsetzen angesichts dieses höllischen Durcheinanders...

»Der Abbé zelebriert viel zu schnell ... Man kann ihm ja gar nicht mehr folgen!« murmelt, ganz aus der Ordnung geraten, die alte Frau Marquise und schwenkt bedenklich ihren Haubenschleier hin und her. Meister Arnoton, mit seiner großen Stahlbrille auf der Nase, sucht in seinem Gebetbuch, wo zum Teufel man jetzt ungefähr sein könnte. Aber im Grunde sind alle diese ehrsamen Festteilnehmer, die in Gedanken ebenfalls – alle durch die Bank, wie sie dasitzen – schon ganz bei ihrem Weihnachtsfeste sind, gar nicht mal so sehr ungehalten darüber, daß diese Messe in solchem Höllengalopp ihrem Ende zugeht; und als sich nun Dom Balaguère mit strahlender Miene der andächtigen Festgemeinde zuwendet und mit voller Stimmstärke verkündet: »Ite missa est!« schallt ihm wie aus einem Munde ein so fröhliches und so mitreißendes »Deo gratias« entgegen, daß man hätte vermeinen können, alles säße schon bei Tisch und es würde da soeben der erste Trinkspruch zum Weihnachtsschmaus ausgebracht.

## III

Und keine fünf Minuten darauf saßen die Herrengäste schon im großen Speisesaale, der die Fülle kaum fassen konnte, und mitten unter ihnen der hochwürdige Herr Hofkaplan. Das ganze Schloß, das von oben bis unten im Lichterglanz erstrahlte, hallte wider von dem fröhlichsten Leben und Treiben, Lachen, Rufen, Liedersingen; und Hochwürden Dom Balaguère spießte behaglich seine

Gabel hinein in den knusprigen Flügel vom rotbraunen Haselhuhn da vor ihm und ertränkte die Gewissensskrupel, die über seine Sünde in ihm aufkommen wollten, unter Fluten päpstlichen Weines und deckte alles fein mit dem saftigen Fittich des herrlichen Geflügels zu. Und er schmauste und becherte so viel, der arme Herr Hochwürden, daß er noch in derselbigen Nacht an einem schmerzvollen Übelsein verschied, ohne auch nur die Zeit gehabt zu haben, seine Sünden noch zu bereuen; so langte er denn am Morgen darauf beim Himmelstor an. Ich überlasse es euch, weiter auszumalen, in welcher – noch über die Christnacht herrschenden Stimmung er da oben empfangen wurde:

»Hinweg aus meinen Augen, du elender Mensch von einem Christen!« donnerte ihn der höchste Richter (unser aller Herr und Meister) an. »Deine Untat ist so ungeheuerlich, daß du damit dein ganzes seliges Leben verwirkt hast! Ah, Sünder, du hast mir eine Mitternachtsmesse unterschlagen ... Zur Wiedergutmachung wirst du dafür dreihundert an Ort und Stelle mir abbeten. Und du wirst nicht eher deinen Fuß in mein Paradies setzen, bevor du mir nicht in deiner Kapelle da unten diese dreihundert Weihnachtsmessen zelebriert hast, wie es sich gehört, und zwar in Anwesenheit und im Beisein aller derer, die durch deine Missetat und mit dir sich so schwer versündigt haben ...!«

Und so wahr ihr sie hier lesen könnt: das ist die Legende von dem hochwürdigen Dom Balaguère, so, wie sie erzählt wird bei uns im Lande der Oliven. Zwar, heutzutage steht es nicht mehr, das feste Schloß der Edlen von Trinquelague, aber die Kapelle mit ihrem Glockenturm, die erhebt sich noch immer hoch in den Himmel, auf dem

Gipfel des Mont Ventoux, mitten aus einem Kranz grüner Eichen. Der Wind rüttelt an ihrer schiefen Pforte, und das Gras wuchert über den Schwellenstein. Vögel nisten in den Winkeln ihres Altarchores und in den Höhlungen der hohen Fensterkreuze, deren buntgemalte Glasscheiben längst dahingeschwunden sind. Und dennoch scheint es, als geistere Jahr um Jahr, in der Weihnacht, durch diese verfallenen Mauern ein seltsamliches, unirdisches Licht. Unsere Bauersleute haben es beobachtet, jedesmal, wenn sie auf dem Wege zur Christmesse oder zu ihren Weihnachtsschmäusen waren, wie um diese mitternächtliche Stunde da droben die gespenstische Kapelle immer hell erleuchtet war, als brennten in den hohen, luftigen Mauern viele unsichtbare Kerzen, sogar bei Schnee und bei Wind. Ihr mögt lachen darüber, wenn ihr wollt, aber ein Winzer aus der Gegend, ein gewisser Garrigue – ohne Zweifel ein Nachfahre unseres Garrigou –, hat mir glaubwürdig dazu folgendes versichert:
An einem solchen Weihnachtsabend sei er mal unterwegs dortherum gewesen, nach einem Festschmaus; und weil er ein bißchen zuviel durch das Glas nach den Sternen geguckt hatte und leicht angesäuselt war, sei er auf dem Bergwege etwas abgekommen, in Richtung auf Trinquelague zu ... Ja, und da habe er folgendes wahrgenommen und mit eigenen Augen gesehen: Genauer gesagt, bis elf Uhr eigentlich noch nichts ... alles wie gewöhnlich, totenstill, stockduster, nirgends der geringste Sterbenslaut ... Plötzlich, um die Mitternacht, hebt da oben doch, ganz hoch oben vom Turm, ein Gebimmel an wie von einem alten, uralten Glockenspiel; es hörte sich an, als wisperte es ganz dünn hernieder, wie aus zehn Meilen Weite her ... Und bald – so erzählte mir unser Garrigue weiter – sah er, den

Burgweg hinauf, vor seinen Augen Lichter hin und her flackern und undeutliche Schatten sich bewegen ... und nach der Pforte der Kapelle zu war es anzuhören wie Getrappel von vielen Füßen, wie Geflüster: »Grüß Gott, Meister Arnoton ...!« – »Guten Abend, liebe Leute, guten Abend mitsammen ...«

Und was da mein Winzer und Gewährsmann war – ein unentwegter Bursch war er schon –, der schlich doch so sachte wie möglich all dem geisterhaften Volke nach und spähte durch die zerborstene Pforte hinein in die Kapelle: – da bot sich ihm ein ganz seltsames Schauspiel dar! Alle die Leute, die er hatte dahinein verschwinden sehn, waren um den Altarchor versammelt und in dem verfallenen Kirchenschiff gereiht, so, als ständen noch all die Bankreihen von ehedem wie zum Platznehmen da: Schöne Damen in Brokatroben, mit spitzenumsäumten hohen Hauben, Edelherren, reichverbrämt von Kopf bis zu den Füßen, Bauernvolk in bunter Festtracht, wie sie noch unsere Großeltern trugen – aber alle Gesichter fahl und vergilbt, wie von Moderstaub überrieselt, mit müdem, erloschenem Blick ... Von Zeit zu Zeit strichen Nachtvögel umher – die gewohnten Gäste der zerfallenen Kapelle –, wie aufgeschreckt von dem geisterhaften Kerzenschein, der unbewegt und still wie hinter einem dunstigen Gazeschleier stand ... Ja, und was dabei unserem Garrigue ganz besonders spaßig vorkam, das war der Anblick einer gravitätischen Gestalt mit großen stahlumrandeten Brillengläsern auf der Nase: In jedem Augenblick schüttelte sich die mächtige schwarze Allongeperücke, in deren Locken sich einer der herumflatternden Nachtvögel verfitzt hatte und ganz aufgeregt aber lautlos mit den Flügeln schlug ... Und ganz hinten im Chor, an den Altarstufen, kniete –

kindlich anzusehen – eine verschrumpfte, greisenhafte Gestalt; sie schwang wie verzweifelt eine kleine Meßglocke, die nicht das leiseste Schellengeschepper von sich gab, indes ein Priester, in vergilbte altgoldene Meßgewänder gehüllt, vor dem Altar auf und ab wandelte. In einem fort schienen seine Lippen Gebete zu murmeln, ohne daß der geringste Laut zu vernehmen gewesen wäre. Wer anders wohl konnte das gewesen sein als Hochwürden Dom Balaguère, der dabei war, seine dritte Stille Messe zu zelebrieren …

ALPHONSE DAUDET

Die Köch müssen Tag und Nacht studiren auf neue Erfindungen der Speisen, auf allerhand Suppen, Ollasuppen, Alapatridasuppen, Krebssuppen, Hühnersuppen, Sardellensuppen, dünne Suppen, dicke Suppen, gestoßene Suppen, polnische Suppen, französische Suppen, Kräutersuppen, Hadersuppen etc. Ei was Suppen für ein einziges Maul!

*Pasteten.* Fleischpasteten, Fischpasteten, Taubenpasteten, Schlegelpasteten, lange Pasteten, kurze Pasteten, runde Pasteten, aufgesetzte Pasteten etc. Ei was Pasteten für ein einziges Maul!

*Vom Gebratenen.* Copaunen, Castraunen, Hahnen, Fasanen, Hühner, Hasen, kälberne Braten, lämmerne Braten, schweinene Braten, schäpserne Braten, Lungelbraten, Hirschbraten, Rehbraten, Jungfraubrätl etc. etc. Ei was Braten für ein einziges Maul!

*Von Sulzen.* Lemoniesulzen, Zitronensulzen, Pistazisulzen, Copaunersulzen, rinderne Sulzen, kälberne Sulzen, elfenbeinerne Sulzen etc. Ei was Sulzen für ein einziges Maul!

*Von Torten.* Buttertorten, Mandeltorten, Weinbeertorten, Pistazitorten, Äpfeltorten, Quittentorten etc. Ei was Torten für ein einziges Maul!

Es würde mir ein ganzes Buch nicht erklecken, nur alle Speisen zu verzeichnen, welche man ersinnt, erfindet, erdicht, erdenkt, nur dem einzigen schleckerhaften Appetit ein Genügen zu leisten. O Maul, o Maul, was kost du für Geld!

ABRAHAM A SANTA CLARA

Nimm von Mehl ein Pfund, siebe es fein und stell es über Nacht ins Ofenloch. Nimm ein Pfund trockenen Zucker und vier Eier, aber große, zwei Eßlöffel ausgeblasenen Anis – wenn Du's fein haben willst, sollst Du ihn im Ofen bähen. – Vom alten Baselbieter Kirsch zwei Eßlöffel (lupft sie gut und vertreibt den Eiergeschmack). Zucker, Eier und Anis laß vom ältesten Buben rühren, dann vom zweitältesten, dann vom dritten, zusammen wenigstens eine halbe Stunde, dann gib das Chrisiwasser dazu, schaffe das Mehl darunter und wirke den Teig auf dem Wallbrett, bis er schön verbunden ist. Wälle den Teig auf, aber nicht zu dünn, und drücke mit Sorgsamkeit und Kraft die Model auf. Hernach alles auf mehlbestaubtem Brett 24 Stunden an die Wärme gestellt und bei schwacher Hitze backen. Um sie schön weiß zu haben, stäube vor dem Backen Mehl darauf und blase es nachher weg. Kriegen sie keine Füßchen, so schimpfe die Buben aus oder die Stubenmagd: war schlecht gerührt oder der Durchzug in der Stube. Springerli ohne Füßchen sind eine Ärgernuß.«

BASLER BACKREZEPT

# Epiphaniasfest

Die heiligen drei Kön'ge mit ihrem Stern,
sie essen, sie trinken und bezahlen nicht gern;
sie essen gern, sie trinken gern,
sie essen, sie trinken und bezahlen nicht gern.

Die heiligen drei Kön'ge, sie kommen allhier,
es sind ihrer drei und nicht ihrer vier,
und wenn zu drein der vierte wär,
so wär ein heiliger drei König mehr.

Ich erster bin der weiß und auch der schön,
bei Tage solltet ihr mich erst sehn!
Doch ach, mit allen Spezerein
werd ich mein Tag kein Mädchen mehr erfreun.

Ich aber bin der braun und bin der lang,
bekannt bei Weibern wohl und bei Gesang;
ich bringe Gold statt Spezerein,
da werd ich überall willkommen sein.

Ich endlich bin der schwarz und bin der klein
und mag auch wohl einmal recht lustig sein.
Ich esse gern, ich trinke gern,
ich esse, trinke und bedanke mich gern.

Die heiligen drei König sind wohlgesinnt,
sie suchen die Mutter und das Kind;
der Joseph fromm sitzt auch dabei,
der Ochs und Esel liegen auf der Streu.

Wir bringen Myrrhen, wir bringen Gold,
dem Weihrauch sind die Damen hold,
und haben wir Wein von gutem Gewächs,
so trinken wir drei so gut wie ihrer sechs.

Da wir hier nun schöne Herrn und Fraun,
aber keine Ochs und Esel schaun,
so sind wir nicht am rechten Ort
und ziehen unseres Weges weiter fort.

GOETHE

## Ballade vom warmen Bett

Es geht wohl auf den Sankt-Martins-Tag,
und die Schlachtezeit ist dann;
Weißwurst und Blutwurst brühte die Frau
und setzt sie am Herde an.

Sie gingen zu Bett, in das warme Bett;
laut rappelt im Wind das Tor.
Das Weib spricht: »Bauer, hebe dich auf
und lege den Riegel vor!«

Der Wind bläst kalt von Süden und Nord
und über das Bett vom Flur.
Der Mann spricht: »Frau, steh du mir auf
und riegle die Türe nur!«

»Müd ist meine Hand von Haus und Herd
und dem Werk in der Küche, Mann,
und in hundert Jahren lege ich nicht
den Riegel, den Riegel an!«

Da sprachen sie ab unter sich, die zwei,
eine Wette, sicher und gut:
Wer das erste Wort von den beiden spricht,
vor die Türe den Riegel tut.

Zwei Wandrer zogen des Wegs vorbei,
da Mitternacht schlug die Uhr.
Sie tappten herein in das offene Haus,
kein Feuer war auf dem Flur.

»Wohnt hier ein reicher, ein armer Mann,
der uns beide beherbergen will?«
Kein Wort, kein Wort sprachen Mann und Weib,
die Wette, die hielt sie still.

Die Gäste nahmen die Pfanne vom Herd
und setzten sie auf den Tisch.
Laut schrie die weiße und schwarze Wurst.
Stumm blieb der Mann wie ein Fisch.

Die Weißwurst aßen die Gäste bald,
die Blutwurst schweigend sodann.
Viel sagte das Weib in der Stille sich,
doch hielt sie den Atem an.

Zum einen sagte der andre Gast:
»Mein Messer hier nimm für dich
und kratze dem Alten den krausen Bart;
die Hausfrau küsse ich!«

»Wo finde ich Wasser, damit man den Bart,
den krausen Bart ihm stutzelt?« –
»So nimm dir die Brühe, mein Gesell,
die in der Pfanne brutzelt!«

Auf sprang der Mann aus dem warmen Bett,
er stolperte überquer:
»Wer küßt mein Weib vor den Augen mir,
wer sengt mich mit Brühe, wer?«

Auf sprang das Weib aus dem warmen Bett,
drei Hupfer tät sie dann:
»Und du hast das erste Wort gesagt,
du riegelst die Türe, Mann!«

AUS IRLAND

# Die Weihnachtsfeier des Seemanns Kuttel Daddeldu

Die Springburn hatte festgemacht
Am Petersenkai.
Kuttel Daddeldu jumpte an Land,
Durch den Freihafen und die stille heilige Nacht
Und an dem Zollwächter vorbei.
Er schwenkte einen Bananensack in der Hand.
Damit wollte er dem Zollmann den Schädel spalten.
Wenn er es wagte, ihn anzuhalten.
Da flohen die zwei voreinander mit drohenden Reden.
Aber auf einmal trafen sich wieder beide im König von Schweden.

Daddeldus Braut liebte die Männer vom Meere,
Denn sie stammte aus Bayern.
Und jetzt war sie bei einer Abortfrau in der Lehre,
Und bei ihr wollte Kuttel Daddeldu Weihnachten feiern.

Im König von Schweden war Kuttel bekannt als Krakeeler.
Deswegen begrüßte der Wirt ihn freundlich: »Hallo old sailer!«
Daddeldu liebte solch freie, herzhafte Reden,
Deswegen beschenkte er gleich den König von Schweden.
Er schenkte ihm Feigen und sechs Stück Kolibri
Und sagte: »Da nimm, du Affe!«
Daddeldu sagte nie »Sie«.
Er hatte auch Wanzen und eine Masse
Chinesische Tassen für seine Braut mitgebracht.

Aber nun sangen die Gäste »Stille Nacht, Heilige Nacht«,
Und da schenkte er jedem Gast eine Tasse
Und behielt für die Braut nur noch drei.
Aber als er sich später mal darauf setzte,
Gingen auch diese versehentlich noch entzwei,
Ohne daß sich Daddeldu selber verletzte.

Und ein Mädchen nannte ihn Trunkenbold
Und schrie: er habe sie an die Beine geneckt.
Aber Daddeldu zahlte alles in englischen Pfund in Gold.
Und das Mädchen steckte ihm Christbaumkonfekt
Still in die Taschen und lächelte hold
Und goß noch Genever zu dem Gilka mit Rum in den Sekt.
Daddeldu dacht an die wartende Braut.
Aber es hatte nicht sein gesollt,
Denn nun sangen sie wieder so schön und so laut.
Und Daddeldu hatte die Wanzen noch nicht verzollt,
Deshalb zahlte er alles in englischen Pfund in Gold.

Und das war alles wie Traum.
Plötzlich brannte der Weihnachtsbaum.
Plötzlich brannte das Sofa und die Tapete,
Kam eine Marmorplatte geschwirrt,
Rannte der große Spiegel gegen den kleinen Wirt.
Und die See ging hoch und der Wind wehte.

Daddeldu wankte mit einer blutigen Nase
(Nicht mit seiner eigenen) hinaus auf die Straße.
Und eine höhnische Stimme hinter ihm schrie:
»Sie Daddel Sie!«
Und links und rechts schwirrten die Kolibri.

Die Weihnachtskerzen im Pavillon an der Mattentwiete
erloschen.
Die alte Abortfrau begab sich zur Ruh.
Draußen stand Daddeldu
Und suchte für alle Fälle nach einem Groschen.

Da trat aus der Tür seine Braut
Und weinte laut:
Warum er so spät aus Honolulu käme?
Ob er sich gar nicht mehr schäme?
Und klappte die Tür wieder zu.
An der Tür stand: »Für Damen.«

Es dämmerte langsam. Die ersten Kunden kamen,
Und stolperten über den schlafenden Daddeldu.

JOACHIM RINGELNATZ

Vom blauen Himmel
Fällt Schnee auf Schnee herab:
Ein Schmuck den Häusern.

KIGÔ

Diesem sanft
hinliegenden Land
möchte ich es
gleichtun
in seinem
Schneehemd

GIUSEPPE UNGARETTI

# Weihnacht mit zwei Kindergeschichten

Als unser kleines stilles Christfest beendet war, noch vor zehn Uhr am Abend des 24. Dezember, war ich müde genug, um mich auf Nacht und Bett und vor allem darauf zu freuen, daß nun zwei ganze Tage ohne Post und ohne Zeitung vor uns lagen. Unsere große Wohnstube, die sogenannte Bibliothek, sah ebenso unordentlich und abgekämpft aus wie unser Inneres, aber viel heiterer, denn obwohl wir nur zu dreien gefeiert hatten: Hausherr, Hausfrau und Köchin, gaben doch das Tannenbäumchen mit den herabgebrannten Kerzen, das Durcheinander von farbigen, goldenen und silbernen Papieren und Bändern und auf den Tischen die Blumen, die übereinander geschichteten neuen Bücher, die teils straff teils müde und halb eingesunken an die Vasen gelehnten Malereien, Aquarelle, Steinzeichnungen, Holzschnitte, Kindermalereien und Photographien der Stube eine ungewohnte und festliche Überfülltheit und Bewegtheit, etwas von Jahrmarkt und etwas von Schatzkammer, einen Hauch von Leben und von Unsinn, von Kinderei und Spielerei. Und dazu kam die Luft, die mit Düften ebenso ungeordnet und übermütig beladene Luft mit dem Neben- und Ineinander von Harz, Wachs, Verbranntem, von Backwerk, Wein, Blumen. Des weitern stauten sich im Raume und in der Stunde, wie es alten Leuten zukommt, die Bilder, Klänge und Düfte von vielen, sehr vielen Festen vergangener Jahre, siebzig und mehr Male hatte seit dem ersten großen Erlebnis die Weihnacht mich wieder besucht, und waren es bei meiner Frau manche Jahre und Christfeste weniger, so war bei ihr dafür die Fremde, die Ferne und Erloschenheit und Unwiederbringlichkeit der Heimat und Geborgenheit noch größer als bei mir. War in den letzten angestrengten Tagen das Schenken und Packen, Beschenktwerden und Auspacken, das Sichbesinnen auf echte und unechte Verpflichtungen (die sich für Vernachlässigung oft unerbittlicher rächen als jene) und die ganze etwas überhitzte und überhetzte Betriebsamkeit einer Weihnachtszeit in unserem ruhelosen Zeitalter schon schwer zu bewältigen gewesen, so war diese Wiederbegegnung mit den Jahren und Festen vieler Jahrzehnte eine noch strengere Aufgabe, doch war es wenigstens eine echte und sinnvolle, und die echten und sinnvollen Aufgaben haben den Segen, nicht nur zu fordern und zu zehren, sondern auch zu helfen und zu stärken. Zumal in einer aufgelösten, am Mangel an Sinn erkrankten und hinsterbenden Zivilisation gibt es ja für den Einzelnen wie für die Gemeinschaften kein anderes Heil- und Nahrungsmittel, keine andere Kraftquelle fürs Weiterleben, als die Begegnung mit dem, was allem zum Trotz unserem Sein und Tun Sinn gibt und uns rechtfertigt. Und bei der Erinnerung an die Feste und Zusammenhänge eines ganzen Lebens, dem Lauschen auf Klänge und Regungen der Seele bis in die farbige Wildnis der Kindheit zurück, dem Blicken in geliebte längst erloschene Augen erweist sich eben doch das Vorhandensein eines Sinnes, einer Einheit, einer geheimen Mitte, um die wir, bald wissend, bald unwissend, lebenslang gekreist sind. Von den wachs- und honigduftenden frommen Christfesten der Kindheit, in einer, wie es schien, noch heilen, vor Zerstörung sicheren, an ihre Zerstörungsmöglichkeit nicht glaubenden Welt, über alle Wandlungen, Krisen, Erschütterungen und Wiederbesinnungen unseres privaten Lebens wie unserer Epoche hinweg hat sich in uns ein Kern erhalten, ein Sinn, eine Gnade, nicht an irgendein Dogma der Kirchen oder der Wissenschaften, sondern an das Vorhandensein einer Mitte, um die auch ein gefährdetes und gestörtes Leben sich stets aufs neue ordnen kann, ein Glaube an die Erreichbarkeit Gottes von eben diesem innersten Kern unseres Wesens aus, an die Koinzidenz dieses Zentrums mit der Gegenwart Gottes. Wo er gegenwärtig ist, mag ja auch das Häßliche und scheinbar Sinnlose ertragen werden, denn für ihn ist nirgends Erscheinung und Sinn getrennt, für ihn ist alles Sinn.

Das Bäumchen stand schon lange dunkel und ein wenig dumm auf seinem Tischchen, es brannte seit einer Weile das nüchterne elektrische Licht wie an jedem Abend, da wurden wir vor den Fenstern einer anderen Art von Helligkeit gewahr. Der Tag war wechselnd klar und verhangen gewesen, an den Hängen der Berge jenseits des Seetals standen zuweilen lang hingezogene, schmale weiße Wolken, alle in derselben Höhe, sie hatten fest und unbeweglich geschienen und waren doch, sooft man wieder hinaussah, verschwunden oder umgebaut gewesen, und beim Zunachten hatte es ausgesehen, als würden wir die Nacht über ohne Himmel sein und im Nebel stecken. Aber während wir mit unserer Feier, unserem Baum und seinen Kerzen, unseren Geschenken und den immer dichter kommenden Erinnerungen beschäftigt gewesen waren, hatte sich draußen mancherlei zugetragen und abgespielt. Als wir das gespürt und unser Stubenlicht gelöscht hatten, fanden wir draußen in der großen Stille eine überaus schöne, geheimnisvolle Welt liegen. Das schmale Tal zu unseren Füßen war mit Nebel angefüllt, auf dessen Oberfläche ein bleiches, aber starkes Licht spielte. Über diesem Nebelballen stiegen die beschneiten Hügel und Berge hinan, alle im selben gleichmäßigen, verteilten, aber starken Lichte stehend, und auf die weißen Tafeln waren überall die kahlen Bäume und Wälder und die schneefreien Felsgestaltungen wie mit spitzer Feder gekritzelte Buchstaben hingeschrieben, stumme, viele verschweigende Hieroglyphen und Arabesken. Oben aber über alledem wogte mit dem Vollmond durchschienenen Wolkengewimmel weiß und opalglänzend ein gewaltiger Himmel, unruhig wallend und vom Licht des vollen Mondes beherrscht, der zwischen den geisterhaft sich lösenden und wieder dichtenden Schleiern verschwand und erschien, und wenn er ein freies Stück Himmel erkämpfte, sahen wir ihn umgeben von elbisch kühlen, irisierenden Mondregenbogen, deren gleißend gleitende Farbenfolge sich in den Rändern durchschienener Wolken wiederholte. Perlig und milchig rann und rieselte das köstliche Licht durch den Himmel, glänzte schwächer unten im Nebel wider, wogte im Schwellen und Schwinden wie in lebendigen Atemzügen. Ehe ich zu Bett ging, die Lampe brannte wieder, warf ich noch einen Blick auf meinen Gabentisch, und wie Kinder am Christabend ein paar von ihren Geschenken mit ins Schlafzimmer und womöglich mit ins Bett nehmen, nahm ich mir auch etwas mit, um es vor dem Schlafen noch ein wenig bei mir zu haben und zu betrachten. Es waren die Gaben meiner Enkelkinder: von Sibylle, der Jüngsten, ein Staublappen, von Simeli eine kleine Zeichnung, ein Bauernhaus mit einem Sternhimmel darüber, von Christine zwei farbige Illustrationen zu meiner Erzählung vom Wolf, ein kraftvoll hingehauenes Gemälde von Eva und von ihrem zehnjährigen Bruder Silver ein mit seines Vaters Maschine geschriebener Brief. Ich nahm die Sachen mit ins Atelier hinüber, wo ich Silvers Brief noch einmal las, dann ließ ich sie liegen und stieg, mit schwerer Müdigkeit kämpfend, die Treppe zu meinem Schlafzimmer hinauf. Doch konnte ich noch lange Zeit nicht einschlafen, die Erlebnisse und Bilder des Abends hielten mich wach, und die nicht abzuwehrenden Reihen von Vorstellungen endeten jedesmal mit dem Brief meines Enkels, der so lautete:

Lieber Nonno! Ich will dir jetzt eine kleine Geschichte schreiben. Sie heißt: Für den lieben Gott. Paul war ein frommer Knabe. Er hatte in der Schule schon so viel vom lieben Gott gehört. Er wollte ihm jetzt auch einmal etwas schenken. Paul schaute alle seine Spielsachen an, aber alles gefiel ihm nicht. Da kam Pauls Geburtstag. Er bekam viele Spielsachen, darunter sah er einen Taler. Da rief er: Den schenke ich dem lieben Gott. Paul sagte: Ich gehe hinaus auf das Feld, dort habe ich einen schönen Platz, da wird ihn der liebe Gott sehen und ihn holen. Paul ging auf das Feld. Als Paul im Feld war, sah er ein altes Mütterlein, das mußte sich stützen. Er wurde traurig, und gab ihr den Taler. Paul sagte: Eigentlich war er für den lieben Gott. Viele Grüße von Silver Hesse.

An jenem Abend gelang es mir nicht mehr, die Erinnerung heraufzubeschwören, an die meines Enkels Erzählung mich mahnte. Erst anderen Tages fand sie sich von selber ein. Ich erinnerte mich: in meiner Knabenzeit, im selben Alter, in dem jetzt mein Enkel stand, zehnjährig also, hatte ich auch einmal eine Geschichte geschrieben, um sie meiner jüngeren Schwester zum Geburtstag zu schenken, es war außer einigen Knabenversen die einzige Dichtung, vielmehr der einzige dichterische Versuch aus meiner Kinderzeit, der erhalten geblieben ist. Ich selbst hatte viele Jahrzehnte nichts mehr von ihm gewußt, vor einigen Jahren aber war, ich weiß nicht mehr bei welchem Anlaß, dieser kindliche Versuch wieder zu mir zurückgekehrt, durch die Hand einer meiner Schwestern vermutlich. Und obwohl ich mich seiner nur noch undeutlich erinnern konnte, schien mir doch, er habe irgendeine Ähnlichkeit oder Verwandtschaft mit der Geschichte, die mein Enkel mehr als sechzig Jahre später für mich verfaßt hatte. Aber wenn ich auch bestimmt wußte, daß meine Kindergeschichte in meinem Besitz sei, wie sollte ich sie finden? Überall vollgestopfte Schubladen, gebündelte Mappen und Briefhaufen mit Aufschriften, die nicht mehr stimmten oder nicht mehr leserlich waren, überall beschriebenes und bedrucktes Papier aus Jahren und Jahrzehnten her, aufbewahrt, weil man sich zum Wegwerfen nicht hatte entschließen können, aufbewahrt aus Pietät, aus Gewissenhaftigkeit, aus Mangel an Schneid und Entschlußkraft, aus Überschätzung des Geschriebenen, das einmal »wertvolles Material« für irgendwelche neue Arbeiten abgeben könnte, aufbewahrt und eingesargt, wie einsame alte Damen Kasten und Dachböden voll Schachteln und Schächtelchen mit Briefen, gepreßten Blumen, abgeschnittenen Kinderlöckchen aufbewahren. Unendlich vieles sammelt sich, auch wenn man das Jahr hindurch Zentner von Papier verbrennt, um einen Literaten an, der nur selten den Wohnort gewechselt hat und in die Jahre gekommen ist.

Aber ich hatte mich nun in den Wunsch festgebissen, jene Erzählung wiederzusehen, sei es auch nur, um sie mit der meines gleichaltrigen Kollegen Silver zu vergleichen oder sie vielleicht abzuschreiben und ihm als Gegengabe zu schicken. Ich plagte mich und plagte meine Frau damit einen ganzen Tag, und wirklich fand ich das Ding schließlich am unwahrscheinlichsten Platz. Die Geschichte ist im Jahre 1887 in Calw geschrieben und heißt:

## *Die beiden Brüder*

(für Marulla)

Es war einmal ein Vater, der hatte zwei Söhne. Der eine war schön und stark, der andere klein und verkrüppelt, darum verachtete der Große den Kleinen. Das gefiel dem Jüngeren nun gar nicht, und er beschloß, in die weite, weite Welt zu wandern. Als er eine Strecke weit gegangen war, begegnete ihm ein Fuhrmann, und als er den fragte, wohin er fahre, sagte der Fuhrmann, er müsse den Zwergen ihre Schätze in einen Glasberg führen. Der Kleine fragte ihn, was der Lohn sei. Er bekam die Antwort, er bekomme als Lohn einige Diamanten. Da wollte der Kleine auch gern zu den Zwergen gehen. Darum fragte er den Fuhrmann, ob er glaube, daß die Zwerge ihn aufnehmen wollten. Der Fuhrmann sagte, das wisse er nicht, aber er nahm den Kleinen mit sich. Endlich kamen sie an den Glasberg, und der Aufseher der Zwerge belohnte den Fuhrmann reichlich für seine Mühe und entließ ihn. Da bemerkte er den Kleinen und fragte ihn, was er wolle. Der Kleine sagte ihm alles. Der Zwerg sagte, er solle ihm nur nachgehen. Die Zwerge nahmen ihn gern auf, und er führte ein herrliches Leben.

Nun wollen wir auch nach dem anderen Bruder sehen. Diesem ging es lang daheim sehr gut. Aber als er älter wurde, kam er zum Militär und mußte in den Krieg. Er wurde am rechten Arm verwundet und mußte betteln. So kam der Arme auch einmal an den Glasberg und sah einen Krüppel dastehen, ahnte aber nicht, daß es sein Bruder sei. Der aber erkannte ihn gleich und fragte ihn, was er wolle. »O mein Herr, ich bin an jeder Brotrinde froh, so hungrig bin ich.« »Komm mit mir«, sagte der Kleine, und ging in eine Höhle, deren Wände von lauter Diamanten glitzerten. »Du kannst dir davon eine Handvoll nehmen, wenn du die Steine ohne Hilfe herunterbringst«, sagte der Krüppel. Der Bettler versuchte nun mit seiner einen gesunden Hand etwas von den Diamantenfelsen loszumachen, aber es ging natürlich nicht. Da sagte der Kleine: »Du hast vielleicht einen Bruder, ich erlaube dir, daß er dir hilft.« Da fing der Bettler an zu weinen und sagte: »Wohl hatte ich einst einen Bruder, klein und verwachsen, wie Sie, aber so gutmütig und freundlich, er hätte mir gewiß geholfen, aber ich habe ihn lieblos von mir gestoßen, und ich weiß schon lang nichts mehr von ihm.« Da sagte der Kleine: »Ich bin ja dein Kleiner, du sollst keine Not leiden, bleib bei mir.«

Daß zwischen meiner Märchenerzählung und der meines Enkels und Kollegen eine Ähnlichkeit oder Verwandtschaft bestehe, ist wohl kein Irrtum des Großvaters. Ein Durchschnitts-Psychologe würde die beiden kindlichen Versuche etwa dahin deuten: jeder der beiden Erzähler sei natürlich mit dem Helden seiner Geschichte zu identifizieren, und es erdichte sich sowohl der fromme Knabe Paul wie der kleine Krüppel eine doppelte Wunscherfüllung, nämlich zunächst ein massives Beschenktwerden, sei es mit Spielzeug und Taler oder mit einem ganzen Berg voll Edelsteinen und einem geborgenen Leben bei Zwergen, bei seinesgleichen also, fern von den Großen, Erwachsenen, Normalen. Darüber hinaus aber erdichtet jeder der Märchenerzähler sich auch noch einen moralischen Ruhm, eine Tugendkrone, denn mitleidig gibt er seinen Schatz dem Armen hin (was in Wirklichkeit weder der zehnjährige Alte noch der zehnjährige Junge getan hätte). Das mag wohl stimmen, ich habe nichts dagegen. Aber es scheint mir auch, daß die Wunscherfüllung sich im Bereich des Imaginären und Spielerischen vollziehe, wenigstens kann ich von mir sagen, daß ich im Alter von zehn Jahren weder Kapitalist noch Juwelenhändler war und bestimmt noch niemals mit Wissen einen Diamanten gesehen hatte. Dagegen waren manche Grimmsche Märchen und war vielleicht auch Aladin mit der Wunderlampe mir schon bekannt, und der Edelsteinberg war für das Kind weniger eine Vorstellung von Reichtum als ein Traum von unerhörter Schönheit und Zaubermacht. Und eigentümlich kam mir auch diesmal vor, daß in meinem Märchen kein lieber Gott vorkommt, obwohl er für mich vermutlich selbstverständlicher und realer war als für den Enkel, der erst »in der Schule« auf ihn neugierig geworden war.

Schade, daß das Leben so kurz und so sehr mit aktuellen, scheinbar wichtigen und unumgänglichen Pflichten und Aufgaben überstopft ist; manchmal wagt man des Morgens ja kaum das Bett zu verlassen, weil man weiß, daß der große Schreibtisch noch übervoll von Unerledigtem liegt und tagsüber die Post den Haufen noch zweimal erhöhen wird. Sonst wäre mit den beiden Kindermanuskripten noch manches amüsante und nachdenkliche Spiel zu treiben. Mir schiene zum Beispiel nichts spannender als eine vergleichende Untersuchung von Stil und Syntax in den beiden Versuchen. Aber für so hübsche Spiele ist nun einmal unser Leben nicht lang genug. Auch wäre es am Ende nicht angezeigt, den um dreiundsechzig Jahre jüngeren von den beiden Autoren durch Analyse und Kritik, durch Anerkennung oder Tadel vielleicht in seiner Entwicklung zu beeinflussen. Denn aus ihm kann unter Umständen ja noch etwas werden, nicht aber aus dem Alten.

HERMANN HESSE

Der kahle Kirschbaum
über dem Dach
trug reichlich Früchte
im letzten Jahr. Früchte?
Dieses Gerippe da?
Ist das denn überhaupt
noch am Leben? Ich
seh keine Früchte.
Also schlagt es ab
und braucht das Holz
gegen die beißende Kälte.

W. C. WILLIAMS

»Wieviel Liter?« fragte der Tankwart. »Dreihundertzwanzig«, sagte der Onkel kurz. Der Tankwart starrte ihn entsetzt an: »Wieviel?!« »Oder«, meinte der Onkel und setzte sich die Brille auf, »gebens mir dreihundertfünfundzwanzig. Und zweiundsechzig Liter Öl.« »Großer Gott!« schrie der Tankwart, »sind sie verrückt geworden, Herr Ferdinand?!« »Wieso?« erkundigte sich der Onkel herablassend. »Ja, wo wollens denn hinfahren?! Um die Welt oder gar auf den Mond?!« »Noch weiter!« sagte der Onkel und lächelte mysteriös. »Aber davon verstehen Sie nichts. Also gebens schon her das Benzin, das Öl. Und gebens mir auch noch sieben Hektoliter Wasser!« Der Tankwart zuckte ängstlich zusammen und bediente ihn benommen. Es dauerte dreieinhalb Stunden, und der Onkel gab ihm zehn Groschen Trinkgeld.

Dann gings dahin.

Er wollte nicht weit, gewissermaßen nur um die Ecke der Zeit, in die Tage der Kindheit, denn dort schien es ihm schön gewesen. Ja, der Garten der Kindheit hängt voller goldener Äpfel, aber das Gold ist nichts wert, denn man kann sie essen. Und die Bäume sind höher, die Plätze weiter, die Straßen länger, die Blumen größer, der Schnee weicher – und das alles wird noch viel schöner in der Erinnerung. Der Schnee fällt sanfter und die Pferde können sprechen, die Hunde denken und die Blumenbeete werden zerstört. Die Lehrer werden harmlos, die bösen Parkaufseher personifizierte Engel, alle Gefahren verschwinden, lösen sich auf in wehmutvoller Erinnerung.

Es ist ein grauer Herbstmorgen, naß und voll Nebel, als der Onkel zu seiner ersten Probefahrt startete. Und als er nun Gas gab, da schien der Nebel noch dichter zu werden, er sah gar nichts mehr, nur eine dicke gelbe Wand vor sich, wie Lehm. Das Auto schien sich in die Luft zu erheben, als rollte die Erde unter ihm hinweg, so ein Gefühl hatte er. Er fuhr wie durch Watte. Der Zeitgeschwindigkeitszähler stand auf siebzig Lichtkilometer, auf dem Schaltbrett flammte es auf, grün und gelb, blau – dann rot. Da hielt das Auto mit einem Ruck, die Sonne brach durch, als wärs aus den Wolken gefallen. Und es stand am selben Fleck. Nur sah der Fleck anders aus. Es war der Platz, als er wegfuhr so:

und nun so:

Er stieg aus dem Auto und langsam erkannte er wieder alles, auch Dinge, die er bereits vergessen hatte, wie zum Beispiel, daß dort, wo jetzt die Bank steht, früher nichts war.

ÖDÖN VON HORVÁTH

# Ein reizender Gast

Vor einiger Zeit, einerlei, wann es war, wollte Tubby Winsloe rasch Piccadilly überqueren. Bis Weihnachten waren es nur noch drei Tage. Die Straßen waren heimtückisch glatt, der Verkehr war hastig und rücksichtslos, und vor den gleichgültig grauen Klippengesichtern der Häuserfronten fiel aus primelfarbenem Himmel ein leiser, feiner Schnee. Bald würde es dämmern, und die Lichter würden aufflammen. Dann würde alles heiterer aussehen. Um Tubby heiter zu stimmen, brauchte es allerdings mehr als nur das bunte Lichterspiel. Gerade jetzt war seine Laune nicht besser als ein nasser Lappen, denn vor genau einer Woche hatte Diana Lane-Fox sich geweigert, ihn zu heiraten. »Ich hab' dich gern, Tubby«, hatte sie gesagt. »Ich glaube, du hast ein gutes Herz. Aber dich heiraten? Du taugst zu nichts und bist ungebildet und gefräßig. Du bist schandbar dick, und deine Mutter vergöttert dich!« Ehe Diana ihm den Korb gegeben hatte, ahnte er nicht, wie verlassen er sich fühlen würde. Er hatte Geld, Freunde und ein stattliches Dach überm Kopf. Wohin er auch ging, überall schien er sehr beliebt zu sein. Jetzt kam er sich wie ein Aussätziger vor.

Er blieb auf der Verkehrsinsel in der Mitte der Straße stehen und bemerkte, daß eine Dame mit einem kleinen Mädchen und einem grimmig dreinblickenden Chow-Hund ihn ansah, als wollte sie sagen: »Wir stecken in der Weihnachtszeit – für jedermann eine schwere Zeit!« Noch jemand anders hatte sich auf die Verkehrsinsel gerettet. Ein seltsamer Mann. Er sah so ungewöhnlich aus, daß Tubby vor Neugier vorübergehend seinen Kummer vergaß. Er trug einen sehr starken Bart, und seine Kleider waren auch ganz altmodisch. Er hatte einen hohen Stehkragen mit spitzen Ecken an, ein schwarzes Halstuch mit einem Edelstein als Krawattennadel und eine höchst auffallende Weste, denn sie war violett und mit kleinen roten Blümchen übersät. Er trug einen großen braunen Beutel, der gewiß schwer war. Doch das Auffallendste an ihm war der Eindruck rastloser Energie. Ein heimliches Feuer schien in der kräftigen, sehnigen Gestalt zu brennen. Der Verkehr brauste wie toll an ihnen vorbei, und sobald eine kleine Lücke entstand, zappelte der alte Graubart schon vor Ungeduld.

Dann kam der Augenblick, da er sehr törichterweise vorwärts stürmte. Fast hätte ihn ein majestätischer, verächtlicher Rolls Royce erwischt. Die Dame schrie auf, und Tubby packte ihn beim Arm und riß ihn zurück. »Das wäre beinah ins Auge gegangen«, sagte Tubby. Der Fremde lächelte – ein reizendes Lächeln war's, das nicht nur seine Augen, sondern auch sein Bart und sogar seine Hände ausstrahlten. »Um Weihnachten ist der Verkehr sehr stark«, sagte Tubby. »Jeder macht eben seine Einkäufe.« Der Fremde nickte. »Weihnachten ist eine herrliche Zeit«, sagte er.

»So, finden Sie?« erwiderte Tubby. »Ich glaube kaum, daß Sie in London Menschen auftreiben können, die Ihrer Ansicht sind. Heutzutage ist es nicht mehr Mode, Weihnachten schön zu finden.« – »Nicht mehr Mode?« rief der Fremde betroffen. »Aber was ist denn passiert?« Das war nun eine tolle Frage, weil ja so viel passiert war: angefangen mit der Arbeitslosigkeit bis hinauf zu Diana. Tubby blieb die Antwort erspart. »Halt, jetzt kommt eine Lücke«, sagte er. »Jetzt können wir gehen!« Sie überquerten die Straße, und dann erkundigte sich Tubby: »Wohin wollen

Sie?« Später wunderte er sich noch oft darüber, daß er die Frage gestellt hatte. Es war nicht seine Art, sich Fremden zu nähern.

»Wenn ich's offen sagen soll – ich weiß es nicht genau«, erwiderte der Fremde. »Bin gerade erst angekommen.« – »Wo kommen Sie denn her?« fragte Tubby. Der Fremde lachte. »Ich bin schon seit längerer Zeit unterwegs. Meine Freunde halten mich alle für einen sehr unruhigen Menschen, aber erzählen Sie mir doch, weshalb die Weihnachtszeit nicht mehr schön ist! Was ist geschehen?« Tubby murmelte: »Ach, so viel ist geschehen! Die Arbeitslosigkeit – kein Geschäft mehr – Sie wissen schon!«

»Nein, ich weiß es nicht. Ich war nicht hier. Ich finde, jeder sieht recht fröhlich drein?« Inzwischen hatten sie Berkeley Street erreicht. Da tat Tubby wieder etwas Ungewöhnliches. Er sagte: »Kommen Sie mit, und trinken Sie eine Tasse Tee! Wir wohnen nur ein paar Meter die Straße aufwärts!«

»Gern«, sagte der Fremde. Während sie die Straße entlanggingen, erzählte er in zutraulichem Ton: »Ich bin nämlich sehr lange nicht mehr in London gewesen. So viele Fahrzeuge – es ist verblüffend! Aber ich genieße es – ungeheuer! Es ist so lebendig! Und doch ist die ganze Stadt sehr ruhig geworden – im Vergleich zu früher.« – »Ruhig?« staunte Tubby. – »Natürlich. Damals gab es Pflastersteine, und die Droschken und Rollwagen rasselten und quietschten wie die Verdammten.« – »Aber das ist ja eine Ewigkeit her!« –

»Ja. Ich bin älter, als ich aussehe.« – »Ist Ihr Beutel nicht furchtbar schwer?« fragte Tubby.

»Habe schon Schlimmeres in meinem Leben geschleppt«, erwiderte der Fremde.

Jetzt standen sie vor Tubbys Elternhaus, und er wurde plötzlich verlegen; zu Fremden konnte seine Mutter sehr hochmütig sein. Aber da waren sie nun, es schneite stark, und der arme Herr hatte keinen Mantel an. Also gingen sie hinein. Die reiche Villa Winsloe gehörte einer vergangenen Epoche an. Eine Marmortreppe war da, die der Fremde so leichtfüßig hinaufeilte, als wäre sein Beutel nur eine Flaumfeder. Tubby schnaufte hinter ihm drein, aber doch nicht schnell genug, um zu verhindern, daß der Fremde vor ihm durch die offene Tür in den Salon trat. Dort saß, prächtig herausstaffiert, Lady Winsloe: neben ihr prasselte ein riesiges Feuer im Marmorkamin, vor ihr stand ein köstlicher Teetisch, und an der Wand hingen erlesene Wiedergaben von Werken der größten Meister. Lady Winsloe war eine stattliche Erscheinung mit schneeweißem Haar, ihr Kleid aus schwarzweißer Seide lag dem Körper so eng an, daß man mit Vergnügen auf den Moment wartete, wo sie sich erheben würde. Sie bewegte sich sowenig wie möglich, sie sagte sowenig wie möglich, sie dachte sowenig wie möglich. Sie hatte ein sehr gütiges Herz – und sie war überzeugt, daß die Welt vor die Hunde ging. Der Fremde stellte seinen Beutel auf den Fußboden und ging mit ausgestreckter Hand auf sie zu. »Guten Abend!« sagte er. Glücklicherweise trat im gleichen Moment Tubby ins Zimmer. »Mutter«, sagte er, »der Herr ...« »Ach, richtig«, sagte der Fremde, »Sie kennen ja meinen Namen gar nicht! Ich heiße Huffam!« Und er erhaschte die kleine weiße, fleischige Hand und schüttelte sie. Zwei Pekinesen kamen heftig bellend angerannt. Lady Winsloe fand die ganze Situation so erstaunlich, daß sie nur noch flüstern konnte: »Still, Bobo! Still Coco!« – »Mr. Huffam wäre nämlich beinahe von einem Auto überfahren worden, Mutter, ich hab' ihn davor bewahrt – und dann fing es so stark an zu schneien...« – »Ja, Liebling«, sagte Lady Winsloe mit ihrer seltsam heiseren Stimme, die auf jedermann stets überraschend wirkte, weil sie aus einem Riesenbusen kam. Dann riß sie sich zusammen. Tubby hatte aus irgendeinem Grunde so erstaunlich gehandelt, und einerlei, was er tat, Tubby hatte immer recht. »Hoffentlich nehmen Sie etwas Tee, Mr. ...« Sie stockte. – »... Huffam, Madame. Ja, besten Dank. Ich nehme sehr gern Tee.« – »Milch und Zucker auch?« – »Ja, alles beides!« Mr. Huffam lachte und schlug sich aufs Knie. »Sehr liebenswürdig von Ihnen, Madame, da ich Ihnen doch ganz fremd bin. – Sie haben es hübsch hier, Madame – zum Beneiden!«

»Oh, glauben Sie?« flüsterte Lady Winsloe heiser. »Nein, nein, nicht heutzutage! Bedenken Sie allein die Steuern! Sie haben keine Ahnung, Mr. ...« – »... Huffam.«

»Ach ja. Wie dumm von mir! Still, Bobo! Still, Coco!« Eine kleine Pause entstand, und Lady Winsloe betrachtete ihren neuen Gast. Ihre Manieren waren tadellos. Sonst dachte sie gar nicht daran, einen Besucher zu mustern. Aber Mr. Huffam hatte etwas an sich, das einen förmlich zwang, ihn anzustarren. Es war seine Vitalität. Es war seine offensichtliche Zufriedenheit. Es war seine ungewöhnliche Weste. »Was für ein Glück ich doch habe«, sagte Mr. Huffam, »gerade um Weihnachten in London zu sein! Und obendrein schneit es noch! Alles, wie es sein muß! Schneebälle Misteln, Stechpalmen...«

Im gleichen Augenblick betrat ein großer und verblüffend magerer Herr das Zimmer. Sir Roderick Winsloe war früher mal Unterstaatssekretär gewesen, er war mal wegen seiner eleganten und ziemlich boshaften Erwiderungen berühmt gewesen. Doch all das war längst vorbei. Jetzt war er nichts weiter als Lady Winsloes Ehegatte, der Vater von Tubby und das Opfer einer oft verheerenden Verdauung. Es war ganz natürlich, daß er melancholisch war, wenn auch vielleicht nicht ganz so melancholisch, wie er es für notwendig befand. Er betrachtete Mr. Huffam, seinen Beutel und seine Weste mit unverhohlenem Erstaunen. – »Das ist mein Vater«, sagte Tubby. Mr. Huffam stand sofort auf und ergriff seine Hand. »Freut mich, Sie kennenzulernen«, sagte er. Sir Roderick brachte nichts als »Ah-hem!« heraus und setzte sich. Vor Verlegenheit stand Tubby jetzt Qualen aus. Der seltsame Gast hatte seinen Tee getrunken, doch schien es, als beabsichtige er gar nicht, sich zu verabschieden. Mit von sich gestreckten Beinen, zurückgelehntem Kopf und freundlichen Augen blickte er der Reihe nach auf alle, als ob sie seine besten Freunde wären. Dann bat er um eine zweite Tasse Tee. Tubby beobachtete seine Mutter. Sie verstand es meisterhaft, einen Gast zu veranlassen, daß er sich verabschiedete. Wie sie es machte, wußte man nicht so recht. Aber dieser Gast war viel schwieriger als andere Gäste. Er hatte etwas Altmodisches an sich. Er glaubte den Leuten, was sie sagten. Da er zum Tee gebeten worden war, glaubte er es. Doch nun geschah etwas Wunderbares! Tubby merkte, daß seine Mutter an Mr. Huffam Gefallen fand, daß sie lächelte und sogar kicherte, daß ihre kleinen Augen strahlten, während sie ihrem Gast lauschte.

Mr. Huffam erzählte eine Geschichte. Von einem Jungen handelte sie, den er in seiner Jugend gekannt hatte, einem fröhlichen, abenteuerlustigen Jungen, der als Page zu einer reichen Familie gekommen war. Mr Huffam beschrieb seine Erlebnisse ganz reizend: den Zusammenstoß mit dem zweiten Diener, und wie er seiner kleinen Schwester an der Durchreiche Backwerk zusteckte, und wie er sich mit der Köchin anfreundete. Als Mr. Huffam so erzählte, standen einem all die Menschen leibhaftig vor Augen, das ganze Haus, die Möbel und Betten und sogar das knallrote Halstuch, das der Diener im Bett trug, weil er so leicht einen steifen Hals bekam. Da begann Lady Winsloe zu lachen, und sogar Sir Roderick lachte, und der Butler, der das Teegeschirr wegräumen wollte, konnte seinen Augen nicht trauen, stand da und sah alle der Reihe nach an, und dann hustete er streng und machte sich an seine Pflichten.

Aber am schönsten war wohl der rührende Schluß. Heute ist es gefährlich, etwas Rührendes zu beschreiben. Doch Mr. Huffam war darin ein Meister. Wie sie alle den Atem anhielten! Als die Geschichte aus war, erhob sich Mr. Huffam. »Madame«, sagte er, »ich habe Ihnen für eine sehr reizende Teestunde zu danken!« Und nun geschah das Allerseltsamste, denn Lady Winsloe fragte: »Wenn Sie nichts anderes vorhaben – wollen Sie nicht ein oder zwei Nächte bei uns bleiben – bis Sie etwas Passendes haben, meine ich?« Wenn Tubby sich später an alle Einzelheiten des tollen Erlebnisses erinnern wollte, konnte er sie nie in die richtige Reihenfolge bringen. Das Ganze war wie ein buntes Märchenspiel, wie ein Traum vielleicht, der wahrer ist als unser waches Erleben.

Zuerst merkte Tubby, daß sich das *Haus* veränderte. Es war nie zufriedenstellend gewesen: alles darin schien so tot und abgestorben. Es war zu groß, die Möbel waren zu schwer, die Zimmerdecken viel zu hoch. Selbst die meistbewohnten Zimmer weigerten sich verdrossen, munter mitzumachen. Doch nun, am ersten Abend, geruhten die Möbel sich zu bewegen. Nach dem Essen war nur die

Familie anwesend. Sie saßen im Wohnzimmer, und Mr. Huffam hatte ein paar Sessel von der Wand fortgerückt und das Sofa etwas behaglicher ans Kaminfeuer gezogen. Er war nicht etwa anmaßend: im Gegenteil, am ersten Abend war er sehr still und stellte merkwürdige Fragen über das London von heute, vor allem über Gefängnisse, Irrenhäuser und Kinderfürsorge. Auch für die gegenwärtige Dichtung interessierte er sich und schrieb allerlei Namen in sein Notizbuch; Tubby riet ihm, mal in den Büchern von Virginia Woolf und D.H. Lawrence und Aldous Huxley zu blättern. Ein stiller Abend – und doch fand Tubby, als er in sein Zimmer hinaufging, daß etwas Erregendes in der Luft lag.

Ehe Tubby gewußt hatte, daß Mr. Huffam als Hausgast bei ihnen sein würde, hatte er ein paar seiner hochgebildeten jungen Freunde zum Mittagessen eingeladen: Diana, Gordon Wolley, Ferris Band, Mary Polkinghorne. Als sie am folgenden Tag um den Mittagstisch saßen, betrachtete Tubby sie mit neuen Augen. War es Mr. Huffams Anwesenheit? Er prunkte in seiner tollen Weste und war in der glänzendsten Laune. Am Vormittag hatte er nämlich alle Stätten seiner Kindheit aufgesucht, und nun war er überwältigt. Während die andern zimperlich an ihrem Essen pickten, schilderte er ihnen London-Ost, wie es ehemals gewesen war: den Schmutz, die Verkommenheit, die Scharen von verwilderten, abgezehrten Kindern ... Mary Polkinghorne, die schlank wie ein Schirmgriff war und strengen Herrenschnitt und ein Monokel trug, sah ihn nachdenklich überrascht an: »Es heißt doch, daß unsre Slums grauenhaft sind? Ich bin zwar nie selbst drüben gewesen, aber Bunny leitet dort einen Pfadfinder-Trupp, und er sagt ...« – Mr. Huffam gab zu, auch er habe heute vormittag ein paar Slums bemerkt; doch seien sie rein gar nichts, verglichen mit dem Elend, das er in seiner Jugend gesehen habe. Und dann wurde über Weihnachten gesprochen!

»Meine Güte«, stöhnte der junge Wolley, »schon wieder Weihnachten! Es ist einfach scheußlich! Ich lege mich ins Bett! Da kann ich schlafen, bis die greulichen Tage vorbei sind.«

Mr. Huffam blickte ihn erstaunt an. »Sie sollten Ihren Strumpf an den Bettpfosten hängen. Vielleicht würden Sie doch eine Überraschung erleben!« Alle bogen sich vor Lachen bei der Vorstellung, der junge Wolley könnte einen Strumpf am Bettpfosten aufhängen. Nach dem Essen saßen sie im Salon und unterhielten sich über Bücher. Auf einem Seitentisch lag eine Erstausgabe von *Martin Chuzzlewit*, in rotes Saffianleder gebunden. »Der arme Dickens!« sagte Wolley. »Hunter hat eine Idee. Er will einen Roman von Dickens neu schreiben.« Mr. Huffam interessierte sich dafür. »Neu schreiben?« fragte er.

»Ja. Um die Hälfte kürzen. Er sagt, es steckt mancherlei Gutes drin. Vergraben unter dem anderen Kram. Er will alle gefühlvollen Stellen streichen, den Humor modernisieren und dann noch Eigenes hinzufügen. Er sagt, man schulde es Dickens, den Leuten zu beweisen, daß er gar nicht so ohne ist.« – Mr. Huffam war begeistert. »Das würde ich gern lesen«, sagte er. »Es wird was Neues daraus!« Die Gäste blieben sehr lange. Ehe Diana ging, flüsterte sie Tubby zu: »Was für ein reizender Mensch! Wo hast du ihn nur aufgetrieben?« Sie war netter denn je zu ihm. »Was ist mit dir, Tubby?« fragte sie. »Du bist auf einmal so wach!«

Im Laufe des Nachmittags erschien der Hausbesuch. Miß

Agatha Allington, eine unglückliche alte Jungfer mit Dauer-Erkältung. Sie brachte einen Haufen Koffer und eine besonders schlimme Neuralgie mit. »Wie geht's, Tubby? Was für ekelhaftes Wetter! Und wie ekelhaft, daß schon wieder Weihnachten ist! Du erwartest doch hoffentlich kein Geschenk von mir?«
Gegen Abend ging Mr. Huffam aus und kehrte in einem mit Stechpalmenzweigen und Mistelbüschen beladenen Taxi zurück. »Lieber Himmel«, flüsterte Lady Winsloe, »schon seit Jahren schmücken wir das Haus nicht mehr zu Weihnachten. Ich weiß gar nicht, was Roderick dazu sagen wird! Er findet, es gibt nur Unordnung.«
»Ich spreche mit ihm«, sagte Mr. Huffam, tat's und kam mit Sir Roderick an, der ihm helfen wollte. Dabei war Mr. Huffam niemals diktatorisch: im Gegenteil, es fiel Tubby auf, daß er sogar eine gewisse Scheu aufwies, wenn auch nicht in seinen Ansichten (da war er sehr bestimmt und wußte genau, was er sagte). Er schien, wie durch überirdischen Beistand, der Schwächen seiner Mitmenschen inne zu sein. Wie konnte er sonst wissen, daß Sir Roderick sich fürchtete, auf eine Leiter zu steigen. Als er, Tubby, Mallow und Sir Roderick die große Halle mit Stechpalmenzweigen schmückten, sah er Sir Roderick mit zitternden Gliedern zaghaft den Fuß auf die untersten Leitersprossen setzen. Er trat auf ihn zu, reichte ihm die Hand und brachte ihn wieder sicher nach unten. »Ich weiß, daß Sie Leitern nicht ausstehen können«, sagte er. »So geht's auch noch anderen Menschen. Ich kannte einen alten Herrn, der vor Leitern eine Todesangst hatte – und da muß sein ältester Sohn, ein prächtiger Bursche, ausgerechnet Kirchturm-Dachdecker werden! Der einzige Beruf, der ihm Spaß machte!« – »Allmächtiger Gott!« rief

Sir Roderick und wurde bleich. »Was für ein grauenhafter Beruf! Was unternahm sein Vater dagegen?« – »Hat ihn überredet, Taucher zu werden«, erwiderte Mr. Huffam.

»Der Junge tat's – ganz großartig. Rauf oder runter, ihm sei's einerlei, sagte er.« Auch sonst kümmerte sich Mr. Huffam rührend um Sir Roderick, und ehe der Tag vergangen war, hatte der edle Baron sich über alle Fragen Rat bei ihm geholt: über Nelkenzucht, über den Gold-Standard, über die Aufzucht von Dackeln und über die Intelligenz Lord Beaverbrooks. Lord Beaverbrook und der Gold-Standard waren Mr. Huffam unbekannt, trotzdem konnte er sich darüber äußern. Tubby wunderte sich, wo Mr. Huffam all die Jahre gesteckt haben mochte. So vieles war ihm unbekannt, aber seine Güte und Vitalität wurde mit allem fertig. Er hatte viel Kindliches an sich, aber auch viel von der Lebenserfahrung des Weisen, und hinter allem schlug ein einsames, trauriges Herz, das ahnte Tubby. »Vermutlich hat er weder Angehörige noch ein eigenes Heim«, dachte Tubby. Er sah ihn schon als ständigen Familienfreund und -berater im Hause, denn er hatte ihn mittlerweile sehr liebgewonnen. Es war, als ob er ihn schon seit Jahren gekannt hätte.

Als nächstes kam die Eroberung Miß Agatha Allingtons. Agatha hatte sofort eine Abneigung gegen Mr. Huffam gefaßt. »Aber meine Beste«, sagte sie zu Lady Winsloe, »was für ein ungehobelter Vagabund! Er wird euch die silbernen Löffel stehlen!« – »Das glaube ich durchaus nicht«, erklärte Lady Winsloe würdevoll. »Wir haben ihn alle sehr gern.«

Er schien es zu spüren, daß Agatha ihn nicht mochte. Beim Essen saß er neben ihr – er trug einen Frack von

sehr altmodischem Schnitt und eine große goldene Uhrkette. Zu Agatha war er, wie Tubby beobachtete, ganz anders: fast wie eine ältliche Jungfer, oder vielmehr wie ein überzeugter alter Junggeselle. Er beschrieb ihr das alte London mit seinem Nebel und der ›Brötchenklingel‹ und den altmodischen Droschken. Alle hörten ihm zu, sogar Mallow stand mit einem Teller in der Hand da und vergaß seine Pflichten.
Nach dem Abendessen meinte er, man müsse tanzen. Im Salon wurde Platz geschaffen und das Grammophon geholt. Dann ging's los. Wie Mr. Huffam lachte, als Tubby ihm einen One-Step vormachte! »Das nennen Sie Tanzen?« rief er. Dann summte er eine Polka, faßte Agatha um die Taille, und schon stürmten sie herum. Lady Winsloe kam auch an die Reihe, denn in ihrer Jugend hatte sie leidenschaftlich gern Polka getanzt. »Ich hab's!« rief Mr. Huffam plötzlich. »Wir müssen ein Fest feiern!« – »Ein Fest?« Lady Winsloe schrie beinahe auf. »Was denn für ein Fest?« – »Natürlich ein Kinderfest! Am Heiligabend!«
»Aber wir kennen gar keine Kinder! Und Kinder verabscheuen Feste! Und bestimmt sind sie längst eingeladen!« – »Nicht die Kinder, die ich auffordere!« rief Mr. Huffam. »Es wird ein Fest – so herrlich, wie man's seit Jahren nicht mehr in London gefeiert hat!«
Es war, als ob der Berkeley Square von Kristallbäumen umsäumt würde, und als ob Kerzen aus jedem Fenster strahlten, und als ob die kleinen Jungen nicht wie sonst mit schriller Stimme, sondern wie Engel ihre Weihnachtslieder vor den Häusern sängen, und als ob die Weihnachtsmänner aus den Warenhäusern marschierten, Bäumchen in der Hand und neben sich die von Renen gezogenen Schlitten mit Paketen, und als ob mit Silberband um-

wickelte Geschenke durch den Schornstein in die Häuser purzelten, und als ob Scharen riesengroßer Weihnachtspuddings auf ihren dicken Bäuchen Piccadilly entlangrollten, während die Kirchenglocken immer wieder das Glockenspiel von den Heiligen Drei Königen bimmelten... Als ob. Natürlich war es nicht so. Doch immerhin – in Tubbys Elternhaus *war* wirklich alles anders. Von der üblichen Schenkerei war keine Rede. Es war abgemacht worden, daß kein Geschenk mehr als einen halben Schilling kosten dürfe. Mr. Huffam hatte ganz lustige, längst vergessene Sachen aufgestöbert: ein kleines silbernes Glockenspiel, winzige Schafherden und Dörfchen aus Holz, eine Glaskugel, in der es auf eine Kirche niederschneite. Beim Mittagessen aß Sir Roderick Truthahn und Weihnachtspudding, die er schon seit vielen Jahren nicht mehr angerührt hatte. Am Abend fand das Fest statt. Tubby hatte Diana einladen dürfen: alle anderen waren Mr. Huffams Gäste. Als es viertel nach sieben zum ersten Male läutete, standen auf der Steintreppe vor dem Portal zwei kleine Mädchen und ein Knabe. »Verzeihung, Sir«, flüsterte das Mädchen schüchtern dem Butler zu, »der Herr hat uns die Hausnummer hier genannt!« Dann kamen sie haufenweise: große und kleine Kinder, dreiste Jungen, Kleine, die kaum laufen konnten und von ihren älteren Schwestern bemuttert wurden, manche armselig, manche herausgeputzt, manche ängstlich, andere plappernd wie Äffchen, und alle stiegen sie die Treppe hinauf und traten in die große Halle. Dann durften Sir Roderick, Lady Winsloe, Tubby und Diana kommen. Sie staunten. In der Mitte war alles ausgeräumt, und in einer Ecke des Zimmers hatten sich die Kinder versammelt. Am andern Ende stand der größte, gewaltigste, kühnste Weihnachtsbaum, den sie je erblickt hatten, und der Baum glitzerte vor Kerzen und Lametta und blauen und goldenen und roten Kugeln und war schwer mit Geschenken behangen. Das ganze Zimmer schimmerte im goldenen Licht: das Feuer im Kamin knisterte, und die Kinder flüsterten aufgeregt.

Dann erschien der Weihnachtsmann. Er stand da, blickte auf seine Gäste und sagte »Guten Abend, Kinder!« Es war Mr. Huffams Stimme.

»Guten Abend, Weihnachtsmann!« riefen die Kinder im Chor.

»Er hat alles aus eigener Tasche bezahlt«, tuschelte Lady Winsloe Agatha zu.

Er bat die Erwachsenen, ihm bei der Verteilung der Geschenke zu helfen. Die Kinder mußten der Größe nach antreten, zuerst die Allerkleinsten. Sie gingen über den spiegelnden Fußboden, ohne sich zu stoßen und zu drängen. Endlich hatten alle ihre Geschenke erhalten. Der Baum war nun von seiner Last befreit, und die roten und gelben und silbernen Kugeln zitterten vor Freude.

Danach kamen Spiele an die Reihe. Der Saal war voll wirbelnder Gestalten und Freudenrufe und Triumphgeschrei, voller Lieder und Pfänderspiel. Tubby konnte sich nicht mehr an Einzelheiten erinnern. Er wußte nur noch, daß seine Mutter plötzlich eine Papiermütze trug und sein Vater eine falsche Nase hatte. Agatha trommelte auf einer Spielzeugtrommel, und die Kinder lachten und tanzten und jubelten. Diana aber zog Tubby auf die Seite und sagte: »Ach, Tubby, du bist doch ein Schatz! Könntest du nicht immer so sein?«

Plötzlich wurde es still, und Mr. Huffam steckte mitten in der Kinderschar und erzählte ihnen zum Abschied eine

Geschichte von einem kleinen Kind und seinem alten Großvater, die mit einem Zirkus durchs Land zogen, und von dem Clown mit dem gebrochenen Herzen. »Doch dann wurde sein Herz wieder heil gemacht, und sie lebten glücklich und zufrieden bis an ihr seliges Ende!« Alle sagten gute Nacht.

»O je, wie bin ich müde!« rief Mr. Huffam. »Aber es war ein herrlicher Abend!« Am nächsten Morgen, als das Hausmädchen Rose zu Lady Winsloe ging und ihr die erste Tasse Tee ans Bett brachte, hatte sie eine aufregende Neuigkeit. »Oh, Mylady, der Herr ist fort« – »Welcher Herr?« – »Mr. Huffam, Mylady! Er hat nicht in seinem Bett geschlafen, und sein Beutel ist auch weg. Es ist keine Spur mehr von ihm da!«

Ach, es war leider so: nirgends war eine Spur von ihm. Bis auf eine! Der Salon war so, wie er immer gewesen war, jeder Stuhl stand an der richtigen Stelle, die Kopien der Alten Meister schauten würdevoll aus ihren Rahmen nieder. Auf dem Kamin aber lehnte die Erstausgabe von *Martin Chuzzlewit* gegen die Marmoruhr. »Wie seltsam!« flüsterte Lady Winsloe. Doch als sie den Band aufschlug, las sie auf dem Titelblatt in frischer Tintenschrift die Widmung: *Lady Winsloe in Dankbarkeit von ihrem Freund, dem Autor.* Und darunter die Unterschrift: *Charles Dickens.*

HUGH WALPOLE

Ein gewisser Sanzio verzehrte sich in dem Wunsch, den Papst zu sehen, so daß man ihn schließlich mitnahm auf einen Platz, wo der Heilige Vater vorbeizog; das Kind wurde bleich, sperrte die Augen weit auf, man sagte zu ihm: »Jetzt bist du doch wohl zufrieden, Raffaelo? Hast du wenigstens unseren Heiligen Vater richtig angeschaut?« Er aber antwortete verstört: »Welchen Heiligen Vater? Ich habe nur Farben gesehen.«

JEAN-PAUL SARTRE

Altem, längst erloschenem Volksglauben nach vermögen die Haustiere in der Weihnachtsnacht zu sprechen. Gern unterhalten sie sich darüber, wie sie von Menschen im Laufe des Jahres behandelt wurden. Aber auch die Zukunft liegt vor ihnen offen. Im Molltale (Kärnten) lebte ein Bauer, der wollte gern wissen, ob es wahr sei, daß in der Christnacht die Rinder menschliche Sprache bekämen und miteinander die Schicksale der Hofgemeinschaft im kommenden Jahr beredeten. Er hatte gehört, daß sich Knechte in früherer Zeit oft während dieser Nacht auf Farnkraut in die Futtertröge der Stalltiere gelegt hätten, um ihr Gespräch zu belauschen. Trockenes Farnkraut hatte der Bauer – er brauchte es zum Einstreuen –, und so ging er am Christabend in den Stall und legte sich auf seine Farnkrautstreu. Als er eintrat, erhoben sich die Tiere aus dem Lager. Um Mitternacht hörte er, wie der eine Ochse zum anderen sprach: »Im kommenden Jahr wird mich der Schinder vom Hause führen. Du bleibst da, doch am näch-

sten Christtage wird die Bäuerin dein Fleisch auf den Tisch stellen. Und daran wird der Knecht schuld sein, der uns füttert.« Da hatte der Bauer genug, stand auf und ging zur Tür. Aber als er am Türpfosten stand, hörte er den Ochsen weitersprechen: »Und den Holzstock, der dort an der Tür steht, den werden wir beide bald auf den Friedhof ziehen, und die Bäuerin wird den Knecht heiraten.« Als der Lauscher inne ward, daß er damit selber gemeint sei, fiel er vor Schreck zu Boden, und am nächsten Morgen fand man ihn tot im Stalle. Auch alles andere, was das Tier vorhergesagt, traf ein.
Der erste Ochse verendete im Laufe des Jahres an einer Seuche; der Schinder schaffte ihn fort. Der andere wurde zur Christnacht geschlachtet; sein Fleisch kam als Festbraten auf den Tisch. Und der Knecht heiratete die verwitwete Bäuerin.

FRIEDRICH SIEBER

# Wintermorgen

Die Fee, bei der er einen Wunsch frei hat, gibt es für jeden. Allein nur wenige wissen sich des Wunsches zu entsinnen, den sie taten; nur wenige erkennen darum später im eignen Leben die Erfüllung wieder. Ich weiß den, der mir in Erfüllung ging, und will nicht sagen, daß er klüger gewesen ist als der der Märchenkinder. Er bildete sich in mir mit der Lampe, wenn sie am frühen Wintermorgen um halb sieben sich meinem Bette näherte und den Schatten des Kindermädchens an die Decke warf. Im Ofen wurde Feuer angezündet. Bald sah die Flamme, wie in ein viel zu kleines Schubfach eingepfercht, wo sie vor Kohlen kaum sich rühren konnte, zu mir hin. Und doch war es ein so Gewaltiges, das dort in nächster Nähe, kleiner als ich selbst, sich einzurichten anfing und zu dem die Magd sich tiefer bücken mußte als zu mir. Wenn es versorgt war, tat sie einen Apfel zum Braten in die Ofenröhre. Bald zeichnete sich das Gatter der Kamintür im roten Flackern auf der Diele ab. Und meiner Müdigkeit kam vor, sie habe an diesem Bilde für den Tag genug. So war es um diese Stunde immer; nur die Stimme des Kindermädchens störte den Vollzug, mit dem der Wintermorgen mich den Dingen in meinem Zimmer anzutrauen pflegte. Noch war die Jalousie nicht hochgezogen, da schob ich schon zum erstenmal den Riegel der Ofentür beiseite, um dem Apfel in seiner Röhre nachzuspüren. Manchmal hatte er sein Aroma noch kaum verändert. Und dann geduldete ich mich, bis ich den schaumigen Duft zu wittern glaubte, der aus einer tieferen und verschwiegeneren Zelle des Wintertages kam als selbst der Duft des Baums am Weihnachtsabend. Da lag die dunkle, warme Frucht, der Apfel, der sich, vertraut und doch verändert wie ein guter Bekannter, der verreist war, bei mir einfand. Es war die Reise durch das dunkle Land der Ofenhitze, der er die Arome von allen Dingen abgewonnen hatte, welche der Tag mir in Bereitschaft hielt. Und darum war es auch nicht sonderbar, daß immer, wenn ich an seinen blanken Wangen meine Hände wärmte, ein Zögern mich beschlich, ihn anzubeißen. Ich spürte, daß die flüchtige Kunde, die er in seinem Dufte brachte, allzu leicht mir auf dem Wege über meine Zunge entkommen könne. Jene Kunde, die mich manchmal so beherzte, daß sie mich noch auf dem Marsch zur Schule tröstete. Dort angelangt, kam freilich bei Berührung mit meiner Bank die ganze Müdigkeit, die erst verflogen schien, verzehnfacht wieder. Und mit ihr jener Wunsch: ausschlafen zu können. Ich habe ihn wohl tausendmal getan und später ging er wirklich in Erfüllung. Doch lange dauerte es, bis ich sie darin erkannte, daß noch jedesmal die Hoffnung, die ich auf Stellung und ein sicheres Brot gehegt hatte, umsonst gewesen war.

WALTER BENJAMIN

# Winternacht

Es ist Schnee gefallen. Nach Mitternacht verläßt du betrunken von purpurnem Wein den dunklen Bezirk der Menschen, die rote Flamme ihres Herdes. O die Finsternis!

Schwarzer Frost. Die Erde ist hart, nach Bitterem schmeckt die Luft. Deine Sterne schließen sich zu bösen Zeichen.

Mit versteinerten Schritten stampfst du am Bahndamm hin, mit runden Augen, wie ein Soldat, der eine schwarze Schanze stürmt. Avanti!

Bitterer Schnee und Mond!

Ein roter Wolf, den ein Engel würgt. Deine Beine klirren schreitend wie blaues Eis und ein Lächeln voll Trauer und Hochmut hat dein Antlitz versteinert und die Stirne erbleicht vor der Wollust des Frostes;

oder sie neigt sich schweigend über den Schlaf eines Wächters, der in seiner hölzernen Hütte hinsank.

Frost und Rauch. Ein weißes Sternenhemd verbrennt die tragenden Schultern und Gottes Geier zerfleischen dein metallenes Herz.

O der steinerne Hügel. Stille schmilzt und vergessen der kühle Leib im silbernen Schnee hin.

Schwarz ist der Schlaf. Das Ohr folgt lange den Pfaden der Sterne im Eis.

Beim Erwachen klangen die Glocken im Dorf. Aus dem östlichen Tor trat silbern der rosige Tag.

GEORG TRAKL

# Die Kohlensammlerin

Eine kleine Alte lauert von sieben Uhr früh im Winter bei der Fußgängerbrücke von Passy den Wagen der Kohlenhändler auf und folgt ihnen bis zum Pont de Grenelle. Sobald ein Kohlenbröckchen oder -brocken von dem Wagen fällt, bückt sie sich, um sie aufzuklauben, und ist es nur ein Bröckchen, bedauert sie, daß es kein Brocken ist, weil das nicht die Mühe des Bückens verlohnt, und ist es ein Brokken, daß es kein Bröckchen ist, weil die Mühe zu groß ist. Hebt sie dann den Kopf, sieht sie das, hinter dem sie her ist, schon in der Ferne, und sie läuft, es einzuholen, die Haare in den Augen, die Füße kaum aufgehoben, um einen losen Schuh nicht zu verlieren, dessen Riemen sie behindert. Je länger sie dem Wagen folgt, je mehr lassen ihre Kräfte nach, und immer schwerer wird ihr Sack, aber sie strafft sich nicht; im Gegenteil, wie auf Zehenspitzen eilt sie dahin, oder wie eine betrunkene Tänzerin scheint sie, nicht ohne Anmut, das Gleichgewicht, ihren Mut zu verlieren und wiederzugewinnen, zum Läuten der Glöckchen an dem Gefährt. Der halbgefüllte Sack hängt nun bis auf ihre Füße nieder und stört sie; sie ist genötigt, den linken Arm zu beugen, um ihre Last etwas höher zu halten, und dieser

angehobene Arm bildet einen spitzen Winkel, der jedesmal in den Himmel hinaufsticht, sobald die unermüdliche Rechte sich nach dem schwarzen Boden ausstreckt.
Bald erkenne ich von dem Wagen nur noch ein großes Rechteck, das in den Nebel entweicht; hinterdrein hüpft ein kleines Sechseck, das im Wind um sich selbst zu kreisen scheint, wie ein Rädchen, das eine heimliche Feder treibt. Plötzlich aber ist der Wagen verschwunden, und ich sehe nur noch das arme Hutzelweiblein, jämmerlich zusammengebrochen über den Kohlen, die der geplatzte Sack nach allen Seiten über die Straße verstreut hat.

MARCEL JOUHANDEAU

# Schlüssel

In einem Kästchen hebe ich Schlüssel auf, ich weiß nicht, in welche Türen sie gehören. Aber für alle Fälle. Wenn ich es wissen will, muß ich sie wegwerfen. Ich werfe nichts weg.

In meinen Erinnerungen stehen alle Türen offen. Meine Erklärungen wehen ungehindert hindurch, was sie freilich auch durch Schlüssellöcher täten. Meist sind sie ungereimt und in freien Rhythmen, das mag mancher nicht. Reime prägen sich besser ein, aber in meinen Zimmern geht es so zu. Meine Frau versteht es.

Früher gab es Apfelbäume im Garten, noch früher Brennnesseln, die man sammeln und zu Kleidern verarbeiten konnte. Sie mögen grüne Hemden, sagte unser Hausarzt, das ist gut für die Augen. Er hatte den Namen einer Stadt und immer unsern Hausschlüssel, manchmal brauchte ich nachts Pfefferminztee. Diese alten, geduldigen Zeiten!

Die Apfelbäume kannte ich namentlich, sie hielten länger als die Nesseln. Aber wenn ich an Masern und Mumps denke, ist auch das lange her. Mäuse in Papprollen gab es damals, die Ziegel waren körnig und verkauften sich schlecht. Ich litt an Ratlosigkeit.

Von überallher nehme ich Schlüssel mit, es macht mir nichts. Sie klirren gegeneinander, selbst im geschlossenen Kästchen, das ist ihr Unwille und ihre Zustimmung, es ist alles zugleich, das entspricht mir. Zu Weihnachten schmücke ich mit ihnen den Apfelbaum und wünsche ihnen ein gleich gutes Jahr.

GÜNTER EICH

# Lebensbeschreibung

> Was nützt es dem Menschen,
> wenn er an der Seele gewinnt,
> an der Welt aber Schaden leidet?

Gott erblickte das Licht der Welt in der Nacht vom vierundzwanzigsten zum fünfundzwanzigsten Dezember.

Die Mutter Gottes wickelte Gott in Windeln. Auf einem Esel flüchtete er sodann nach Ägypten. Als seine Taten verjährt waren, kehrte er in sein Geburtsland zurück, weil er fand, daß dort der Ort sei, an welchem ein jeder am besten gedeihen könnte. Er wuchs auf im stillen und nahm zu an Alter und Wohlgefallen. Es litt ihn in der Welt. Er wurde die Freude seiner Eltern, die alles daransetzten, aus ihm einen ordentlichen Menschen zu machen.

So erlernte er nach einer kurzen Schulzeit das Zimmermannshandwerk. Dann, als seine Zeit gekommen war, legte er, sehr zum Verdruß seines Vaters, die Hände in den Schoß.

Er trat aus der Verborgenheit. Es hielt ihn nicht mehr in Nazareth. Er brach auf und verkündete, daß das Reich Gottes nahe sei.

Er wirkte auch Wunder.

Er sorgte für Unterhaltung bei Hochzeiten. Er trieb Teufel aus. Einen Schweinezüchter brachte er auf solche Art um sein Eigentum. In Jerusalem verhinderte er eines Tages im Tempel den geregelten Geldverkehr. Ohne das Versammlungsverbot zu beachten, sprach er oft unter freiem Himmel. Aus der Langeweile der Massen gewann er einigen Zulauf. Indes predigte er meist tauben Ohren.

Wie später die Anklage sagte, versuchte er das Volk gegen die Obrigkeit aufzuwiegeln, indem er ihm vorspiegelte, er

sei der ersehnte Erlöser. Anderseits war Gott kein Unmensch. Er tat keiner Fliege etwas zuleide. Niemandem vermochte er auch nur ein Haar zu krümmen.
Er war nicht menschenscheu. Unbeschadet seines ein wenig großsprecherischen Wesens war er im Grunde harmlos.
Immerhin hielten einige Gott für besser als gar nichts. Die meisten jedoch erachteten ihn für so gut wie nichts.
Deshalb wurde ihm ein kurzer Prozeß gemacht. Er hatte zu seiner Verteidigung wenig vorzubringen. Wenn er sprach, sprach er nicht zur Sache. Im übrigen blieb er bei seiner Aussage, daß er der sei, der er sei. Meist aber schwieg er.
Am Karfreitag des Jahres dreißig oder neununddreißig nach der Zeitwende wurde er, in einem nicht ganz einwandfreien Verfahren, ans Kreuz gehenkt.
Er sagte noch sieben Worte.
Um drei Uhr am Nachmittag, bei sonnigem Wetter, gab er den Geist auf.
Zur gleichen Zeit wurde in Jerusalem ein Erdbeben von mittlerer Stärke verzeichnet. Es ereigneten sich geringe Sachschäden.

PETER HANDKE

Moskau<br>Sadowaja Triumfalnaja<br>26. Dezember 1926

Liebe Jula,
hoffentlich bekommst Du diesen Brief. Dann antworte mir auch schön. Ich wage erst jetzt zu schreiben, denn jetzt erst habe ich, seit meiner Ankunft, die ersten Nachrichten aus Deutschland erhalten. Ich dachte daher, alles geht verloren. Aber die Post scheint zuverlässig zu sein. Eine Karte habe ich Dir bereits geschrieben. – Du mußt nicht denken, daß es leicht ist, von hier Nachricht zu geben. An dem, was ich sehe und höre, werde ich sehr lange zu arbeiten haben, bis es sich mir irgendwie formt. Die Gegenwart in diesen Verhältnissen – und sogar schon eine flüchtige – hat einen außerordentlichen Wert. Es ist alles im Bau oder Umbau, und beinah jeder Augenblick stellt sehr kritische Fragen. Die Spannungen im öffentlichen Leben – die zum großen Teil einen geradezu theologischen Charakter haben – sind

so groß, daß sie alles Private in unvorstellbarem Maße abriegeln. Wenn Du hier wärest, so würdest Du Dich wahrscheinlich noch weit mehr wundern als ich es tue; ich erinnere mich an manches, was Du im Sommer in Agay über »Rußland« gesagt hast. – Bewerten kann ich das alles nicht; im Grunde sind dies Verhältnisse, zu denen man mitten in ihnen Stellung nehmen kann und muß, dann vielleicht sogar in vielem eine ablehnende; von außen kann man sie nur beobachten. Und es ist völlig unabsehbar, was dabei in Rußland zunächst herauskommen wird. Vielleicht eine wirkliche sozialistische Gemeinschaft, vielleicht etwas ganz anderes. Der Kampf, der darüber entscheidet, ist ununterbrochen im Gange. Sachlich mit diesen Verhältnissen verbunden zu sein ist höchst fruchtbar – mich aus grundsätzlichen Erwägungen in sie hineinzustellen, ist mir nicht möglich. Wieweit ich aber sachliche Beziehungen zu den hiesigen Angelegenheiten bekomme, werde ich sehen. Verschiedene Umstände machen es wahrscheinlich, daß ich von jetzt ab aus dem Ausland ausführlichere Artikel an russische Zeitschriften geben werde, und möglicherweise werde ich auch in größerem Umfang an der »Enzyklopädie« arbeiten. Es ist sehr viel zu tun, und in geisteswissenschaftlichen Angelegenheiten haben die Leute hier einen unvorstellbaren Mangel an sachverständigen Mitarbeitern. – Was ich andererseits über meinen Aufenthalt hier etwa schreiben werde, weiß ich noch nicht. Ich werde Dir wahrscheinlich schon mitgeteilt haben, daß ich zunächst eine große Materialsammlung in Form eines Tagebuchs angelegt habe. – Dem Schrecken des Weihnachtsabends bin ich beim schönen Gesumme eines Samowars entronnen. Es gab auch sonst sehr viel Schönes; eine Schlittenfahrt durch russischen Winterwald zu einem hübschen kleinen Mädchen, das ich besuchte, und dabei lernte ich ein vorzügliches Kindersanatorium kennen. Sehr viel bin ich im Theater – über das die ungeheuerlichsten Vorstellungen verbreitet sind. In Wirklichkeit sind von allem, was ich bis jetzt sah, die Vorstellungen bei Meyerhold das einzig Bedeutende. Die Spaziergänge in der Stadt sind selbst bei größter Kälte (ich hatte bis 26 ) sehr schön, wenn ich nicht gerade übermüdet bin. Das kommt mir wegen der Schwierigkeiten der Sprache und der Härte der äußeren Existenz hier öfter vor. Der Aufenthalt in dieser Jahreszeit ist außerordentlich gesund, und ich habe mich, alles in allem und trotz allem genommen, sehr lange nicht so gut gefühlt. Aber er ist unvorstellbar teuer, wahrscheinlich ist Moskau so ungefähr der teuerste Platz der Erde. – Mehr und Konkreteres werde ich Dir erzählen, wenn ich zurückbin. Hast Du den Kopf von Stone photographieren lassen? Wie geht es Dir eigentlich? Ist Ilse in Berlin gewesen? Wie geht es mit Fritz? Dieses alles schreibe mir fein säuberlich auf, auf mehreren Bogen Deines erlauchten dünnen Papiers. Die Adresse kannst Du mit lateinischen Buchstaben schreiben. Aber antworte anmutig und postwendend. Ich wünsche Dir gnädige Sylvester- und freundliche Neujahrsdämonen.

Dein Walter

WALTER BENJAMIN AN JULA RADT

Ich muß eingestehen, daß die Erinnerungen an Weihnachtsfeste mir nie recht glücklich geraten wollen. Fast immer gab es so viel Enttäuschungen, daß die Freude nicht aufkommen konnte. Meistens war da ein Hauptwunsch, der nicht erfüllt war aus ganz kleinlichen Rücksichtnahmen. Später waren dann die Abende, an denen uns beschert wurde, voll Schelten und Unwillen, die mein ältester Bruder beschwor. Ich muß gestehen, daß ein gewisser Grund für den Unwillen vorhanden war. Es war Sitte, daß wir am Weihnachtsabend Karpfen aßen, zu denen es meistens ein oder zwei Flaschen Rhein- oder Moselwein gab. Es hatte sich dann auch oft gefügt, daß ich beim Einkauf der Karpfen zugegen war und leider auch beim Schlachten. Das verdarb mir alles. Ihr Blut war so rot wie meines, und der Schlag, mit dem sie betäubt wurden, schien mir so entsetzlich hohl, daß ich in mir erzitterte und fror und nichts sagen konnte. Ich will eingestehen, daß dies schreckliche Gefühl vorüber war, wenn das Anrichten in der Küche begann und die letzten Spuren von Blut verschwunden waren. Butter wurde geschmolzen und der Rahm zum Rettich geschlagen. Das war außergewöhnlich und füllte mich einigermaßen aus. Dazu kam, daß eine Spannung, eine

Erwartung fühlbar wurde. Es war Sitte, daß wir zu Abend aßen. Die Zeit, wann man sich zum Essen niedersetzen würde, war jedem mitgeteilt worden. Fünf oder zehn Minuten, bevor es an der Zeit war, wurde mein ältester Bruder vermißt. Man rief, man suchte ihn. Endlich wartete man, er kam nicht. So zögerte man eine Stunde mit dem Essen, um doch das Warten aufzugeben. Und saß man zu Tisch, so kam er. Dann begann ein Schelten, das den letzten Rest an Freude zerstörte. Dies war stets so heftig, weil es immer wieder geschah, daß er sich zur Weihnachtsmahlzeit verspätete. Er war so nachlässig, daß er mit jemandem ging und sich vergaß, und der Zufall wollte ihm und uns nie gut.

Oft ereignete es sich, daß ich am Tag vor dem Fest mit meiner Mutter auf den alten Kirchhof ging, wo mein Bruder begraben lag, der vor mir geboren wurde und den gleichen Namen trug. Wir kauften meistens einen Kranz und einmal einen kleinen wachsenden Tannenbaum – der nun schon sehr groß ist. All das versetzte mich in die größten Spannungen. Wir gingen durch die Gräberreihen, bis wir am Begräbnisplatz waren. Meine Mutter wurde dann immer ganz still – und ich wagte nicht, zu atmen. Mein Blut ging in mir um, und ich wußte, daß es nicht mein Blut war, daß nichts mir gehörte, sondern alles dem, der da begraben lag. Ich verstand nicht, warum meine Mutter nicht begriff, daß ich der war, den sie dort begraben meinte. Ich war überzeugt, daß ich seine Seele trug, eine fremde Seele, die sich nun ihrem wahren Leib näherte und hinaus wollte in das Grab hinein, geradewegs in das Grab. Tränen brachen mir aus den Augen, ich fühlte, daß ich nun versinken würde – und einmal, einmal war es entsetzlich –

das Grab war eingefallen –, und ich stand davor. – Ich begreife noch immer nicht, warum ich nicht in diesem Augenblick in die Erde einbrach und tot war, denn damals wußte ich schon das Geheimnis meiner Zeugung, daß ich sein sollte, wie er war, und ich erkannte, daß seine lachende Seele an einen häßlichen, einen widerlichen, entstellten Leib geraten war. Ich meinte, daß ich nimmer würde erfüllen können, was er vollbracht hätte. Vielleicht war es das erste Mal, daß meine Mutter am Grabe sprach. Sie schalt auf den Gärtner, der schlecht gesorgt habe. Und dann sprach sie auch wohl, daß es lange zu erwarten gewesen wäre, daß es geschähe, denn da standen zwei Särge übereinander in der Erde, der meines Großvaters und darauf der meines Bruders. Als sie es aussprach, wußte ich es schon, ich war es ja gewesen, dessen kleinen Kasten man auf den schwarzen Eichensarg des Großvaters niedergelassen hatte. Sie ahnten nicht, wie hohl das geklungen hatte, als er aufstieß, und wie furchtbar es ist, auf einem Toten zu liegen. Aber das Neue begriff sie überhaupt nicht, sie ahnte nichts von dem Entsetzlichen – wie sollte sie auch, sie ahnte nicht, wie grausig es war, wenn man in einem Grab lag, das einstürzte, in die Gebeine seines Großvaters einbrach, selbst ein morsches Skelett. Es gibt keine Mittel, mit denen ich das Entsetzen beschreiben soll, das mich packte und das mich immer wieder schüttelt, wenn ich höre, wenn in einem frischen Grab die Erde auf den Sarg fällt.
Ein ander Mal geschah es, daß am Nachmittag des Weihnachtabends ein Begräbnis auf dem alten Kirchhof war. Ich glaube, es war der letzte Tote, den man hineintrug. Das Gefolge war klein, es waren nur fünf oder sechs Personen anwesend. Der Sarg wurde in eines der alten Ge-

wölbe gesenkt, und ich sah es, denn meine Mutter schien die Leute zu kennen und sprach einiges mit ihnen, so daß wir stehenblieben. Dies Gewölbe war mit Särgen überfüllt, die über und nebeneinander standen – aber Gott sei dank, keiner war vermodert, nur die Blumen an ihnen waren vertrocknet. Mir war nur eins so furchtbar, daß sie so eng beieinander standen. Tote atmen nicht, dachte ich mir und weinte leise für mich hin, während die schwarze Platte über die Öffnung gerollt wurde.
An diesem Tag wurde es spät, daß wir zurückkehrten. Die Nacht brach schon an, als wir noch auf dem Kirchhof irrten, und da wir uns beeilen wollten, stiegen wir über Gräber. Ich meinte, die Toten müßten mich an den Füßen zu sich hinabziehen, weil ich ja auch eigentlich zu ihnen gehörte und ihnen nur entronnen war. Aber es ging vorüber, alles. Wir kamen an einer Kirche vorüber, die hell erleuchtet war, und ich spürte Sehnsucht, einmal hineinzukommen, denn zu der Zeit war ich noch niemals in Kirchen gewesen. Ich sprach davon zu meiner Mutter, und auch sie teilte mein Verlangen, aber an diesem Tag war es unmöglich, und später wurde es verhindert, weil wir immer mit meinem Vater gingen, der davon nichts wissen wissen wollte. Es ist möglich, daß die Enttäuschung über die Geschenke so leicht kommen konnte, weil das Furchtbare vorher gewesen war, und ich tue meinen Eltern Unrecht, wenn ich sie beschuldige, daß sie das oder jenes unterließen, was ihnen möglich gewesen wäre. Doch dessen bin ich sicher, daß ich restlos froh nur an einem Weihnachten war. Ich hatte eine Kuh geschenkt bekommen, die in Gips modelliert war und dann mit gefärbtem Wildleder überzogen wurde. Diese Kuh war ähnlich vollkommen wie die Studie eines Bildhauers, Knochen traten her-

vor, Rippen, Gliedmaßen, sie hatte ein Euter und vier Zitzen, und eine Öffnung hinten zwischen den Schenkeln. Dieses Tier machte mir Freude, ich verkroch mich mit ihm unter den Tisch, legte mich auf den Teppich und vergnügte mich, sie von unten zu betrachten, so daß ich ihren Bauch und ihr geschwollenes Euter sah. Vielleicht war erste sinnliche Lust dabei, aber ich weiß, daß der Genuß vollkommen war, und das Behagen, mit dem ich ihr Euter betastete, über jedes Maß. Daraus habe ich manches geschlossen seitdem, daß nur solche Geschenke erfreuen können, die wahr sind, daß nur Tiere verschenkt werden sollten zum Spiel für Kinder, die wie die wirklichen Geschlecht und After haben, und Puppen, die wie Jungen oder Mädchen aussehen, wenn sie entkleidet sind. Die Mühe ist so klein und der Lohn so groß. Doch man wird dieses nicht begreifen und bei der Unehrlichkeit und inneren Unwahrhaftigkeit bleiben.

HANS HENNY JAHNN

SCHNEE liegt auf Straßen und Plätzen, auf Denkmälern, Dächern, das paßt zur Neujahrszeit. Weihnachtsbäume, Süßigkeiten gönne ich andern. Dichter sind darin großartig, daß sie ihrer Mitmenschen Freude mit ansehen können, ohne gleich zu meinen, daß sie mitgenossen haben müßten. Eine warme Stube ist im Winter schon viel. Les' ich nicht außerdem in einem Büchlein, betitelt: »Treu wie Gold«? – »Guten Tag, Frau Direktor von Stempel«, sprach ich neulich eine Dame an, die anders heißt, und die laut ausrief: »Was ist Ihnen?« – »Gut aufgelegt bin ich«, gab ich zur Antwort. Den ersten Theaterabend meines Lebens erlebte ich in einer Neujahrsnacht, trug den hohen Eindruck heiß ins Elternhaus. An einem himmelblauen Frühlingstag erwartete eine Mutter ihren geliebten Sohn, den Leutnant von Schöllermark. Da klopfte es energisch an die Türe; der Ersehnte war's, sie lagen sich in den Armen. Er kam dann nach Berlin, wo er die wundersamste Motzsträßlerin oder Millionärin kennenlernte; sie war jung und unerhört schön. Im Tiergarten gaben sie sich Rendezvous, flogen zusammen auf Schlittschuhen um die Rousseauinsel, die im kleidsamen Dezemberlichkeitsgewand lieblich aussah. Die Schöne sagte ihm, indem sie Kuß um Kuß von ihm empfing, ihr Papa habe Pläne mit ihr; er taumelte zurück, erlebte seine große Enttäuschung, was ich alles aus einem Vergißmeinnichtbüchlein habe. Nun meld' ich etwas von mir und beichte, daß ich als Knabe auf einen Neujahrswunschzettel unachtsamerweise »ich wüsche« schrieb, statt »ich wünsche«. Wie einem so etwas im Kopf bleibt! Der junge Napoleon siegte schon als Schüler im Schulhof zu Brienne in Schneeballschlachten. Schneemänner haben einen breiten Mund, nicht sehr eindrucksvolle Augen, in der Hand einen Besen und stehn unglaublich ruhig da. »Zwischen zwei Herzen« nennt sich eine rührende Geschichte, die ich meinem Bibliothekchen einverleibte: Einer, der Geld hat, tritt einem, der keins hat, die, die er liebt, ab, da er nicht mehr jung ist, während dem andern die Jugend zum Antlitz herausstrahlt. Das Mädchen hieß Roberta und der Glückliche Max. Anderntags saßen alle friedlich beisammen. Möglich ist, daß sie bei Tisch saßen und aßen. Ich war neulich dabei, wie sich einer Wirtin ein netter, junger Mensch als Officebursche stramm vorstellte. Achtung erweckt man meist hinter seinem Rücken; daher weiß man nichts davon. Die, denen wir sympathisch sind, bleiben still, und das ist richtig, man nähme sich sonst zu wichtig. Ein Kurzwarenhändler sagte mir, man käme mit der Höflichkeit am besten weg; ich pflichtete ihm bei. Zu Neujahr wird geschenkt; Schenkende erhalten wieder ihrerseits Geschenke. Beides, Nehmen wie Geben, darf und will geübt sein. Ich erinnere mich an eine Zeichnung mit leichter Anfärbung: ein weißbefiederter Engel schaut zu einem Fensterchen in die Stube herein, wo das Christkind liegt; nur ein kleines Blatt, und doch vergaß ich's nicht. Man kann viel vergessen, sich wieder auf vieles besinnen, und herrlich ist im Erinnerungsbereiche dann ein wiedergefundenes Schäfchen; der Verlust wird lieb, da er sich ausglich.

ROBERT WALSER

# Große Schneeballen

Wenn in sehr hohen und gähen Schneegebirgen durch den Wind, oder durch einen Vogel, oder nur durch den Schall eine kleine Handvoll Schnee los wird und anfängt den Berg herabzurollen, so wird der Ball natürlicherweise immer größer; aber bis er in ein Tal herabkommt, wird er endlich so groß, daß er Wagen, Pferd und Mann auf der Straße erdrücken und bedecken, ja ganze Häuser zerschmettern kann, und viele hundert Zentner Schnee schießen von oben herab ihr nach. Ein solcher Schneeschuß heißt eine Lawine, und es wäre an einer einzigen genug. Aber dienstags am 11. Februar des Jahres 1807, abends um sieben Uhr, stürzten bei dem Orte Stuben am Arlberg vier solcher Lawinen von vier verschiedenen Orten herab, auf einmal mit einem fürchterlichen Tosen und Krachen zusammen. Das mag auch ein großer Schrekken und Jammern für die armen Einwohner gewesen sein. Vier Häuser und acht Ställe wurden fortgerissen und verschüttet. Von achtzehn Personen, welche in diesen Häusern aßen und tranken, spinnten und haspelten, sind nur drei lebendig gerettet worden. Dreizehn sind tot hervorgegraben worden oder doch bald an ihren Verwundungen gestorben, und zwei Männer hat man gar nicht mehr gefunden. Dabei gingen zehn Pferde, sechsunddreißig Stück Rindvieh, zwanzig Geißen, elf Schafe und eine Sau verloren, und der Schaden beläuft sich nach einer gerichtlichen Schätzung auf zwölftausendneunhundertsiebenundsiebzig Gulden. In wenig Minuten war alles richtig. Da ists doch besser, in der Ebene zu leben und in den anmutigen Tälern zwischen den kleinen Bergen, wenn schon auch nicht alles ist, wie mans wünscht, und kommt manchmal etwas Ungerades, bald von oben herab, bald von der Seiten rechts oder links.

JOHANN PETER HEBEL

## Altes Kaminstück

Draußen ziehen weiße Flocken
Durch die Nacht, der Sturm ist laut;
Hier im Stübchen ist es trocken,
Warm und einsam, stillvertraut.

Sinnend sitz' ich auf dem Sessel,
An dem knisternden Kamin,
Kochend summt der Wasserkessel
Längst verklungne Melodien.

Und ein Kätzchen sitzt daneben,
Wärmt die Pfötchen an der Glut;
Und die Flammen schweben, weben,
Wundersam wird mir zumut.

Dämmernd kommt heraufgestiegen
Manche längst vergeßne Zeit,
Wie mit bunten Maskenzügen
Und verblichner Herrlichkeit.

Schöne Fraun, mit kluger Miene,
Winken süßgeheimnisvoll,
Und dazwischen Harlekine
Springen, lachen, lustigtoll.

Ferne grüßen Marmorgötter,
Traumhaft neben ihnen stehn
Märchenblumen, deren Blätter
In dem Mondenlichte wehn.

Wackelnd kommt herbeigeschwommen
Manches alte Zauberschloß
Hintendrein geritten kommen
Blanke Ritter, Knappentroß.

Und das alles zieht vorüber,
Schattenhastig übereilt –
Ach! da kocht der Kessel über,
Und das nasse Kätzchen heult.

HEINRICH HEINE

## Der böse Winter

Mancher, der nicht gern die Stube und den Ofen hütet, zumal wenn kein Feuer darin ist, denkt noch an den langen Winter von 1812 auf 1813. Mancher aber denkt auch nimmer daran und weiß nichts mehr davon. Ist nicht der

Boden und alles, was noch darin war, eingefroren schon im frühen November und verschlossen geblieben, wie der Himmel zur Zeit Eliä, bis hinaus in den Februar?
Der Hausfreund aber erinnert sich jetzt wieder, was die Alten von dem Winter des Jahres 1740 erzählt und geschrieben haben, und wie es aussah, nicht nur in Moskau und Smolensko, nicht nur am Fluß Borysthenes oder an der Düna, nicht nur an der Weichsel, sondern auch am Rheinstrom und an dem Neckar. Die Stuben waren nicht zur Wärme zu bringen. Während der Ofen glühte, gefror zu gleicher Zeit das Wasser an den Fenstern zu Eis, so daß jedes Stüblein, auch noch so klein, gleich der Erde eine heiße Weltgegend hatte und eine kalte, nur keine gemäßigte. Wenn man langsam Wasser von einem hohen Fenster herabgoß, es kam kein Wasser auf den Boden, sondern Eis. Nimmer war es gleich. Aber in den kältesten Tagen, wenn einer aus dem warmen Zimmer gegen den Wind ging, er kam nicht tausend Schritt weit, so bekam er Beulen im Gesicht, und die Haut an den Händen sprang ihm auf. Die Erde war drei Ellen tief gefroren. Wollte der Totengräber einem sein Grab auf dem Kirchhof zurechtmachen, er mußte zuerst einen Holzhaufen auf dem Platz anzünden und abbrennen lassen, damit er mit der Schaufel in die Erde kommen konnte. Das Wild erfror in dem Walde, die Vögel in der Luft, das arme Vieh in den Ställen. In Schweden kamen dreihundert Menschen um das Leben, die doch dort daheim und der Kälte von Kindesbeinen an gewohnt und nicht auf dem Heimweg aus einem russischen Feldzug waren. In Ungarn aber erfroren achtzigtausend Ochsen.
Aber das kühne und mutwillige Menschengeschlecht weiß fast alle Schwierigkeiten und Anfechtungen zu be-

siegen, welche die Natur seinem Beginnen entgegenstellt. Es hat sich nicht zweimal sagen lassen: »Machet sie euch untertan.« Denn die Küfer in Mainz verfertigten damals zum Andenken mitten auf dem Rhein ein Faß von sieben Fuder und zwei Ohm, trotz der Kälte. Aber die Heidelberger Bäcker meinten, das sei noch nicht das Höchste, was man tun könnte. Denn der Pfälzer will alles noch ein wenig weiterbringen als andere Leute. Also setzten sie mitten auf dem Neckar, wo nach wenig Monaten wieder die Schiffe fuhren, einen Backofen auf, und es ist manches Laiblein Weißbrot und Schwarzbrot aus demselben gezogen und zum Wunder und Andenken gegessen worden. Dies ist geschehen im Winter des Jahres 1740.

JOHANN PETER HEBEL

Wie das war Weihnachten in Königsberg, mit dem Kind im schwarzen Samtkleidchen und irischem Spitzenkragen, und der Assistent, der dunkelhaarige Ostpreuße, steckte die Kerzen an und machte eine Aufnahme mit Blitzlicht, die habe ich noch. Vorher sind Vater und Tochter mit der Elektrischen in die Kirche gefahren, in den Dom, der lag weit weg auf der Insel, und an den alten Kornspeichern und an vielen Christbäumen in hohen, schmalen Fenstern kamen sie vorbei. Und wie das war in B. mit all den Flüchtlingen im Haus und den Plätzchen aus Haferflocken, aber der riesigen Tanne in der Halle, damals wurden die Dorfkinder noch beschenkt und hinterließen kleine Pfützen auf dem Teppich, die schöne Aufregung gibt es nicht mehr. Später wieder die üppigen Feste, die Kinder des Hauses vor hochbeladenen Tischen, die Weihnachtsgeschichte von den Buben auf deutsch, auf lateinisch, endlich auf griechisch vorgelesen. Das Glöckchen war noch immer das alte gläserne, einem zierlichen Napoleon griff man da um den Leib und läutete mit ihm das Christfest ein. Und wie das war in Rom, die langen Nachtwanderungen von den alten Parioli nach Sta. Maria Maggiore oder auf den Aventin, wo die Benediktiner sangen. Ein Jahrzehnt später im Auto von Krippe zu Krippe und zu Fuß durch die Glitzerstraßen auf den Festsaal Piazza di Spagna und die schöne Treppe hinauf. Hinaus auf die Via Cassia, aber vorher noch bei Costanza die Kerzen am winzigen Bäumchen angesteckt, und einmal ist mein Geschenk ein altmodischer Garderobenständer, an dessen schwarze Schnörkelarme Vittorio fünfzig rote und blaue Luftballons gebunden hat, die rühren sich, tanzen knisternd in der warmen Luft. In der Via Cassia ist das Haus erfüllt vom Duft des Tacchino und von Kinderungeduld. Das Lebkuchenhaus, die Nachtarbeit der Eltern, hat die fette Hündin Polpetta gefressen, niemand ist ihr deswegen gram. Bald ist es wieder soweit, die Fernsehglocken läuten, so viele Weihnachtsabende, und warum eigentlich immes diese Angst, da es doch oft schön war, und es könnten, wären wir nur leicht, die Sprossen der Himmelsleiter auch halten, und wir könnten, wenn wir nur leicht wären, auch fröhlich sein.

MARIE LUISE KASCHNITZ

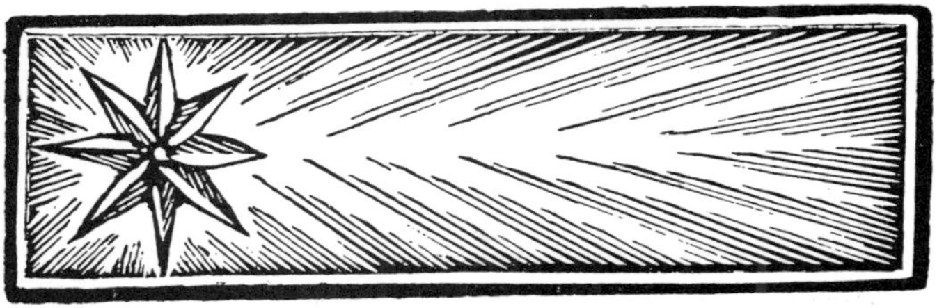

Keine Klingel schlug freundlicher an. Hinter der Schwelle dieser Wohnung war ich geborgener als selbst in der elterlichen. Übrigens hieß es nicht Blumes-Hof, sondern Blume-zoof, und es war eine riesige Plüschblume, die so, aus krauser Hülle, mir ins Gesicht fuhr. In ihrem Innern saß die Großmutter; die Mutter meiner Mutter. Sie war Witwe. Wenn man die alte Dame auf ihrem teppichbelegten und mit einer kleinen Balustrade verzierten Erker, welcher auf den Blumeshof herausging, besuchte, konnte man sich schwerlich denken, wie sie große Seefahrten oder gar Ausflüge in die Wüste unter Leitung von ›Stangens Reisen‹ unternommen hatte, an die sie sich alle paar Jahre anschloß. Madonna di Campiglio und Brindisi, Westerland und Athen und von wo sonst sie auf ihren Reisen Ansichtskarten schickte – in ihnen allen stand die Luft von Blumeshof. Und die große, bequeme Handschrift, die den Fuß der Bilder umspielte oder sich in ihrem Himmel wölkte, zeigte sie so ganz und gar von meiner Großmutter bewohnt, daß sie zu Kolonien des Blumeshof wurden. Wenn dann ihr Mutterland sich wieder auftat, betrat ich dessen Dielen so voll Scheu, als hätten sie mit ihrer Herrin auf den Wellen des Bosporus getanzt und als verberge sich in den Persern noch der Staub von Samarkand.

Mit welchen Worten das unvordenkliche Gefühl von

bürgerlicher Sicherheit umschreiben, das von dieser Wohnung ausging? Das Inventar in ihren vielen Zimmern würde heute keinem Trödler Ehre machen. Denn wenn auch die Erzeugnisse der siebziger Jahre so viel solider waren als die späteren des Jugendstils – das Unverwechselbare an ihnen war der Schlendrian, mit dem sie dem Lauf der Zeit die Dinge überließen und sich, was ihre Zukunft anbetraf, allein der Haltbarkeit des Materials und nirgends der Vernunftberechnung anvertrauten. Das Elend konnte in diesen Räumen keine Stelle haben, in denen ja nicht einmal der Tod sie hatte. Es gab in ihnen keinen Platz zum Sterben; darum starben ihre Bewohner in den Sanatorien, die Möbel aber kamen gleich im ersten Erbgang an den Händler. In ihnen war der Tod nicht vorgesehen. Darum erschienen sie bei Tage so gemütlich und wurden nachts der Schauplatz böser Träume. Das Stiegenhaus, das ich betrat, erwies sich als Wohnsitz eines Alps, der mich zuerst an allen Gliedern schwer und kraftlos machte, um schließlich, als mich nur noch wenige Schritte von der ersehnten Schwelle trennten, mich in Bann zu schlagen. Dergleichen Träume sind der Preis gewesen, mit dem ich die Geborgenheit erkaufte. Die Großmutter starb nicht im Blumeshof. Ihr gegenüber wohnte lange Zeit die Mutter meines Vaters, die schon älter war. Auch sie starb anderswo. So ist die Straße mir zum Elysium, zum Schattenreich unsterblicher, doch abgeschiedener Großmütter geworden. Und weil die Phantasie, wenn sie einmal den Schleier über eine Gegend geworfen hat, gern seine Ränder von unfaßlichen Launen sich kräuseln läßt, hat sie ein Kolonialwarengeschäft, das in der Nähe liegt, zu einem Denkmal des Großvaters gemacht, der Kaufmann war, nur weil sein Inhaber auch Georg hieß. Das Brustbild dieses Frühverstorbenen hing lebensgroß und als Pendant zu jenem seiner Frau im Flur, der zu den abgelegeneren Teilen der Wohnung führte. Wechselnde Gelegenheiten riefen sie ins Leben. Der Besuch einer verheirateten Tochter eröffnete ein längst außer Gebrauch gekommendes Spindenzimmer; ein anderes Hinterzimmer nahm mich auf, wenn die Erwachsenen Mittagsruhe hielten; ein drittes war es, aus dem das Scheppern der Nähmaschine an den Tagen drang, an denen eine Schneiderin ins Haus kam. Der wichtigste von diesen abgelegenen Räumen war für mich die Loggia, sei es, weil sie, bescheidener möbliert, von den Erwachsenen weniger geschätzt war, sei es, weil gedämpft der Straßenlärm heraufdrang, sei es, weil sie mir den Blick auf fremde Höfe mit Portiers, Kindern und Leierkastenmännern freigab. Es waren übrigens mehr Stimmen als Gestalten, die von der Loggia sich eröffneten. Auch war das Viertel vornehm und das Treiben auf seinen Höfen niemals sehr bewegt; etwas von der Gelassenheit der Reichen, für die die Arbeit hier verrichtet wurde, hatte sich dieser selber mitgeteilt, und alles schien bereit, ganz unversehens in tiefen Sonntagsfrieden zu verfallen. Darum war der Sonntag der Tag der Loggia. Der Sonntag, den die andern Räume, die wie schadhaft waren, nie ganz fassen konnten, denn er sickerte durch sie hindurch – allein die Loggia, die auf den Hof mit seinen Teppichstangen und den andern Loggien hinausging, faßte ihn, und keine Schwingung der Glockenfracht, mit der die Zwölf-Apostel-und die Matthäi-Kirche sie beluden, glitt von ihr hinab, sondern bis Abend blieben sie dort aufgestapelt. Die Zimmer dieser Wohnung waren nicht nur zahlreich, sondern zum Teil sehr ausgedehnt. Der Großmutter auf ihrem Erker guten Tag zu sagen, wo neben ihrem Nähkorb dann sehr bald Obst oder Schokolade vor mir stand, mußte ich durch das riesige Speisezimmer, um dann das Erkerzimmer zu durchwandern.

Aber der erste Weihnachtsfeiertag erst zeigte, wozu denn eigentlich diese Räume geschaffen waren. Freilich war der Beginn des großen Festes alljährlich mit einer sonderbaren Schwierigkeit verbunden. Die langen Tafeln nämlich, welche der Bescherung dienten, waren der Menge der Beschenkten wegen dicht bestellt. Es war da nicht nur die Familie in allen ihren Verzweigungen bedacht; auch die Bedienung hatte ihre Plätze unterm Baum und neben der jeweiligen auch die alte, die schon im Ruhestande war. So nahe darum Platz an Platz stieß, war man nie vor unvorhergesehenen Gebietsverlusten sicher, wenn nachmittags, nach Schluß des großen Essens noch einem alten Faktotum oder dem Portierkind aufzudecken, war. Aber nicht darin lag die Schwierigkeit, sondern zu Anfang, wenn die Flügeltür sich auftat. Im Hintergrund des großen Zimmers glitzerte der Baum. An den langen Tafeln war keine Stelle, von der nicht zumindest ein bunter Teller mit dem Marzipan und seinen Tannenzweigen lockte; dazu winkten von vielen Spielsachen und Bücher. Besser nicht zu genau sich auf sie einzulassen. Ich hätte mir den Tag verderben können, wenn ich mich vorschnell auf Geschenke stimmte, die dann rechtmäßiger Besitz von andern wurden. Dem zu entgehen, blieb ich auf der Schwelle wie angewurzelt stehen, auf den Lippen ein Lächeln, von dem keiner hätte sagen können, ob der Glanz des Baumes es in mir erweckte oder aber der der mir bestimmten Gaben, denen ich mich, überwältigt, nicht zu nahen wagte. Aber am Ende war es ein drittes, was tiefer als die vorgetäuschten Gründe und sogar als mein echter mich bestimmte. Denn noch gehörten die Geschenke dort ein wenig mehr dem Geber als mir selbst. Sie waren spröde; groß war meine Angst, sie ungeschickt vor aller Augen anzufassen. Erst draußen auf der Diele, wo das Mädchen sie uns mit Packpapier umwickelte und ihre Form in Bündeln und Kartons verschwunden war, um uns an ihrer Statt als Bürgschaft ihr Gewicht zu hinterlassen, waren wir ganz der neuen Habe sicher. Das war nach vielen Stunden. Wenn wir dann, die Sachen fest eingeschlagen und verschnürt am Arm, in die Dämmerung hinaustraten, die Droschke vor der Haustür wartete, der Schnee unangetastet auf Gesimsen und Staketen, getrübter auf dem Pflaster lag, vom Lützowufer her Geklingel eines Schlittens anging und die Gaslaternen, die eine nach der andern sich erhellten, den Gang des Laternenanzünders verrieten, der auch an diesem süßen Feiertagabend seine Stange hatte schultern müssen – dann war die Stadt so in sich selbst versunken wie ein Sack, der schwer von mir und meinem Glück war.

WALTER BENJAMIN

O Stern und Blume,
Geist und Kleid,
Lieb, Leid und Zeit
und Ewigkeit.

BRENTANO

# Ein Käfig ging einen Vogel suchen

FRANZ KAFKA

# Ein Weihnachtsengel

Mit den Tannenbäumen begann es. Eines Morgens, noch ehe Ferien waren, hafteten an den Straßenecken die grünen Siegel, die die Stadt wie ein großes Weihnachtspaket an hundert Ecken und Kanten zu sichern schienen. Dann barst sie eines schönen Tages dennoch, und Spielzeug, Nüsse, Stroh und Baumschmuck quollen aus ihrem Innern: der Weihnachtsmarkt. Mit ihnen aber quoll noch etwas anderes hervor. Die Armut. Wie nämlich Äpfel und Nüsse mit ein wenig Schaumgold neben dem Marzipan sich auf dem Weihnachtsteller zeigen durften, so auch die armen Leute mit Lametta und bunten Kerzen in den bessern Vierteln. Die Reichen aber schickten ihre Kinder vor, um denen der Armen wollene Schäfchen abzukaufen oder Almosen auszuteilen, die sie selbst vor Scham nicht über ihre Hände brachten. Inzwischen stand bereits auf der Veranda der Baum, den meine Mutter insgeheim gekauft und über die Hintertreppe in die Wohnung hatte bringen lassen. Und wunderbarer als alles, was das Kerzenlicht ihm gab, war, wie das nahe Fest in seine Zweige mit jedem Tage dichter sich verspann. In den Höfen begannen die Leierkästen die letzte Frist mit Chorälen zu dehnen. Endlich war sie dennoch verstrichen und eines jener Tage wieder da, an deren frühesten ich mich hier erinnere. In meinem Zimmer wartete ich, bis es sechs werden wollte. Kein Fest des späteren Lebens kennt diese Stunde, die wie ein Pfeil im Herzen des Tages zittert. Es war schon dunkel, trotzdem entzündete ich nicht die Lampe, um den Blick nicht von den dunklen Fenstern überm Hof zu wenden, hinter denen nun die ersten Kerzen zu sehen waren. Es war von allen Augenblicken, die das Dasein des Weihnachtsbaumes hat, der heimlichste, in dem er Nadeln und Geäst dem Dunkel opfert, um nichts zu sein als nur ein unnahbares und doch nahes Sternbild im trüben Fenster einer Hinterwohnung. Doch wie ein solches Sternbild hin und wieder eins der verlassenen Fenster begnadete, indessen viele weiter dunkel blieben und andere, noch trauriger, im Gaslicht der frühen Abende verkümmerten, schien mir, daß diese weihnachtlichen Fenster die Einsamkeit, das Alter und das Darben – all das, wovon die armen Leute schwiegen – in sich faßten. Dann fiel mir wieder die Bescherung ein, die meine Eltern eben rüsteten. Kaum aber hatte ich so schweren Herzens wie nur die Nähe eines sicheren Glücks es macht, mich von dem Fenster abgewandt, so spürte ich eine fremde Gegenwart im Raum. Es war nichts als ein Wind, so daß die Worte, die sich auf meinen Lippen bildeten, wie Falten waren, die ein träges Segel plötzlich vor einer frischen Brise wirft.

›Alle Jahre wieder
Kommt das Christuskind
Auf die Erde nieder,
Wo wir Menschen sind‹

– mit diesen Worten hatte sich der Engel, der in ihnen begonnen hatte, sich zu bilden, auch verflüchtigt. Doch nicht mehr lange blieb ich im leeren Zimmer. Man rief mich in das gegenüberliegende, in dem der Baum nun in die Glorie eingegangen war, welche ihn mir entfremdete, bis er, des Untersatzes beraubt, im Schnee verschüttet oder im Regen glänzend, das Fest da endete, wo es ein Leierkasten begonnen hatte.

WALTER BENJAMIN

An meiner Wimper
hängt ein Stern,
es ist so hell
wie soll ich schlafen –

*

Einen Engel schnitt ich
mir aus deinem
goldenen Haare

ELSE LASKER-SCHÜLER

Nacht, stille Nacht, in die verwoben sind
ganz weiße Dinge, rote, bunte Dinge,
verstreute Farben, die erhoben sind
zu Einem Dunkel Einer Stille, – bringe
doch mich auch in Beziehung zu dem Vielen,
das du erwirbst und überredest.

RAINER MARIA RILKE

AUBREY BEARDSLEY

## Die Reise aus dem Morgenland

Wohl einen kalten Anweg hatten wir,
War grad die schlimmste Zeit im Jahr
Für eine Reise, eine so lange Reise:
Die Wege tief, das Wetter harsch,
Mitten im ärgsten Winter.
Und die Kamele fußkrank, wundgelaufen, mürrisch,
Legten sich in den Schnee, der ringsum schmolz.
Es gab Zeiten, da uns die Sommerpalais reuten
In den Berglehnen, die Terrassen, und der Sorbet,
Kredenzt von seidnen Mädchen.
Dann die Kameltreiber, fluchend und schimpfend,
Die uns durchbrannten, sie wollten was zu trinken sehn
 und Weiber;
Und die Nacht-Feuer, die ausgingen, und fast nie ein
 Obdach,
Und die Städte feindselig, die Flecken unfreundlich,
Die Dörfer verschmutzt und überteuert:
Wohl kam uns die Zeit schwer an.
Zum Schluß reisten wir lieber übernacht,
Nur ab und an schlafend,
Mit den Stimmen, die uns im Ohr sangen,
Daß all dies Unsinn sei.

Dann, im Morgengraun, stiegen wir in ein Tal ab,
Taufeucht unter der Schneezone; es grunelte,
Und war ein flinker Bach da und ein Mühlrad, das
 Dunkel stampfend,
Am Himmelsrand drei Bäume,
Und ein alter weißer Gaul stob im Galopp über die Wiese.
Dann kamen wir an eine Schenke mit Weinlaub überm
 Türsturz,

Sechs Hände an der offnen Tür, würfelnd um Silberlinge,
Und leere Weinschläuche, Fußtritte fangend.
Doch es gab keine Auskunft und wir zogen weiter
Und trafen am Abend ein, fanden den Ort,
Kamen noch grad zurecht; und es ging (darf man sagen) gut ab.

All das liegt weit zurück, ich erinnre mich,
Und würd es wieder tun, doch schreibt
Dies schreibt nieder
Dies: Wurden wir den weiten Weg geführt
Zu Tod oder Geburt? Sicher, da war eine Geburt, wir hatten die Gewähr
Und waren frei von Zweifel. Mir war Geburt und Tod vertraut,
Doch hatte ich sie für Verschiedenes gehalten, diese Geburt war uns
Ein harter, bittrer Heimgang, so wie ein Tod, wie unser Tod.
Wir kehrten wiederum an unsern Ort, in diese Königreiche,
Doch nimmermehr getrost hier in dem Alten Bund,
Über ein fremdes Volk, das seinen Göttern anhängt.
Ich wäre froh um einen neuen Tod.

THOMAS STEARNS ELIOT

# Weihnachts-Paris

Es schneit auf dem Mont Blanc
und eine große Glocke läutet in ihm
Bis hinunter steigt eine Prozession in Schwarz

Die Herzen brennen unter der Asche
Ein ungeheurer Schatten kreist um Sacré-Cœur
Das ist Montmartre
Der Mond ist der Kopf
rund wie dein Gesicht

Zu Zeiten heißerer Flammen
und in unseren Tagen
hat jeder einen kleinen Stern
Sie kriechen
Die Straße ist schwarz und der Himmel klar

Ein Mann allein wacht dort oben
in langem weißem Gewand
Morgen ist ein Sonntag

Man geht fort aus diesem Haus ohne daß es so aussieht
Man ist lustig
Ein Glück das noch zittert ist geboren

Das größte Feld der Welt ist umgedreht
und die Tiere laufen
Sie wollen nicht mehr sehen was sich ereignet hat
Das alte Wunder ist überholt

Aus dem Grund des Schattens wo alles in Bewegung
steigt ein Mann barhäuptig
Die Sonne stützt sich auf seinen Kopf
Wenn man ihn nicht mehr sieht beginnen sie das Fest

Mitternacht

Ein Mann geht voraus und man folgt ihm

Die Seine ist da
und man hört Schritte auf dem Wasser

Alles übrige geht in den Nachtlokalen vor sich

PIERRE REVERDY

# Wie man vollkommene Weihnachten malt

Oben hin malt man
den Himmel, fein wie Froschhaar.
Unten hin gießt man etwas Finsternis,
angewärmt auf Zimmertemperatur
oder ein bißchen mehr.

In die Finsternis ritzt man
mit einer Katzenkralle ein Bäumchen,
das allerschönste Bäumchen,
von dem auf der Welt
kein einziger Förster träumt.

Und das Bäumchen beginnt
ganz von allein zu leuchten,
und schon knistert das Bild
vor grüner Freude,
von purpurner Hoffnung.

Ja, aber jetzt müßt ihr
unters Bäumchen
das Wichtigste legen,
das, was ihr euch am meisten wünscht,
das, was die Sänger beim Gitarrenklang
Glück heißen.

Die Katze hat es leicht
die Katze legt eine Maus hin,
der Hauptmann legt sich
die größte Düsenhellebarde hin,

die schießt, feuert und salutiert,
der Spatz legt sich
ein paar Halme fürs Nest hin,

der Herr Offizial legt sich
eine erledigte Akte mit roter Schleife hin,
der Schmetterling legt sich
ein Pfauenauge aus Lastex hin,
und was legt ihr euch hin?

Ihr überlegt, überlegt,
bis der Tag graut,
bis der Fluß fast weggeflossen ist,
bis die Glühbirnen zu gähnen anfangen,
ihr überlegt,

und am Ende saugt ihr
mit dem Löschblatt in der Finsternis
eine milchig weiße Stelle frei,
ein bißchen wie ein Dukaten,
ein bißchen wie ein Schiff,
ein bißchen wie der Mond,
ein bißchen wie das schöne Gesicht
eines anderen Menschen.

eine milchig weiße Stelle,
vielmehr etwas wie Leere,
oder das Gegenteil von etwas,
wie Nichtschmerz,
wie Nichtangst,
wie Nichtsorge,

eine milchig weiße Stelle,
und ihr geht schlafen
und sagt euch,
ja, ich kann es jetzt,
ja, nächstesmal schon
male ich
die besten Weihnachten,
die es je gab.

MIROSLAV HOLUB

# Brueghels Traum

## I

Mit Hans geht er oft über Land, wenn Kirmes oder eine Hochzeit ist, sie kommen dann in Bauerntracht und bringen Geschenke wie die anderen, flunkern, daß sie zu den Verwandten oder Landsleuten der Braut oder des Bräutigams gehören, die Musikanten tragen rote Wämser, in der Mitte der Tafel sitzt die Braut, steif, mit gefalteten Händen, die Knechte tragen auf, eine Pfauenfeder steckt in der Mütze eines Mädchens, das auf dem Boden hockt mit Kuchenbrot und seine Finger schleckt, nun spielt der Dudelsackpfeifer auf, und sein Spiel fährt selbst den alten Paaren in die Beine, hier macht er Studien *naer het leven*, tanzende und betrunkene Bauern, Fröhlichkeit und Freigelassenheit, o brabantische Erde.

2

St. Martin kommt auf seinem Schimmel geritten und spendet den Armen Wein, die Rinderherde kehrt heim, nun hat der gute Wirt das Dreschen getan und macht Feuer im Kamin, doch Gott behüt', daß jetzt die Gäns' auf dem Eis stehn, dann müßten sie zu Weihnachten im Kot gehn, grüß dich, drolliger Pier, ich bring dir hier eine frischgemästete Gans, ich bin jetzt Vater von Zwillingen, komm uns bald mal wieder besuchen.
aber als er an Dreikönigstag das verschneite Dorf betritt, sieht er Reiter, die hier eingebrochen sind, Soldaten, die mit Gewalt in die Häuser eindringen, die Gegenwehr der Bauern ist ohnmächtig, sie flüchten oder verriegeln die Häuser, Mord und Brandschatzung vor seinen Augen und dahinter stille schneebedeckte Dächer, und mit jedem Hahnenschrei wächst das Leid.

3

Für ihn gibt es kein Helldunkel, keine versöhnenden Übergänge, da auf dem Marktplatz von Antwerpen ist der Schauplatz, auf dem Geschichte ihre blutige Erzählung schadenfroh zum besten gibt, ausgeliefert der Willkür von Schurken die Irregeführten, gejagt und herrenlos sucht die Zeit nach einer Heimstatt, und der Glaube bresthaft wie der Turm von Babel, ratlos die Baumeister vor den zerstreuten Bausteinen ihres Wahns, ach, auch Gottes Allmacht hat ihre Grenzen, schuf er doch die Welt nicht ohne Übel,
indes Flüsse strömen und schiffbar sind, grenzenlos sich die Landschaft dehnt, indes Vögel flattern, Leute gaffen und Kinder spielen: Steckenpferd und Blindekuh, Schlagrei-

fen und Bockspringen, Purzelbaum schlagen und Stelzengehen, und die Windrädchen, die sich lustig drehen.

4

Geborgen liegt das Dorf in der Bucht, und hier auf dem Hügel ist es windestill, aber die See ist aufgewühlt, und gestrandete Boote schlagen hin und her. Februarwind, der seine Kraft in weiten Räumen gesammelt hat, verwirft die alten Schiffe und schleudert sie an Land, draußen werden die abgenutzten Kulissen des Himmels niedergerissen, das Volk rüstet zur Fastnacht.

Blank wie der Horizont ist die Hippe, mit der der Bursche die Weidenzweige schneidet, die Ruten werden gebündelt, bald werden Flammen aus ihrem Holz die Sonne weissagen, die Karnevalsbrüder haben sich zusammengefunden, einer trägt die Papierkrone, ein anderer knabbert an der Waffel und singt dabei ein Lied, ein Bub geht ihnen mit einer Laterne durchs Dickicht voraus, sie tappen den gewundenen Pfad hinab, und jetzt, in der zunehmenden Dunkelheit, sind es nur noch zwei Lichter, die aufleuchten: dieses kleine, schwankende Licht in der Hand des Kindes und ein anderes, fern über dem Vorgebirge, in bleibender Helle.

5

Macht und Habgier, Beute der Dulle Griet, die im Pfuhl der Eitelkeit schöpft, die einen Raub für die Hölle tut. Hieronymus Bosch zeigt dem Nachfahren, wohin Gesetzlosigkeit führt: da ist kein Rückhalt mehr, und obschon die Blinden fallen, einer im Schrei des anderen, obschon der Sturz unabwendbar ist, Ikarus in der Flut versinken muß, vielleicht nur von äsenden Rehen bemerkt, obschon Ängste den Einzelnen umstellen, er weiß, daß wir ausgeliefert sind ohne Überlieferung, die Obdach ist und Gemeinschaft verbürgt. Teuer bleibt ihm das Werk der Schöpfung, das Lied der Jahreszeiten, das schneebedeckte Land, die Jäger, die mit den Hunden zur Jagd ziehen, das wärmende Feuer, und Schlittschuhläufer inmitten der Felder und Dörfer, nun steigt still aus der Wurzel der Saft in die Krone, wenn an Markus die Buchen grünen, will er mit einem guten Jahr dienen, und bald streift der Vogeldieb durchs Land, das zunimmt in seiner Fülle und wo eines sich zum andern fügt, die Elster und der Tod und der durchsichtige Äther, der über dem Ganzen liegt, o schuldlose Erde.

CYRUS ATABAY

## Gebet

Ich suche allerlanden eine Stadt,
Die einen Engel vor der Pforte hat.
Ich trage seinen großen Flügel
Gebrochen schwer am Schulterblatt
Und in der Stirne seinen Stern als Siegel.

Und wandle immer in die Nacht...
Ich habe Liebe in die Welt gebracht –
Daß blau zu blühen jedes Herz vermag,
Und hab ein Leben müde mich gewacht,
In Gott gehüllt den dunklen Atemschlag.

O Gott, schließ um mich deinen Mantel fest;
Ich weiß, ich bin im Kugelglas der Rest,
Und wenn der letzte Mensch die Welt vergießt,
Du mich nicht wieder aus der Allmacht läßt
Und sich ein neuer Erdball um mich schließt.

ELSE LASKER-SCHÜLER

Also es ist schon eine wunderliche Welt,
in der's von Eseln abhängt,
ob der Heiland am Leben bleibt.

HEPHZIBAH

# Die Flucht nach Ägypten

Mitunter tauchten auf Versteigerungen oder in einem Trödelladen mechanische Guckkästen auf, die einem auf Jahrmärkten und in Bioskoptheatern gegen Einwurf eines Nickels die Geschichte von Schneewittchen oder Ali Baba und auch fremde Länder vorzuführen pflegten. Es sollte dir also möglich sein, ein Zyklorama des Heiligen Landes und Ägyptens aufzustöbern, das die Szene für unser Stück bildet. Stelle die Gaslichter klein, denn es ist Nacht in Palästina, und laß eine Frau mit einem Kind auf einer Eselin hinter der Glasscheibe erscheinen. Ein alter Mann begleitet sie zu Fuß. Der Name der Eselin ist *Hephzibah.*

HEPHZIBAH, *zum zehntenmal*: Ich bin müde.

MARIA Ich weiß, ich weiß.

HEPHZIBAH Ich will dich gern so weit und so schnell tragen, als ich kann, aber alles mit Maß, alles mit Maß.

JOSEPH Wenn du nicht soviel redetest, hättest du mehr Kraft für die Reise.

HEPHZIBAH Nicht meine Lungen sind müde, sondern meine Beine. Wenn ich rede, merke ich nicht, wie müde ich bin.

MARIA Tue, was du für gut findest, Hephzibah, nur bleibe nicht stehn. Ich kann noch immer des Herodes Kriegsknechte hinter uns hören.

*Lärm von Eisenzeug in der Kulisse rechts.*

HEPHZIBAH Tja, ich tue, was ich kann.

*Schweigen. Der Tigris gleitet auf dem Zyklorama vorbei.*

Wenn wir nicht reden, werde ich stehenbleiben müssen. Wir sprachen über die Römer und die ganze politische Lage, und ich muß wiederholen, daß ich wie jedes denkende Wesen eine solche Lage nur mit Beunruhigung betrachten kann. Wir sprachen auch über unser Dorf, aber ich glaube nicht, daß es darüber noch irgend etwas zu sagen gibt. Habe ich nicht vergessen, euch zu erzählen, daß die Verlobung der Tochter Isaschars gelöst wurde?

MARIA Nein.

HEPHZIBAH Nun, dann gibt es immer noch Ideen. Ich glaube, ich kann ehrlich sagen, daß ich in Ideen aller Art zu Hause bin. Daheim auf unserem Hof, zum Beispiel, bin ich die Leiterin einer Diskussionsgruppe unter uns Frauen und Mädchen. Wir führen äußerst interessante Gespräche über Religion, dessen kann ich euch versichern. Höchst lehrreiche.

JOSEPH *als wiederum Eisengerassel aus Judäa vernehmbar wird; der Euphrat gleitet vorbei*: Kannst du dich nicht ein wenig beeilen?

HEPHZIBAH Ich sage den andern immer: Mädels, sage ich, sogar in Glaubensdingen wird von uns erwartet, daß wir unsern Verstand gebrauchen. Niemand wird zugemutet, die Angel samt Schnur und Schwimmer zu schlucken, wie die Redensart lautet. Diese Kinder zum Beispiel, die Herodes da umbringen läßt. Warum wurden sie geboren, wenn sie doch so jung sterben müssen? Kann mir jemand das beantworten? Oder, um es anders auszudrücken, warum wird der kleine Knabe in deinem Arm gerettet, während die andern umkommen müssen?

JOSEPH Ist es nötig, dabei stehenzubleiben?

HEPHZIBAH Ich bleib' des Nachdrucks wegen stehn.–Versteht mich recht! Nicht, daß ich etwa zweifelte. Aufrichtige Erörterung bedeutet nicht notwendig Zweifel.– Was für ein Lärm war das?

MARIA Ich bitte dich, befleißige dich der größten Eile, deren du fähig bist. Der Lärm, den du da hörst, rührt von den Kriegsknechten des Herodes her. Mein Kind wird erschlagen werden, während du über Glaubensdinge streitest. Ich bitte dich, Hephzibah, rette es, solange du's noch vermagst!

HEPHZIBAH Sei versichert, ich tue mein möglichstes, und ich glaube, ich komme flott genug vorwärts. Übrigens meinte ich nicht jenen Lärm dort hinten; es war ein Lärm vor uns. Selbstverständlich ist dein Kind dir teurer als andre, aber theologisch gesprochen, gibt es keinen möglichen Grund dafür, daß du mit ihm heil nach Ägypten entkommen solltest, während andre an ihren Grenzen, wie es in der Übersetzung des Dr. Martin Luther heißt, getötet werden. Wenn der Messias kommt, wird das alles aufgeklärt, aber bis dahin gedenke ich meinen Verstand zu gebrauchen. Meine Theorie läuft darauf hinaus, daß...

MARIA Hephzibah, wir werden dich wirklich schlagen müssen, wenn du so oft stehenbleibst. Hephzibah, erinnerst du dich meiner nicht? Erinnerst du dich nicht, wie du im Stall auf die Knie fielst? Erinnerst du dich nicht mehr meines Kindes?

HEPHZIBAH Wie? Was? Aber gewiß!

MARIA Siehst du, Hephzibah!

HEPHZIBAH Laß mich gerade nur für einen Augenblick anhalten und umherblicken. Nein, ich wage nicht, stehnzubleiben. Warum habe ich dich nicht früher erkannt! Wahrhaftig, liebste Herrin, du hättest strenger zu mir sprechen sollen. Ich wußte gar nicht, daß ich dermaßen laufen kann; es ist ein wahres Vergnügen! Gütiger Heiland, welch eine Eselin war ich doch, über den Verstand zu diskutieren, während mein Heiland in Gefahr schwebte! *Eine Pyramide saust vorüber.* Seht ihr die Lichter der Stadt noch nicht? Das ist die Sphinx dort zur Rechten, meine Herrschaften. Ja, 3655 vor Christus. – Also es ist schon eine wunderliche Welt, in der's von Eseln abhängt, ob der Heiland am Leben bleibt. Aber so ist's nun einmal. Warum hast du's mir nicht früher gesagt, liebste Herrin?

JOSEPH Wir dachten, du würdest uns aus freien Stücken vorwärts tragen.

HEPHZIBAH Oh, verzeih mir, Herrin, verzeih mir, Herr! Ihr hört jetzt gewiß keine Kriegsknechte mehr, dafür will ich euch bürgen. Bitte, lenke mich nicht so weit hinüber – gestatte – hier zur Rechten geht der Weg, Herrin. Das ist der Nil, da gibt's Krokodile. – Herrin, darf ich jetzt eine Frage stellen, nun wir in Sicherheit sind?

MARIA Ja, Hephzibah.

HEPHZIBAH Es handelt sich um diese Sache mit dem Glauben und dem Verstand, Herrin, ich möchte schrecklich gern unserer Gruppe überbringen, was du darüber zu sagen hast...

MARIA Meine liebe Hephzibah, vielleicht ein andermal. Für den Augenblick tue du nur wie ich und trag deinen Herrn und Meister weiter!

*Noch mehr Pyramiden sausen vorüber; Memnon singt, der Nil gleitet träumerisch vorbei, und die Herberge ist erreicht.*

THORNTON WILDER

# Weihnachten

Ich habe keine Lust
mich in ein Knäuel
von Straßen
zu stürzen

Soviel Müdigkeit
ist
auf meinen Schultern

Laßt mich
so
wie einen
in die Ecke
gestellten
und vergessenen
Gegenstand

Hier
fühlt man nichts anderes
als
die gute Wärme

Ich halte es
mit den vier
Bocksprüngen
des Rauches
vom Herd

GIUSEPPE UNGARETTI

# Wiegenlied
# einer alten frommen Magd

Ich wollte mich zur lieben Maria vermieten,
Ich sollte ihr Kindlein helfen wiegen;
Sie führt mich in ihr Kämmerlein,
Da waren die lieben Engelein,
Die sangen alle Gloria!
Gelobet sei Maria!

DES KNABEN WUNDERHORN

Mehrere Tiere baten, Ochs und Esel als Mittler, das Jesuskind sehen zu dürfen. Und eines schönen Tages wurde, nachdem Joseph zugestimmt hatte, ein Pferd, als zutunlich und schnell bekannt, vom Ochsen bestimmt, das vom folgenden Tage an alle einladen sollte, die kommen mochten.

Ochs und Esel fragten sich, ob man wilde Tiere zulassen dürfe, und auch Dromedare, Kamele, Elefanten: alles Tiere, die ein bißchen verdächtig sind vor lauter Buckel, Rüssel, Bein und Fleisch.

Dasselbe galt für Abscheu erregende Tiere, Insekten wie die Skorpione, Taranteln, die Riesenspinne, die Schlangen, alle, die Gift in ihren Drüsen entstehen lassen, tags und nachts, selbst morgens, wenn alles noch rein ist.

Die Jungfrau zögerte nicht.

»Ihr könnt alle kommen lassen, mein Kind ist so sicher in seiner Krippe, als sei es im höchsten Himmel.«

»Und eins nach dem andern«, meinte Joseph in fast militärischem Ton, »es dürfen nicht zwei Tiere auf einmal durch die Tür, sonst findet man sich ja gar nicht mehr zurecht.«

Mit den giftigen Tieren fing man an: jeder hatte das Gefühl, daß man ihnen so genugtun müsse. Bemerkenswert war der Takt der Schlangen, die es vermieden, die Jungfrau anzusehen, und ihr weit aus dem Wege gingen. Dann schieden sie mit so viel verhaltener Würde, als seien sie Tauben oder Wachhunde. – – –

Die Hunde konnten sich nicht enthalten, ihr Wundern zu zeigen: sie nämlich durften nicht im Stall wohnen wie Ochs und Esel. Jeder aber – anstatt ihnen Bescheid zu geben – streichelte sie, und so gingen sie wieder, voll sichtlichen Danks.

Und trotzdem, als man an seinem Geruch den Löwen kommen spürte, wurden Ochs und Esel unruhig. Um so mehr, als dieser Geruch unbekümmert Weihrauch, Myrhen und die anderen Düfte durchdrang, die die Könige reichlich verbreitet hatten.

Der Ochs würdigte die hochherzigen Gründe, aus denen das Vertrauen der Jungfrau und Josephs kam. Aber ein solches Kind, solch ein zartes Fünkchen an ein Tier zu bringen, das es mit einem einzigen Atemzug auszulöschen vermochte...

Der Löwe kam mit seiner Mähne, die nie einer gekämmt hatte außer dem Wüstenwind, und mit melancholischen Augen, die sagten: ›Ich bin der Löwe, was kann ich denn dafür; ich bin nur der König der Tiere.‹

Dann sah man, daß seine größte Sorge war, möglichst wenig Platz im Stall einzunehmen, was nicht leicht war, und zu atmen, ohne etwas in Unordnung zu bringen, und seine Krallen zu vergessen und die mit fürchterlichen Muskeln versehenen Kinnbacken. Er kam mit gesenkten Lidern und verbarg sein wunderschönes Gebiß wie eine häßliche Krankheit; kam mit so viel Bescheidenheit, daß er augenscheinlich den Löwen zuzurechnen war, die sich

eines Tages weigerten, die heilige Blandine zu fressen. Die Jungfrau hatte Mitleid und wollte ihn beruhigen mit einem Lächeln, wie es sie sonst nur für das Kind übrig hatte. Der Löwe blickte geradeaus, mit einer Miene, als sage er in noch verzweifelterem Ton als vorher:
›Was habe ich denn getan, daß ich so groß und stark bin? Ihr wißt doch alle, daß ich immer von Hunger und der frischen Luft getrieben war, wenn ich fraß; und ihr kennt ja auch das Problem der Löwenjungen. Wir haben alle mehr oder weniger versucht, Pflanzenfresser zu werden, aber Pflanzen sind nichts für uns, so geht es nicht.‹
Dann senkte er seinen riesigen Kopf, auf dem die Haare wie explodiert standen, und legte sich traurig auf den harten Boden; die Quaste seines Schweifs wirkte ebenso niedergeschlagen wie sein Kopf; er war von einer großen Stille umgeben, die allen zu Herzen ging.
Der Tiger warf sich, als er an die Reihe kam, auf die Erde und machte sich so flach, bis er vor lauter Selbstverleugnung wie ein Bettvorleger vor der Krippe lag, Doch dann, in Sekundenschnelle, war er wieder ganz da mit einer unglaublich elastischen Kraft, verschwand und ward nicht mehr gesehen.
Die Giraffe zeigte für kurze Zeit ihre Füße in der Tür, und jeder war der Meinung, daß das ›zähle‹, als ob sie den Besuch an der Krippe gemacht habe.
Das gleiche war beim Elefanten; er begnügte sich damit, auf der Schwelle niederzuknien und seinen Rüssel wie

ein Weihrauchfaß zu schwenken, was von allen gut aufgenommen wurde.
Ein Hammel mit unheimlich viel Wolle wünschte, sogleich geschoren zu werden, aber man ließ ihm sein Vlies mit verbindlichem Dank.
Mutter Känguruh wollte mit aller Gewalt Jesus eines ihrer Kinder schenken, machte geltend, daß das Geschenk von Herzen komme und daß es sie nicht beraube, denn sie habe noch andere kleine Känguruhs zu Hause. Aber Joseph wollte es nicht, und sie mußte ihr Kind wieder mitnehmen.
Der Strauß hatte mehr Glück; er legte in einer unbeobachteten Sekunde ein Ei in den Winkel und kam ohne Lärm fort. Das Andenken wurde erst am nächsten Tag entdeckt, und zwar bemerkte es der Esel. Er hatte noch niemals etwas so Großes und Hartes als Ei gesehen und wollte an ein Wunder glauben... Da belehrte Joseph ihn eines Besseren: es wurde daraus ein Eierkuchen gemacht.
Die Fische, die sich infolge ihrer bedauernswerten Atemweise nicht außerhalb des Wassers zeigen konnten, hatten eine Möwe beauftragt, sie zu vertreten.
Die Vögel ließen, wenn sie fortflogen, ihre Lieder da, Tauben ihre Liebessänge, Affen lustige Streiche, Katzen ihre Blicke, Turteltäubchen die Süße ihrer Kehle.

JULES SUPERVIELLE

# Ammenuhr

Der Mond der scheint,
Das Kindlein weint,
Die Glock schlägt zwölf,
Daß Gott doch allen Kranken helf!

Gott alles weiß,
Das Mäuslein beißt,
Die Glock schlägt ein,
Der Traum spielt auf dein Kissen dein.

Das Nönnchen läut
Zur Mettenzeit,
Die Glock schlägt zwei,
Sie gehn ins Chor in einer Reih.

Der Wind der weht,
Der Hahn der kräht,
Die Glock schlägt drei,
Der Fuhrmann hebt sich von der Streu.

Der Gaul der scharrt,
Die Stalltür knarrt,
Die Glock schlägt vier,
Der Kutscher siebt den Haber schier.

Die Schwalbe lacht,
Die Sonn erwacht,
Die Glock schlägt fünf,
Der Wandrer macht sich auf die Strümpf.

Das Huhn gagackt,
Die Ente quackt,
Die Glock schlägt sechs,
Steh auf, steh auf, du faule Hex.

Zum Bäcker lauf,
Ein Wecklein kauf,
Die Glock schlägt sieben,
Die Milch tu an das Feuer schieben.

Tut Butter nein
Und Zucker fein,
Die Glock schlägt acht,
Geschwind dem Kind die Supp gebracht.

DES KNABEN WUNDERHORN

# Das Sternenkind

Es waren einmal zwei arme Holzfäller, die durch einen großen Tannenwald nach Hause gingen. Es war Winter, und die Nacht war bitterkalt. Der Schnee lag tief auf der Erde und hoch auf den Zweigen der Bäume. Der Frost zerbrach die kleinen Äste auf beiden Seiten, wo sie vorübergingen; und als sie zu dem Gebirgsbach kamen, hing er bewegungslos in der Luft, denn der Eiskönig hatte ihn geküßt.

Es war so kalt, daß selbst die Tiere und die Vögel nicht wußten, was sie anfangen sollten.

»Uu«, knurrte der Wolf, als er durch das Unterholz lief, den Schwanz zwischen den Beinen, »das ist ja ein ganz abscheuliches Wetter. Daß da die Regierung nicht einschreitet!«

»Uiit! Uiit! Uiit!« zwitscherten die grünen Hänflinge, »die alte Erde ist tot, und sie haben sie in ihrem weißen Totenlaken aufgebahrt.« – »Die Erde will sich verheiraten, und dies ist ihr Brautgewand«, flüsterten die Turteltauben einander zu. Ihre kleinen rosigen Füße waren ganz verfroren, aber sie meinten, es sei ihre Pflicht, die Lage romantisch aufzufassen.

»Unsinn!« heulte der Wolf. »Ich sage euch, die Regierung ist an allem schuld, und wenn ihr mir nicht glaubt, so fress' ich euch.« Der Wolf war von Grund aus praktisch veranlagt, und es fehlte ihm nie an guten Gründen.

»Nun, ich für meinen Teil«, sagte der Specht, der ein geborener Philosoph war, »ich kümmere mich nicht die Spur um Erklärungen. Wenn etwas so ist, ist es so, und jetzt ist es furchtbar kalt.« Und furchtbar kalt war es wirklich. Die kleinen Eichhörnchen, die im Inneren der großen Fichten wohnten, rieben fortwährend ihre Nasen aneinander, um sich warm zu halten, und die Kaninchen rollten sich in ihren Höhlen auf und wagten nicht, sich draußen blicken zu lassen. Es schien, als ob nur die großen gehörnten Eulen sich freuten. Ihre Federn waren vom Reif ganz steif, aber das war ihnen gleich, und sie rollten ihre großen gelben Augen und riefen sich durch den Wald hin zu:

»Tu-wiit! Tu-woo! Tu-wiit! Tu-woo! Was für ein wundervolles Wetter wir haben!«

Weiter und weiter gingen die beiden Holzfäller, bliesen sich kräftig auf die Finger und stampften mit ihren großen eisenbeschlagenen Stiefeln auf den festgetretenen Schnee. Einmal sanken sie in ein Loch mit Treibschnee und kamen ganz weiß heraus, wie die Müller sind, wenn die Steine Korn mahlen; und einmal glitten sie auf dem glatten Eise aus, wo das Sumpfwasser gefroren war, und ihr Reisig fiel aus den Bündeln, und sie mußten es wieder zusammensuchen und zusammenbinden; und einmal glaubten sie, sie hätten den Weg verloren, und große Angst befiel sie, denn sie wußten, daß der Schnee grausam ist gegen die, die in seinen Armen schlafen. Aber sie setzten ihr Vertrauen auf den guten Sankt Martin, der über allen Wanderern wacht, und gingen auf ihren Spuren zurück und paßten dann scharf auf. Und endlich erreichten sie den Saum des Waldes und sahen, fern unten im Tale zu ihren Füßen, die Lichter des Dorfes, in dem sie wohnten.

Ihre Freude über die Rettung war so groß, daß sie laut

lachten, und die Erde erschien ihnen wie eine silberne Blume, und der Mond wie eine Blume aus Gold.

Aber nachdem sie gelacht hatten, wurden sie wieder traurig, denn sie dachten an ihre Armut, und einer von ihnen sagte zum anderen:

»Warum haben wir gelacht? Wir sehen doch, daß das Leben für die Reichen ist und nicht für solche, wie wir sind. Besser, wir wären vor Kälte im Walde gestorben, oder es wären wilde Tiere über uns hergefallen und hätten uns getötet.«

»Wahrlich«, antwortete sein Gefährte, »den einen ist viel gegeben und wenig den anderen. Das Unrecht hat die Welt verteilt, und nichts ist gleich geteilt außer der Sorge.«

Aber als sie ihr Elend beklagten, geschah etwas Seltsames. Vom Himmel fiel ein glänzender und schöner Stern. Er glitt seitlich am Himmel herab, an den anderen Sternen vorbei in seinem Lauf, und als sie ihm verwundert mit den Augen folgten, schien es ihnen, als sänke er hinter einem Gebüsch von Weidenbäumen zu Boden, das dicht bei einer kleinen Schafhürde stand, nicht mehr als einen Steinwurf von ihnen entfernt.

»Ei! Da liegt ein Topf Gold für den, der ihn findet«, riefen sie aus, und sie machten sich auf und liefen, so gierig waren sie nach dem Golde.

Und der eine von ihnen lief schneller als der andere und überholte ihn und arbeitete sich durch die Weiden und kam auf der anderen Seite heraus, und siehe da: auf dem weißen Schnee lag wirklich ein goldenes Ding. Er eilte also dahin und beugte sich nieder und legte die Hand darauf, und es war ein Tuch aus goldenem Gewebe, seltsam mit Sternen besetzt und in viele Falten geschlungen. Und er rief seinem Gefährten zu, er habe den Schatz gefunden, der vom Himmel gefallen sei, und als sein Gefährte gekommen war, setzten sie sich auf den Schnee und lösten die Falten des Tuches, um die Goldstücke unter sich zu verteilen. Aber ach! Es war kein Gold darin und auch kein Silber, noch überhaupt irgendein Schatz, sondern nur ein kleines schlafendes Kind. Und der eine von beiden sagte zum anderen:

»Das ist ein bitteres Ende unserer Hoffnung, und wir haben kein Glück, denn was soll ein Kind einem Manne nützen? Wir wollen es liegenlassen und unseres Weges gehen; denn wir sind arme Leute und haben selber Kinder, deren Brot wir nicht einem fremden geben dürfen.«

Aber sein Gefährte antwortete ihm:

»Nein, es wäre schlecht, das Kind hier im Schnee umkommen zu lassen, und wenn ich auch ebenso arm bin wie du und viele Münder zu füttern und nur wenig in der Schüssel habe, so will ich es doch mit nach Hause nehmen, und mein Weib soll dafür sorgen.«

Und so nahm er das Kind ganz zart auf und hüllte das Tuch darum, um es vor der scharfen Kälte zu schützen, und ging den Hügel hinunter zum Dorf, und sein Gefährte wunderte sich über seine Torheit und Herzensweichheit.

Und als sie zum Dorf kamen, sagte sein Gefährte zu ihm:

»Du hast das Kind, gib mir also das Tuch, denn es ist nur recht, daß wir teilen.«

Aber er antwortete ihm: »Nein; denn das Tuch gehört weder dir noch mir, sondern einzig dem Kinde«; und er bot ihm ein Gott zum Gruß und ging in sein Haus und klopfte. Und als sein Weib die Tür öffnete und sah, daß ihr Mann heil zurückgekehrt war, schlang sie ihm die Arme um den Hals und küßte ihn und nahm ihm das Reisigbündel vom

Rücken und fegte den Schnee von seinen Stiefeln und hieß ihn hereinkommen.
Er aber sagte zu ihr:
»Ich habe etwas im Walde gefunden und es dir mitgebracht, daß du dafür sorgest«, und er rührte sich nicht von der Schwelle. »Was ist es?« rief sie. »Zeige es mir, denn das Haus ist leer, und wir brauchen vieles.« Und er zog das Tuch zurück und zeigte ihr das schlafende Kind.
»Ach, guter Mann!« murmelte sie, »haben wir nicht selber Kinder genug, daß du durchaus noch einen Wechselbalg bringen mußt, an unserem Herde zu sitzen? Und wer weiß, ob es uns nicht Unglück bringen wird? Und wie sollen wir es pflegen?« und sie war zornig auf ihn.
»Ja, aber es ist ein Sternenkind«, antwortete er; und er erzählte ihr, wie er es gefunden hatte.
Aber sie ließ sich nicht besänftigen, sondern höhnte ihn und sprach zornig und rief:
»Unsere Kinder haben kein Brot, und sollen wir fremde Kinder füttern? Wer kümmert sich um uns? Und wer gibt uns Brot?«
»Ja, aber Gott sorgt selbst für die Sperlinge und gibt ihnen Nahrung«, antwortete er.
»Sterben die Sperlinge nicht vor Hunger im Winter?« fragte sie. »Und ist nicht jetzt Winter?«
Und der Mann antwortete nichts, aber er ging nicht von der Schwelle.
Und ein bitterer Wind kam vom Walde herein durch die offene Tür und ließ sie erzittern; und sie schauderte und sagte zu ihm: »Willst du die Tür nicht schließen? Es weht ein bitterer Wind ins Haus, und mich friert.«
»In ein Haus, in dem ein Herz hart ist, weht da nicht immer ein bitterer Wind hinein?« fragte er.

Und die Frau antwortete nicht, sondern kroch dichter ans Feuer. Und nach einer Weile drehte sie sich um und sah ihn an, und ihre Augen waren voll Tränen. Da trat er schnell hinein und legte ihr das Kind in die Arme; und sie küßte es und legte es in ein kleines Bett, wo das jüngste ihrer eigenen Kinder schlief. Und am Morgen nahm der Holzfäller das seltsame goldene Tuch und legte es in eine große Truhe, und eine Kette von Bernstein, die um des Kindes Hals war, nahm seine Frau und legte sie dazu. So wurde das Sternenkind mit den Kindern des Holzfällers aufgezogen und saß mit ihnen am gleichen Tisch und war ihr Spielgefährte. Und jedes Jahr wurde es schöner, so daß alle, die im Dorfe wohnten, von Staunen erfüllt waren; denn während sie schwarzbraun und dunkelhaarig waren, blieb es weiß und zart wie gedrehtes Elfenbein, und seine Locken waren wie die Ringe des Affodill. Und seine Lippen waren wie die Blätter einer roten Blüte, und seine Augen waren wie Veilchen an einem Strome klaren Wassers und sein Leib wie der Narkissos auf einem Felde, wohin der Schnitter nicht kommt.

Aber seine Schönheit tat ihm Böses. Denn es wurde stolz und grausam und selbstsüchtig. Die Kinder des Holzfällers und die anderen Kinder des Dorfes verachtete es und sagte, sie seien von niederer Herkunft, während es edel geboren sei, denn es stamme von einem Stern ab; und es machte sich zum Herrn über sie und nannte sie seine Diener. Kein Mitleid hatte es mit den Armen oder für die, die blind waren oder verkrüppelt oder irgendwie krank; sondern es warf Steine nach ihnen und trieb sie hinaus auf die Landstraße und hieß sie ihr Brot anderswo erbetteln, so daß niemand außer den Geächteten zweimal in jenes Dorf kam, um ein Almosen zu erbitten. Ja, es war wie einer, der die

Schönheit über alles liebte; und es verhöhnte, die da schwach und schlecht weggekommen waren, und machte Witze über sie; und sich selber liebte es; und im Sommer, wenn die Winde schliefen, dann lag es am Brunnen im Garten des Priesters und sah hinunter auf das Wunder seines Gesichts und lachte vor Freude über seine Schönheit.
Oft schalten es der Holzfäller und seine Frau und sagten: »Wir haben nicht so an dir gehandelt, wie du an denen handelst, die trostlos sind und niemand haben, der ihnen hülfe. Warum bist du so grausam gegen alle, die Mitleid brauchen?«
Oft schickte auch der alte Priester nach ihm und suchte ihm die Liebe zu allem Lebenden zu lehren und sagte zu ihm:
»Die Fliege ist dein Bruder. Tu ihr nichts an. Die wilden Vögel, die im Walde schweifen, haben ihre Freiheit. Fange sie nicht zu deinem Vergnügen. Gott schuf die Blindschleiche und den Maulwurf, und jeder hat seinen Ort. Wer bist du, daß du Schmerz in Gottes Welt tragen dürftest? Selbst die Tiere auf dem Felde preisen Ihn.«
Aber das Sternenkind kümmerte sich nicht um solche Worte, sondern runzelte die Stirn und spottete und ging zu seinen Genossen zurück und führte sie. Und seine Genossen folgten ihm, denn es war schön und schnellfüßig und konnte tanzen und flöten und Musik machen. Und wohin das Sternenkind sie führte, dahin folgten sie, und was das Sternenkind sie tun hieß, das taten sie. Und als es mit einem scharfen Rohr dem Maulwurf die Augen ausstieß, so lachten sie, und wenn es mit Steinen nach den Aussätzigen warf, so lachten sie auch. Und in allen Dingen herrschte es über sie, und sie wurden hartherzig, so wie es.
Nun kam eines Tages eine arme Bettelfrau durch das Dorf.

Ihre Kleider waren zerrissen und zerlumpt, und ihre Füße bluteten von dem rauhen Weg, auf dem sie gewandert war, und sie war in sehr üblem Zustand. Und da sie müde war, setzte sie sich unter einen Kastanienbaum, um auszuruhen.

Als das Sternenkind sie sah, sagte es zu seinen Genossen:

»Seht! Da sitzt ein schmutziges Bettelweib unter dem schönen grünenden Baum. Kommt, wir wollen sie fortjagen, denn sie ist häßlich und ungestalt.«

Und sie kamen näher und warfen Steine nach ihr und verhöhnten sie, und sie sah es mit Schrecken an und wandte den Blick von ihm nicht ab. Und als der Holzhacker, der in einem nahen Wildfang Holz spaltete, sah, was das Sternenkind tat, lief er herbei und schalt es und sagte:

»Wahrlich, du hast ein hartes Herz und kennst kein Erbarmen, denn was hat dir dies arme Weib zuleide getan, daß du es so behandelst?«

Und das Sternenkind wurde rot vor Zorn und stampfte mit dem Fuß auf den Boden und sagte:

»Wer bist du, daß du mich fragst, was ich tue? Ich bin nicht dein Sohn, daß ich tue, was du mich heißest.«

»Da sprichst du wahr«, antwortete der Holzfäller, »aber ich erbarmte mich deiner, als ich dich im Walde fand.«

Und als das Weib diese Worte hörte, stieß sie einen lauten Schrei aus und fiel in Ohnmacht. Und der Holzfäller trug sie zu sich ins Haus, und seine Frau sorgte für sie, und als sie aus der Ohnmacht erwachte, in die sie gefallen war, setzten sie ihr zu essen und zu trinken vor und hießen sie guten Mutes sein.

Aber sie wollte weder essen noch trinken, sondern sagte zu dem Holzfäller:

»Sagtest du nicht, du hättest das Kind im Walde gefunden?

Und war es nicht vor zehn Jahren am heutigen Tag?«
Und der Holzfäller antwortete:
»Ja, im Walde hab' ich es gefunden, und heute sind es zehn Jahre her.«
»Und was für Zeichen fandest du bei ihm?« rief sie. »Trug es nicht eine Bernsteinkette um seinen Hals? War es nicht eingehüllt in ein Tuch aus Goldgewebe, bestickt mit Sternen?«
»Ganz recht«, antwortete der Holzfäller, »es war, wie du sagst.« Und er nahm das Tuch und die Bernsteinkette aus der Truhe, in der sie lagen, und zeigte sie ihr.
Und als sie sie sah, weinte sie vor Freude und sprach:
»Es ist mein kleiner Sohn, den ich im Walde verlor. Ich bitte dich, schicke sofort nach ihm, denn um ihn zu suchen, bin ich über die ganze Welt gewandert.«
Und der Holzfäller und seine Frau gingen hinaus und riefen das Sternenkind und sagten zu ihm:
»Geh ins Haus; dort wirst du deine Mutter finden, die auf dich wartet.«
Und es lief hinein voll Staunen und großer Freude. Als es aber sah, wer da drinnen wartete, lachte es verächtlich und sagte:
»Nun, wo ist meine Mutter? Denn ich sehe niemanden hier als das gemeine Bettelweib.«
Und das Weib antwortete ihm:
»Ich bin deine Mutter.«
»Du bist wahnsinnig«, rief das Sternenkind voll Zorn. »Ich bin nicht dein Sohn, denn du bist eine Bettlerin und häßlich und in Lumpen. Deshalb schere dich fort, und laß mich nicht länger dein schmutziges Gesicht sehen.«
»Nein, aber du bist wirklich mein kleiner Sohn, den ich in den Wald trug«, rief sie, und sie sank in ihre Knie und

streckte die Arme nach ihm aus. »Die Räuber haben dich mir gestohlen und dich liegenlassen, damit du sterben solltest«, murmelte sie, »aber ich erkannte dich, als ich dich erblickte, und die Zeichen habe ich auch erkannt, das Tuch aus Goldgewebe und die Bernsteinkette. Deshalb bitte ich dich: komm mit mir, denn über die ganze Welt bin ich gewandert, um dich zu suchen. Komm mit mir, mein Sohn, denn ich brauche deine Liebe.«

Aber das Sternenkind rührte sich nicht von der Stelle, sondern verschloß die Tür seines Herzens gegen sie, und man vernahm keinen Laut als den Laut des Weibes, das aus Schmerz weinte. Und schließlich sprach es zu ihr, und seine Stimme war hart und bitter. »Wenn du in Wahrheit meine Mutter bist«, sagte es, »dann wäre es besser gewesen, du wärest fortgeblieben und nicht hierhergekommen, um mich in Schande zu bringen; denn ich glaubte, ich sei das Kind eines Sternes und nicht einer Bettlerin Kind, wie du behauptest. Darum mache dich auf, und laß mich dich nicht mehr sehen.«

»Ach, mein Sohn«, rief sie, »willst du mich nicht küssen, ehe ich gehe? Denn ich habe vieles erduldet, um dich zu finden.«

»Nein«, sagte das Sternenkind, »du bist zu garstig anzuschauen, und eher will ich die Natter küssen oder die Kröte als dich.« Da stand das Weib auf und ging fort in den Wald und weinte bitterlich; und als das Sternenkind sah, daß sie fort war, freute es sich und lief zu seinen Spielgenossen zurück, um mit ihnen zu spielen.

Aber als sie es kommen sahen, verhöhnten sie es und riefen: »Ei, du bist so scheußlich wie die Kröte, und so ekelhaft wie die Natter. Mach dich fort, denn wir lassen dich nicht mit uns spielen«, und sie jagten es aus dem Garten.

Und das Sternenkind runzelte die Stirn und sprach zu sich selber:
»Was bedeutet das, was sie sagen? Ich will an den Wasserbrunnen gehen und hineinsehen, und er soll mir meine Schönheit zeigen.«
Und es ging an den Wasserbrunnen und sah hinein, und siehe: sein Gesicht war wie das Gesicht einer Kröte und sein Körper war geschuppt wie der einer Natter. Und es warf sich in das Gras und weinte und sprach zu sich: »Wahrlich, das ist über mich gekommen wegen meiner Sünde. Denn ich habe meine Mutter verleugnet und sie fortgejagt und bin stolz und grausam gegen sie gewesen. Darum will ich gehen und sie über die ganze Welt suchen und nicht ruhen, bis ich sie gefunden habe.«
Und da kam die kleine Tochter des Holzfällers zu ihm, und sie legte ihm die Hand auf die Schulter und sprach:
»Was tut es, ob du deine Schönheit verloren hast? Bleibe bei uns, und ich will dich nicht verhöhnen.«
Es sagte aber zu ihr:
»Nein, denn ich bin grausam gegen meine Mutter gewesen, und zur Strafe ist mir dieses Übel gesandt. Deshalb muß ich von hinnen ziehen und durch die Welt wandern, bis ich sie finde und sie mir ihre Vergebung gibt.«
Und es lief fort in den Wald und rief seine Mutter, zu ihm zu kommen, aber es erhielt keine Antwort. Den ganzen Tag lang rief es nach ihr, und als die Sonne unterging, legte es sich auf einem Bett von Blättern nieder, um zu schlafen. Und die Vögel und die Tiere flohen vor ihm, denn sie gedachten seiner Grausamkeit, und es war allein, nur die Kröte sah es an, und die langsame Natter schlich vorüber. Und am Morgen stand es auf und pflückte bittere Beeren von den Bäumen und aß sie und ging seinen Weg durch

den großen Wald und weinte. Und alles, was es traf, fragte es, ob es etwa seine Mutter gesehen hätte.

Es sagte zum Maulwurf:

»Du kannst unter die Erde gehen. Sage mir, ist meine Mutter dort?« Und der Maulwurf antwortete:

»Du hast meine Augen blind gemacht. Wie sollte ich es wissen?« Und es sagte zum Hänfling:

»Du kannst über die Wipfel der großen Bäume fliegen und die ganze Welt sehen. Sage mir, kannst du meine Mutter finden?« Und der Hänfling antwortete:

»Du hast mir die Flügel zu deinem Vergnügen beschnitten; wie sollte ich fliegen?«

Und zu dem kleinen Eichhörnchen, das in der Tanne wohnte und einsam war, sagte es:

»Wo ist meine Mutter?«

Und das Eichhörnchen antwortete:

»Du hast die meine erschlagen. Suchst du jetzt auch deine Mutter zu erschlagen?«

Und das Sternenkind weinte und neigte den Kopf und bat Gottes Geschöpfe um Vergebung und ging weiter durch den Wald und suchte nach dem Bettelweib. Und am dritten Tage kam es zur anderen Seite des Waldes und ging hinab in die Ebene.

Und wenn es durch die Dörfer kam, verhöhnten es die Kinder und warfen mit Steinen nach ihm; und die Bauern wollten es nicht einmal in den Ställen schlafen lassen, aus Furcht, es könnte den Meltau auf das gespeicherte Korn bringen, so furchtbar war es anzusehen, und ihre Tagelöhner jagten es davon, und niemand hatte Mitleid mit ihm. Und nirgends hörte es von dem Bettelweib, das seine Mutter war, obgleich es drei Jahre lang über die Welt wanderte und oftmals glaubte, sie vor sich auf dem Wege zu sehen, und nach ihr rief und hinter ihr herlief, bis seine Füße von den scharfen Kieseln bluteten. Aber einholen konnte es sie nicht, und die am Wege wohnten, leugneten immer, sie gesehen zu haben, sie oder etwas Ähnliches, und sie verhöhnten seinen Gram. Drei Jahre lang wanderte es über die Welt, und in der Welt war weder Liebe noch Güte, noch Erbarmen für es, sondern es war eine Welt, wie es sie in den Tagen seines großen Stolzes um sich geschaffen hatte.

Und eines Abends kam es an das Tor einer stark befestigten Stadt, die an einem Flusse stand, und ob es auch müde und wund war, machte es sich doch auf hineinzugehen. Aber die Soldaten, die auf der Wache standen, senkten ihre Hellebarden vor den Eingang und sagten rauh zu ihm:

»Was hast du in der Stadt zu suchen?«

»Ich suche nach meiner Mutter,« antwortete es, »und ich bitte euch, laßt mich hinein, denn es kann sein, daß sie in dieser Stadt ist.« Aber sie verhöhnten es, und einer von ihnen schüttelte seinen schwarzen Bart, setzte seinen Schild nieder und rief:

»Wahrhaftig, deine Mutter wird sich nicht freuen, wenn sie dich sieht, denn du bist scheußlicher als die Kröte des Sumpfes oder die Otter, die im Moraste kriecht. Mache dich fort. Mache dich fort. Deine Mutter wohnt nicht in dieser Stadt.«

Und ein anderer, der eine gelbe Fahne in der Hand trug, sagte zu ihm:

»Wer ist deine Mutter, und warum suchst du sie?«

Und es antwortete:

»Meine Mutter bettelt wie ich, und ich habe sie schlecht behandelt; und ich bitte euch, laßt mich hinein, daß sie mir ihre Verzeihung gebe, wenn sie in dieser Stadt weilt.«

Aber sie wollten nicht und stachen nach ihm mit ihren Speeren. Und als es sich weinend fortwandte, kam einer, dessen Rüstung mit goldenen Blumen eingelegt war und auf dessen Helm ein geflügelter Löwe lag, und er fragte die Soldaten, wer da Eintritt verlangt hätte. Und sie sagten zu ihm:

»Es war ein Bettler und das Kind einer Bettlerin, und wir haben es fortgejagt.«

»Ei«, rief er lachend, »laßt uns doch das schmutzige Ding als Sklaven verkaufen, und sein Preis soll eine Schale süßen Weines sein.«

Und ein alter Mann mit einem bösen Gesicht ging vorüber und rief aus und sagte:

»Ich will es um den Preis kaufen«, und als er den Preis gezahlt hatte, nahm er das Sternenkind bei der Hand und führte es in die Stadt.

Und nachdem sie durch viele Straßen gegangen waren, kamen sie an eine kleine Tür in einer Mauer, die von einem Granatbaum bedeckt war. Und der alte Mann berührte die Tür mit einem Ring aus geschnittenem Jaspis, und sie sprang auf, und sie gingen fünf erzene Stufen hinunter in einen Garten, in dem schwarzer Mohn wuchs und grüne Krüge aus gebranntem Lehm standen. Und der alte Mann nahm aus seinem Turban ein Tuch aus bunter Seide und band dem Sternenkind die Augen zu und stieß es vor sich her. Und als ihm das Tuch von den Augen genommen wurde, befand es sich in einem Kerker, den eine Hornlaterne beleuchtete.

Und der alte Mann setzte ihm auf einem Holzteller schimmliges Brot vor und sagte: »Iß!« und salziges Wasser in einem Becher und sagte: »Trink!« Und als es gegessen und getrunken hatte, ging der alte Mann hinaus und ver-

schloß die Tür hinter sich und verriegelte sie mit einer eisernen Kette.
Und am anderen Tage kam der alte Mann, der der verschlagenste der libyschen Zauberer war und seine Kunst von einem gelernt hatte, der in den Gräbern des Niles wohnte, zu ihm herein, sah es finster an und sprach:
»In einem Wald nahe bei dieser Stadt von Giaouren liegen drei Stücke Gold. Eins ist aus weißem Gold, ein anderes aus gelbem Gold, und das Gold des dritten ist rot. Heute sollst du mir das Stück weißen Goldes bringen, und wenn du es nicht mitbringst, so werde ich dich mit hundert Schlägen schlagen. Mache dich geschwind auf, und bei Sonnenuntergang werde ich dich an der Tür des Gartens erwarten. Sieh zu, daß du das weiße Gold bringst, oder es wird dir übel ergehen, denn du bist mein Sklave, und ich habe dich um den Preis einer Schale süßen Weines gekauft.«
Und er verband dem Sternenkind die Augen mit dem Tuch aus bunter Seide und führte es durch das Haus und durch den Mohngarten und die fünf erzenen Stufen hinauf. Und nachdem er die kleine Tür mit seinem Ring geöffnet hatte, schob er es auf die Straße.
Und das Sternenkind ging zu den Toren der Stadt hinaus und kam zu dem Wald, wovon ihm der Zauberer gesprochen hatte.
Und der Wald war von außen schön anzusehen und schien voll von singenden Vögeln und süß duftenden Blumen zu sein, und das Sternenkind ging froh hinein. Aber die Schönheit nützte ihm wenig, denn wohin es auch ging, wuchsen scharfe Dornen und Sträucher aus der Erde empor und umklammerten es, und böse Nesseln brannten es, und die Distel stach es mit ihren Dolchen, so daß es in großer Not war. Und nirgends konnte es das Stück weißen

Goldes finden, von dem der Zauberer gesprochen hatte, obgleich es vom Morgen bis zum Mittag suchte und vom Mittag bis zum Sonnenuntergang. Und mit Sonnenuntergang wandte es sein Gesicht heimwärts, und es weinte bitterlich, denn es wußte, was es erwartete. Als es aber den Saum des Waldes erreicht hatte, da hörte es aus einem Dickicht einen Schrei, wie von einem, der in Not ist. Und da vergaß es seine eigene Sorge und lief zurück und fand einen kleinen Hasen in einer Falle, die ein Jäger aufgestellt hatte. Und das Sternenkind hatte Mitleid mit ihm und befreite ihn und sagte: »Ich bin selbst nur ein Sklave, und doch kann ich dir die Freiheit geben.«

Und der Hase antwortete ihm und sagte:

»Wahrlich, du hast mir die Freiheit gegeben, und was soll ich dir dafür geben?«

Und das Sternenkind sagte zu ihm:

»Ich suche nach einem Stück weißen Goldes und kann es nirgends finden, und wenn ich es meinem Herrn nicht bringe, wird er mich schlagen.«

»Komm mit mir,« sagte der Hase, »ich will dich zu ihm führen, denn ich weiß, wo es verborgen ist, und zu welchem Zweck.«

Und das Sternenkind ging mit dem Hasen, und siehe: im Spalt eines großen Eichbaumes lag das Stück weißen Goldes, das es suchte.

Und es war voller Freude und ergriff es und sagte zu dem Hasen: »Den Dienst, den ich dir tat, hast du viele Male zurückgegeben, und die Güte, die ich dir erwies, hast du hundertfach zurückgezahlt.«

»Nein,« antwortete der Hase, »aber wie du an mir gehandelt hast, habe ich an dir gehandelt«, und er lief hurtig davon, und das Sternenkind ging zur Stadt zurück.

Und am Tore der Stadt saß einer, der ein Aussätziger war. Über sein Gesicht hing eine Kappe aus grauem Leinen, und durch die Augenlöcher glühten seine Augen wie rote Kohlen. Und als er das Sternenkind kommen sah, schlug er an ein hölzernes Becken und klirrte mit seiner Glocke und rief es an und sagte:

»Gib mir ein Geldstück, oder ich muß Hungers sterben. Denn sie haben mich aus der Stadt gestoßen, und niemand hat Mitleid mit mir.« »Ach!« rief das Sternenkind, »ich habe nur ein Stück Goldes in meinem Beutel, und wenn ich das meinem Herrn nicht bringe, wird er mich schlagen, denn ich bin sein Sklave.«

Aber der Aussätzige flehte es an und bat es, bis das Sternenkind Mitleid hatte und ihm das Stück weißen Goldes gab.

Und als es zum Hause des Zauberers kam, öffnete ihm der Zauberer und ließ es herein und sagte:

»Hast du das Stück weißen Goldes?«

Und das Sternenkind antwortete:

»Ich habe es nicht.«

Da fiel der Zauberer über es her und schlug es und setzte ihm einen leeren Teller vor und sagte: »Iß!« und einen leeren Becher und sagte: »Trink!« und warf es wieder in den Kerker.

Und am andern Morgen kam der Zauberer wieder zu ihm und sagte:

»Wenn du mir heute nicht das Stück gelben Goldes bringst, werde ich dich wahrlich als meinen Sklaven behalten und dir dreihundert Schläge geben.«

Und das Sternenkind ging in den Wald, und den ganzen Tag lang suchte es nach dem Stück gelben Goldes, aber nirgends konnte es es finden. Und beim Sonnenuntergang setzte es sich hin und begann zu weinen, und als es weinte,

kam der kleine Hase zu ihm, den es aus seiner Falle befreit hatte.
Und der Hase sagte zu ihm:
»Warum weinst du, und was suchst du im Walde?«
Und das Sternenkind antwortete:
»Ich suche ein Stück gelben Goldes, das hier verborgen ist, und wenn ich es nicht finde, wird mein Herr mich schlagen und mich als seinen Sklaven behalten.«
»Folge mir«, rief der Hase, und er lief durch den Wald, bis er an einen Wasserpfuhl kam. Und auf dem Grunde des Pfuhles lag das Stück gelben Goldes.
»Wie soll ich dir danken?« sagte das Sternenkind, »denn siehe: das ist das zweite Mal, daß du mir geholfen hast.«
»Ja, aber du hattest zuerst Erbarmen mit mir«, sagte der Hase, und er lief eilig fort.
Und das Sternenkind nahm das Stück gelben Goldes und steckte es in seinen Beutel und eilte zur Stadt. Aber der Aussätzige sah es kommen und lief ihm entgegen und kniete nieder und rief:
»Gib mir ein Stück Geldes, oder ich werde Hungers sterben.«
Und das Sternenkind sagte zu ihm:
»Ich habe in meinem Beutel nur ein Stück gelben Goldes, und wenn ich es meinem Herrn nicht bringe, wird er mich schlagen und mich als seinen Sklaven behalten.«
Aber der Aussätzige bat es so sehr, daß das Sternenkind Mitleid mit ihm hatte und ihm das Stück gelben Goldes gab.
Und als es zum Hause des Zauberers kam, öffnete der Zauberer ihm und ließ es herein und sagte:
»Hast du das Stück gelben Goldes?«
Und das Sternenkind sagte:

»Ich habe es nicht.«
Da fiel der Zauberer über das Sternenkind her und schlug es und belud es mit Ketten und warf es wieder in den Kerker.
Und am folgenden Morgen kam der Zauberer zu ihm und sagte:
»Wenn du mir heute das Stück roten Goldes bringst, will ich dich freilassen. Aber wenn du es nicht bringst, werde ich dich wahrlich erschlagen.«
Und das Sternenkind ging in den Wald hinaus und suchte den ganzen Tag lang nach dem Stück roten Goldes, konnte es aber nirgends finden. Und am Abend setzte es sich hin und weinte, und als es weinte, kam der kleine Hase zu ihm.
Und der Hase sagte zu ihm:
»Das Stück roten Goldes, das du suchst, liegt in der Höhle hinter dir. Also weine nicht länger, sondern freue dich.«
»Wie soll ich dir lohnen?« rief das Sternenkind; »denn siehe, dies ist das dritte Mal, daß du mir geholfen hast.«
»Ja, aber du hattest zuerst mit mir Erbarmen«, sagte der Hase, und er lief eilig fort.
Und das Sternenkind ging in die Höhle, und im entferntesten Winkel fand es das Stück roten Goldes. Und es steckte es in seinen Beutel und eilte zur Stadt. Und der Aussätzige sah es kommen und stellte sich auf die Mitte des Weges, rief aus und sagte: »Gib mir das Stück roten Goldes, oder ich muß sterben«, und das Sternenkind hatte wieder Mitleid mit ihm und gab ihm das Stück roten Goldes und sagte: »Deine Not ist größer als meine.« Aber sein Herz war schwer, denn es wußte, welch übles Schicksal seiner harrte.
Doch siehe: als es durch das Tor der Stadt kam, neigten sich die Wachen und huldigten ihm und sagten:

»Wie schön unser Herr ist!«
Und eine Menge von Bürgern folgte ihm und rief:
»Wahrlich, niemand in der ganzen Welt ist schöner!«
Und das Sternenkind weinte und sprach zu sich: »Sie spotten meiner und machen sich über mein Elend lustig.« Und so groß war der Zusammenlauf des Volkes, daß es die Richtung seines Wegs verlor und sich zuletzt auf einem großen Platze befand, auf dem der Palast eines Königs stand. Und das Tor des Palastes öffnete sich, und die Priester und die hohen Beamten der Stadt eilten ihm entgegen, und sie erniedrigten sich vor ihm und sagten:
»Du bist unser Herr, auf den wir gewartet haben, und der Sohn unseres Königs.«
Und das Sternenkind antwortete ihnen und sprach:
»Ich bin keines Königs Sohn, sondern das Kind eines armen Bettelweibes. Und warum sagt ihr, ich sei schön, da ich doch weiß, daß ich übel anzuschauen bin?«
Da hielt der, dessen Rüstung mit goldenen Blumen eingelegt war und auf dessen Helm ein geflügelter Löwe lag, einen Schild hoch und rief:
»Warum sagt mein Herr, er sei nicht schön?«
Und das Sternenkind sah hinein, und siehe: sein Gesicht war, wie es gewesen war, und seine Schönheit war zurückgekehrt, und in seinen Augen sah es, was es zuvor in ihnen nie gesehen hatte. Und die Priester und die hohen Beamten knieten nieder und sprachen zu ihm:
»Es war seit langer Zeit geweissagt, daß am heutigen Tage kommen würde, der über uns herrschen soll. Deshalb nehme unser Herr diese Krone und dies Zepter, und in seiner Gerechtigkeit und Gnade sei er unser König über uns.«
Aber es sprach zu ihnen:
»Ich bin nicht würdig, denn ich habe die Mutter, die mich

trug, verleugnet, und ich darf nicht ruhen, bis ich sie gefunden habe und ihre Vergebung erfuhr. Deshalb laßt mich gehen, denn ich muß wieder über die Welt wandern und darf hier nicht weilen, ob ihr mir auch die Krone bringt und das Zepter.«
Und als es sprach, wandte es das Gesicht von ihnen und auf die Straße hinaus, die zum Tore der Stadt führte, und siehe: unter der Menge, die die Soldaten umdrängte, sah es das Bettelweib, das seine Mutter war, und ihr zur Seite stand der Aussätzige, der am Wege gesessen hatte.
Und ein Freudenschrei brach von seinen Lippen, und es lief hinüber und kniete nieder und küßte die Wunden an seiner Mutter Füßen und benetzte sie mit seinen Tränen. Es neigte sein Haupt in den Staub und schluchzte wie eines, dessen Herz brechen will, und es sprach zu ihr: »Mutter, ich verleugnete dich in der Stunde meines Stolzes. Nimm mich auf in der Stunde meiner Niedrigkeit. Mutter, ich gab dir Haß. Gib du mir Liebe. Mutter, ich stieß dich zurück. Nimm jetzt dein Kind auf.«
Aber das Bettelweib antwortete ihm nicht ein Wort.
Und das Sternenkind streckte die Hände aus und umfaßte die weißen Füße des Aussätzigen und sprach zu ihm:
»Dreimal gab ich dir von meinem Mitleid. Heiß meine Mutter einmal zu mir reden.«
Aber der Aussätzige antwortete ihm nicht ein Wort.
Und es schluchzte wieder und sprach:
»Mutter, mein Leiden ist größer, als ich es tragen kann. Gib mir deine Vergebung, und laß mich zurück in den Wald.«
Und das Bettelweib legte ihm die Hand aufs Haupt und sprach: »Stehe auf!« und der Aussätzige legte ihm die Hand aufs Haupt und sprach auch: »Stehe auf!«

Und es stand auf und sah sie an, und siehe: sie waren ein König und eine Königin.
Und die Königin sagte zu ihm:
»Dies ist dein Vater, dem du geholfen hast.«
Und der König sagte:
»Dies ist deine Mutter, deren Füße du mit deinen Tränen gewaschen hast.«
Und sie fielen ihm um den Hals und küßten es und führten es in den Palast und kleideten es in schöne Gewänder und setzten ihm die Krone aufs Haupt und legten das Zepter in seine Hand, und es regierte über die Stadt an dem Strome und war ihr Herr. Viel Gerechtigkeit und Gnade erzeigte es allen, und den bösen Zauberer verbannte es, und dem Holzfäller und seiner Frau schickte es viele reiche Gaben, und ihren Kindern gab es große Ehre. Und es duldete nicht, daß irgend jemand gegen Vogel und Vieh grausam war, sondern lehrte Liebe und Güte und Erbarmen, und den Armen gab es Brot und den Nackenden Kleidung, und es war Friede und Fülle im Lande.
Doch das Sternenkind herrschte nicht lange, so groß war sein Leiden und so bitter das Feuer seiner Prüfung gewesen; denn nach drei Jahren starb es. Und der nach ihm kam, herrschte übel.

OSCAR WILDE

# Die Anbetung der Drei Weisen

Bald nach meiner letzten Begegnung mit Aherne saß ich einmal und las bis spät in die Nacht. Da vernahm ich plötzlich ein leises Pochen an der Haustür, und als ich sie öffnete, standen drei uralte Männer auf der Schwelle mit dicken Wanderstäben in der Hand, die sagten, sie hätten mir Wichtiges mitzuteilen, und man habe ihnen bedeutet, ich sei noch wach. Ich führte sie in mein Studierzimmer, und als die Pfauenvorhänge sich hinter uns geschlossen hatten, rückte ich die Stühle für sie nahe ans Feuer, denn ich sah, daß Reif an ihren Friesmänteln und in ihren langen Bärten hing, die ihnen fast bis zur Hüfte herabwallten. Sie legten ihre Mäntel ab, beugten sich über das Feuer und wärmten sich die Hände, und ich gewahrte, daß ihre Kleidung derjenigen glich, die heutzutage auf dem Lande getragen wird, aber auch ein wenig, wie mir schien, der städtischen Tracht einer höfischeren Zeit. Als sie sich gewärmt hatten – und mir wollte scheinen, als wärmten sie sich weniger der Nachtkälte wegen als vielmehr aus Freude an der Wärme um ihrer selbst willen –, wandten sie sich mir zu, so daß das Licht der Lampe voll auf ihre wettergefurchten Gesichter fiel, und erzählten mir die Geschichte, die ich hier niederschreibe. Bald sprach der eine, bald der andre, und wie Leute vom Lande, die eine Geschichte erzählen, fielen sie einander oft ins Wort in ihrem Bemühen, keine Einzelheit auszulassen. Als sie zu Ende waren, ließen sie mich alle von ihnen berichteten Gespräche aufschreiben, damit ich den genauen Wortlaut hätte, und dann schickten sie sich an zu gehen. Als ich sie aber nach dem Ziel ihrer Reise, nach ihrem Beruf und Namen fragte, sagten sie nur, daß ihnen aufgetragen sei, ohne Unterlaß zu Fuß durch Irland zu wandern, damit sie nahe den Steinen und Bäumen lebten, bei Nacht, wenn die Unsterblichen wachen.

Ich ließ einige Jahre verstreichen, bevor ich diese Geschichte niederschrieb, denn ich lebe in steter Furcht vor den Illusionen, die vom Beben des Vorhangs im Tempel rühren, das Mallarmé für ein Merkmal unserer Zeit hält; und auch jetzt schreibe ich sie nur, weil ich zu dem Glauben gelangt bin, daß es keine gefährliche Idee gibt, die durch aufrichtige und behutsame Niederschrift nicht an Gefährlichkeit verlöre.

Die drei Alten waren drei Brüder, die seit frühen Mannesjahren auf einer der Inseln vor der Westküste Irlands gehaust hatten und deren Liebe einzig und allein den klassischen Schriftstellern und alten gälischen Dichtern galt, die ein Leben des Heldentums und der Einfalt verherrlichten. Zur Winterszeit hatten ihnen Abend für Abend gälische Geschichtenerzähler bei einem Krug Whiskey alte Dichtungen vorgesungen; und zur Sommerszeit, wenn die gälischen Geschichtenerzähler bei der Feldarbeit oder fern beim Fischfang waren, hatten sie einander Abend für Abend Vergil und Homer vorgelesen, denn sie wollten Freuden nicht einsam genießen, sondern so, wie die Alten sie genossen hatten. Da kam einmal ein Mann, der sich Michael Robartes nannte, in einem Fischerkahn zu ihnen, einer Vision und dem Ruf einer Stimme folgend wie Sankt Brendan. Er erzählte ihnen von der Wiederkunft der Götter und der Dinge aus der Vorzeit, und ihre Herzen, die nie unter der Last und dem Druck unserer Tage gelitten hatten und nur ferne Zeitläufte kannten, fanden nichts Unwahrscheinliches in seiner Rede, sondern nahmen alles gläubig hin und waren beglückt. Jahre vergingen, und eines Tages, als der älteste von den dreien, der in seiner Jugend gereist

war und manchmal andrer Länder gedachte, auf die grauen Wasser hinausblickte, auf welchen das Volk die schwachen Umrisse der Inseln der Jugend zu sehen vermeint – der Seligen Inseln, wo die gälischen Helden das Leben der Phäaken Homers leben –, ertönte eine Stimme aus der Luft über den Wassern und gab ihm Kunde vom Tode des Michael Robartes. Während sie ihn noch betrauerten, fiel der Zweitälteste, als er eben die Fünfte Ekloge Vergils vorlas, in einen Schlaf, und eine fremde Stimme sprach aus ihm und befahl ihnen, sich auf den Weg nach Paris zu machen, dort werde eine Sterbende ihnen geheime Namen offenbaren und damit die Welt so verändern, daß eine zweite Leda dem Schwan ihre Kniee öffnen und ein zweiter Achill Troja belagern werde.

Sie verließen ihre Insel und waren anfangs bestürzt über alles, was sie in der Welt sahen. Schließlich erreichten sie Paris, und dort begegnete dem Jüngsten im Traum eine Gestalt, die ihm sagte, sie sollten aufs Geratewohl umherwandern, bis jene, die so lange ihre Schritte gelenkt hatten, sie in eine bestimmte Gasse vor ein Haus führen würden, dessen Aussehen er im Traume sah. Sie wanderten viele Tage umher, bis sie eines Vormittags in enge, ärmliche Gassen am Südufer der Seine gerieten, wo Frauen mit blassen Gesichtern und unordentlichen Haaren sie aus den Fenstern ansahen. Und gerade, als sie umkehren wollten, weil Weisheit sich in so armseliger Umgebung nicht hätte niederlassen können, kamen sie in die Gasse und vor das Haus jenes Traums. Der älteste von den dreien, der noch einigermaßen der neueren Sprachen mächtig war, die er in seiner Jugend erlernt hatte, ging zur Haustür und klopfte, und da meinte der Zweitälteste, es sei kein gutes Haus und könne nicht dasjenige sein, das sie suchten, und drängte ihn, nach jemandem zu fragen, der dort nicht wohnen konnte, und dann wegzugehen. Da wurde die Haustür von einer übermäßig geputzten Alten geöffnet, welche ausrief: »Ach, ihr seid gewiß ihre drei Verwandten aus Irland! Sie erwartet euch schon den ganzen Tag.« Die drei alten Männer blickten sich an und folgten ihr die Treppe hinauf, an Türen vorbei, aus denen blasse schlampige Weiber die Köpfe reckten, und in ein Zimmer, wo eine schöne Frau im Bett lag und schlief, während eine andere bei ihr wachte.

Die Alte sagte: »Ja, sie sind endlich gekommen. Jetzt wird sie in Frieden sterben können«, und ging hinaus.

»Wir sind von Teufeln betrogen worden«, sagte einer der alten Männer, »denn die Unsterblichen würden nicht durch ein solches Weib reden.«

»Jawohl«, sagte ein anderer, »wir sind von Teufeln betrogen worden und müssen schleunigst fort von hier.«

»Ja«, sagte der dritte, »wir sind von Teufeln betrogen worden, aber knien wir ein Weilchen nieder, denn wir sind am Sterbebett einer, die schön war.« Sie knieten nieder, und die Frau, die neben dem Bette saß, flüsterte wie von Furcht überkommen mit gesenktem Kopf: »In dem Augenblick, als ihr klopftet, bäumte sie sich plötzlich auf und schrie wie eine Kreißende und fiel wie ohnmächtig zurück.« Dann betrachteten sie eine Weile das Gesicht auf dem Kissen und erstaunten über den Ausdruck unstillbarer Begierde und die porzellangleich edle Bildung des Gefäßes, worin eine so unheilvolle Flamme gebrannt hatte. Plötzlich krähte der Zweitälteste wie ein Hahn, bis das Zimmer davon zu erzittern schien. Die Frau in dem Bette schlief noch immer ihren todesähnlichen Schlaf, aber die andere, die an ihrem Kopfende saß, bekreuzigte sich und

erbleichte, und der jüngste der drei Alten rief: »Ein Teufel ist in ihn gefahren, wir müssen hinweg, sonst fährt er auch in uns!« Bevor sie sich von den Knien erheben konnten, kam eine hallende, psalmodierende Stimme von den Lippen, die gekräht hatten, und sprach:
»Ich bin kein Teufel, sondern Hermes, der Hirte der Toten. Ich leiste den Göttern Botendienste, und ihr habt mein Zeichen vernommen. Das Weib, das hier liegt, hat geboren, und der, den sie gebar, trägt die Gestalt des Einhorns und ist von allen lebenden Wesen dem Menschen am unähnlichsten, denn es ist kalt, hart und jungfräulich. Es schien zu tanzen, als es geboren wurde, und verschwand fast im selben Augenblick aus dem Zimmer, denn das Einhorn begreift von Natur aus die Kürze des Lebens. Sie weiß nicht, daß es fort ist, denn sie verfiel in eine Starre, während es tanzte. Aber neigt euer Ohr, auf daß ihr die Namen erfahrt, denen es gehorchen muß.« Die beiden andern Alten sagten kein Wort, sondern sahen den Sprecher gewiß mit Verwunderung an, denn die Stimme begann abermals: »Wenn die Unsterblichen umstürzen wollen, was heute ist, und wiedererrichten, was gestern war, wird ihnen niemand beistehen als einer, den die heutige Welt ausgestoßen hat. Verneigt euch, verneigt euch tief, denn sie haben dieses Weib erwählt, in dessen Herzen sich alle Torheiten sammelten und in dessen Leib alle Begierden erwachten, dieses Weib, das aus der Zeit gestoßen ward und am Busen der Ewigkeit ruhte.«
Die Stimme verstummte mit einem Seufzer, und sogleich erwachte der alte Mann aus seinem Schlaf und fragte: »Hat eine Stimme aus mir gesprochen wie damals, als ich über meinem Vergil einschlummerte, oder schlief ich bloß?«
Der Älteste antwortete: »Eine Stimme hat aus dir gespro-

chen. Wo war nur deine Seele, während die Stimme sprach?«

»Ich weiß es nicht, aber mir träumte, ich stünde auf dem Dachboden einer Scheune; ich schaute hinunter und erblickte einen Ochsen und einen Esel und sah einen roten Hahn auf der Heuraufe sitzen und ein Weib ihr Kind liebkosen und sah drei alte Männer in Kettenpanzern, die mit tiefgeneigten Häuptern vor dem Weibe und dem Kinde knieten. Während ich schaute, krähte der Hahn, und ein Mann mit Flügeln an den Fersen schwebte vor mir empor, und als er an mir vorüberkam, rief er: ›Ihr törichten Alten, euer war einst alle Weisheit der Sterne!‹ Ich verstehe meinen Traum nicht, noch welchen Auftrag er uns erteilt, aber ihr, die ihr die Stimme der Weisheit meines Schlafs gehört habt, werdet wissen, was wir zu tun haben.«

Da sagte der älteste der drei, sie müßten nun die Pergamentrollen, die sie mitgebracht hatten, aus ihren Taschen nehmen und auf dem Fußboden ausbreiten. Als sie dies getan hatten, holten sie ihre Schreibfedern bevor, die aus drei aus den Fittichen des alten Adlers herabgefallenen Federn gefertigt waren, jenes Adlers, der mit dem heiligen Patrick ein Gespräch über die Weisheit geführt haben soll.

»Er meinte, glaube ich«, sagte der Jüngste, während er ihre Tintenfässer neben die Pergamente stellte, »daß die Welt die Guten liebt und von ihnen Besitz ergreift und daß die Ewigkeit durch die Schlechten oder Vergessenen kommt. Vielleicht war das Christentum gut, und die Welt liebte es, so daß es jetzt dahinschwindet und die Unsterblichen aufzuwachen beginnen.«

»Deine Rede ist ohne Weisheit«, sagte der Älteste, »denn wenn ihrer viele sind, kann es nicht bloß einen Unsterblichen geben.«

»Und doch scheint es«, erwiderte der Jüngste, »daß die Namen, die wir aufschreiben sollen, die Namen eines Einzigen sind, also muß es wohl sein, daß er vielerlei Gestalten annehmen kann.«

Da bewegte sich das Weib auf dem Bett wie im Traum und streckte die Arme aus, als wollte sie das Wesen, das sie verlassen hatte, umarmen, und flüsterte Koseworte und dann wieder seltsame Worte wie: »herbe Süße«, »holde Bitternis«, »o Einsamkeit«, »o Schrecken«, und lag danach eine Weile still. Dann veränderte sich ihre Stimme, und sie flüsterte, nunmehr furchtlos und glücklich, doch jeder anderen Sterbenden gleich, noch einen Namen, aber so leise, daß die neben ihrem Bett sitzende Frau sich niederbeugte und das Ohr dicht an ihren Mund hielt.

Der älteste der drei sagte auf französisch: »Es muß noch ein Name gewesen sein, den sie uns nicht nannte; sie flüsterte ihn, während der Geist den Körper verließ.« Und die andere Frau sagte: »Sie hat nur den Namen eines Malers gemurmelt, eines Symbolisten, den sie liebte. Er ging oft zur schwarzen Messe, wie er es nannte, und lehrte sie, Gesichte zu sehen und Stimmen zu hören.«

Das ist alles, was die drei alten Männer mir erzählt haben, und wenn ich ihrer Rede und ihres Schweigens gedenke, ihres Kommens und Gehens, bin ich beinahe überzeugt, ich hätte, wäre ich ihnen aus dem Hause gefolgt, keine Fußspuren im Schnee gefunden. Sie mögen, sofern ich oder ein anderer Mensch überhaupt etwas darüber wissen kann, selber Unsterbliche gewesen sein: unsterbliche Dämonen, die gekommen waren, meinem Geist eine unwahre Geschichte einzuflüstern mit einer Absicht, die ich nicht begreife. Was immer sie auch waren, ich habe einen Pfad eingeschlagen, der mich von ihnen und dem Orden der Chymischen Rose wegführt. Ich lebe kein kunstvoll ausgeschmücktes, hochfahrendes Leben mehr, sondern suche mich in den Gebeten und den Leiden der Menge zu verlieren. Das Beten fällt mir am leichtesten in ärmlichen Kapellen, wo grobe Friesmäntel mich streifen, während ich auf den Knien liege, und wenn ich wider die Dämonen bete, spreche ich ein Gebet, das ich weiß nicht vor wieviel hundert Jahren erdacht wurde, um einem armen gälischen Mann oder Weib beizustehen, die gleiche Qual litten wie ich:

Seacht b-páidreacha fó seacht
Chuir Muire faoi n-a Mac,
Chuir Brighid faoi n-a brat,
Chuir Dia faoi n-a neart,
Eidir sinn 'san Sluagh Sidhe,
Eidir sinn 'san Sluagh Gaoith.

Sieben Patres siebenmal
Sende Maria durch ihren Sohn,
Sende Bridget durch ihren Mantel,
Sende Gott durch seine Stärke
Zwischen uns und die Elfenschar,
Zwischen uns und die Geister der Luft.

WILLIAM BUTLER YEATS

Doch ein Kind, war er voller Erkenntnis Gottes, und da er noch ein Knabe war, waren heilige Männer und Frauen, die in seiner freien Geburtsstadt wohnten, zu Staunen bewegt von der tiefen Weisheit seiner Rede.
Als ihm seine Eltern das Kleid und den Ring der Mannbarkeit gegeben hatten, küßte er sie und verließ sie, um in die Welt zu gehen, der Welt von Gott zu reden. Denn in jener Zeit gab es viele, die Gott nicht kannten oder schlecht kannten, oder die falsche Götter anbeteten, die in Hainen wohnen und sich um ihre Verehrer nicht kümmern.
Er wandte sich gegen die Sonne und schritt dahin, ohne Sandalen an den Füßen, wie er die Heiligen hatte gehen sehen, und an seinem Gürtel trug er einen kleinen Sack und eine tönerne Kürbisflasche.
Er zog die Landstraße dahin voller Freude, die aus der vollkommenen Kenntnis Gottes wird, und ohne Aufhören sang er sein Lob; nach einer Zeit kam er in ein fremdes, städtereiches Land.
Durch elf Städte kam er. Einige davon waren in Tälern, andere auf dem Ufer großer Flüsse, und wieder welche auf Bergen. In jeder Stadt fand er einen Schüler, der ihn liebte und ihm folgte, und so folgte ihm auch aus jeder Stadt eine große Menge Volkes, und die Erkenntnis Gottes breitete sich aus im ganzen Lande; viele Hauptstädte bekehrten sich, und die Priester der Götzentempel sahen die Hälfte ihrer Einkünfte verloren, und wenn sie des Mittags auf ihre Trommeln schlugen, kamen nur ganz wenige Gläubige mit Steuern und Gaben aller Art.
Und doch: je mehr Volk ihm nachfolgte und je größer die Zahl seiner Schüler wurde, desto größer wuchs sein

Schmerz. Und er wußte nicht, weshalb sein Schmerz so groß war. Denn immer sprach er von Gott und entzündete sich an der völligen Erkenntnis Gottes, die Gott ihm gegeben hatte.

Eines Abends ging er aus der elften Stadt, die eine armenische Stadt war, und seine Schüler und eine große Menge Leute folgten ihm; er stieg auf einen Berg, ließ sich auf einen Felsen nieder, der auf dem Berge war, und seine Schüler scharten sich um ihn, und die Menge kniete im Tal.

Er legte sein Haupt in seine Hände und weinte; und er sagte zu seiner Seele: »Warum bin ich voll von Schmerz und Kummer, und warum ist jeder meiner Schüler ein Feind, der im Lichte wandelt?«

Und seine Seele antwortete: »Gott hat dich mit seiner vollkommenen Erkenntnis erfüllt, und die hast du andern gegeben. Die preislose Perle hast du geteilt, und das Kleid ohne Naht hast du zerschnitten. Der die Weisheit gibt, die er besitzt, der entäußert sich selbst. Er gleicht jenem, der einem Diebe seine Schätze gibt. Ist Gott nicht weiser als du? Wer bist du, daß du das Geheimnis preisgibst, das Gott dir anvertraut hat? Einstmals war ich reich, und du hast mich arm gemacht. Einstmals sah ich Gott, nun hast du ihn mir verborgen.« Und er weinte von neuem, denn er wußte, daß seine Seele die Wahrheit gesprochen hatte und daß er die vollkommene Erkenntnis Gottes den andern preisgegeben hatte und daß er wie einer war, der sich an das Kleid Gottes klammert, und daß sein Glaube ihn verließ, weil andere an ihn glaubten.

Er sagte zu sich: »Ich will nicht mehr von Gott reden. Der, der seine Weisheit gibt, beraubt sich selbst.«

Nach einigen Stunden kamen seine Schüler zu ihm, fielen

vor ihm nieder und sagten: »Herr, sprich uns von Gott, denn du hast die vollkommene Kenntnis Gottes, und keiner sonst als du besitzt sie.«
Er antwortete ihnen: »Von allem will ich zu euch reden, was im Himmel und auf Erden ist, aber ich werde euch nicht von Gott reden.«
Da wurden sie unwillig gegen ihn und sagten: »Du hast uns in die Wüste geführt, damit wir dich hören; und schickst uns und die Menge, die du dir folgen machtest, heim in Hunger?«
Er antwortete ihnen: »Ich werde euch nicht von Gott sprechen.« Da murrte die Menge gegen ihn und sprach: »Du hast uns in die Wüste geführt und hast uns keine Nahrung gegeben. Sprich uns von Gott, und es wird uns genug sein.«
Aber er sagte darauf kein Wort mehr. Denn er wußte, er beraubte sich seines Schatzes, wenn er von Gott redete.
Und seine Schüler gingen traurig von dannen, und die Menge zog heim. Viele starben auf dem Weg.
Als er allein war, erhob er sich, wandte sein Antlitz gegen den Mond – und wanderte sieben Monde lang, sprach zu keinem und gab keinem Antwort. Am Ende des siebenten Mondes erreichte er die Wüste, welche die Wüste des großen Stromes ist. Er fand eine Höhle, die ehemals ein Zentaur bewohnt hatte, nahm sie zu seinem Wohnort und machte sich darin aus Schilf ein Lager. Er wurde ein Eremit. Und zu jeder Stunde lobte der Eremit den Herrn, daß er ihm erlaubt habe, noch einige Erkenntnis von ihm zu behalten, von ihm und seiner unendlichen Größe.
Da der Eremit eines Abends vor seiner Höhle saß, sah er einen jungen, schönen Menschen, der ein schlechtes Leben führte, vorübergehen, scheu und mit leeren Händen. Jeden Abend ging der junge Mensch, die Hände leer,

vorüber, und jeden Morgen kam er zurück, die Hände gefüllt mit Purpur und Perlen. Denn er war ein Räuber, der die Karawanen der Kaufleute plünderte. Der Eremit blickte ihn an und hatte Mitleid mit ihm. Aber er sprach kein Wort, denn er wußte, daß der seinen Glauben verliert, der spricht.

Eines Morgens, da der junge Mensch, die Hände voll Purpur und Perlen, wieder vorbeikam, blieb er stehen, zog die Brauen, stieß mit dem Fuß auf den Sand und sagte zum Eremiten: »Warum siehst du mich so an, wenn ich vorübergehe? Was ist das, was ich in deinen Augen sehe? Nie hat mich ein Mensch so angesehen, und es ist ein Dorn für mich und eine Qual.«

Der Eremit sagte darauf: »Was du in meinen Augen siehst, ist das Mitleid. Es ist das Mitleid, das dich mit meinen Augen ansieht.« Der junge Mensch schlug ein verachtendes Gelächter an und sagte: »Ich habe Purpur und Perlen in meinen Händen, und du hast nichts als eine Streu von Schilf zum Lager. Was für ein Mitleid kannst du mit mir haben? und weshalb hast du dieses Mitleid?«

»Ich habe Mitleid mit dir«, sprach der Eremit, »weil du nicht die Erkenntnis Gottes besitzest.«

»Ist diese Erkenntnis Gottes etwas Kostbares?« fragte der junge Mensch und kam ganz nahe an die Höhle heran.

»Sie ist kostbarer als aller Purpur und alle Perlen der Welt«, sagte der Eremit.

»Und du besitzest sie?« sagte der Räuber und trat noch näher. »Einmal ja«, antwortete der Eremit, »besaß ich die vollkommene Erkenntnis Gottes. Aber in meiner Torheit habe ich sie weggegeben und an die anderen verteilt. Doch was mir davon noch blieb, auch dies ist mir wertvoller als der Purpur und die Perlen.« Als der junge Räuber das hörte, warf er den Purpur und die Perlen hin, die er in seinen Händen trug, zog ein spitzes, krummes Schwert und rief: »Gib mir auf der Stelle diese Erkenntnis Gottes, die du besitzest, oder ich töte dich. Weshalb soll ich den nicht töten, der einen Schatz bewahrt, größer als der meine?«

Der Eremit öffnete die Arme und sprach: »Ist es nicht besser für mich, ich gehe bis ans äußerste Ende des Reiches Gottes und lobe ihn, statt in einer Welt zu leben, die ihn nicht kennt? Töte mich, wenn du es willst. Aber ich werde dir nicht meine Erkenntnis Gottes geben.«

Der junge Räuber kniete nieder und bat, aber der Eremit wollte ihm nicht von Gott reden, wollte ihm nicht seinen Schatz geben; der junge Räuber stand auf und sagte zum Eremiten:

»Sei es, wie du wünschest. Ich aber will in die Stadt der Sieben Sünden gehen, die drei Tagereisen von hier ist, und für meinen Purpur wird man mir da Vergnügen geben, und für meine Perlen verkaufen sie mir Freude.«

Und er raffte Purpur und Perlen zusammen und eilte davon.

Der Eremit rief ihn, eilte ihm nach und beschwor ihn. Drei Tage lang folgte er dem jungen Räuber, bat ihn, umzukehren und nicht in die Stadt der Sieben Sünden zu gehen.

Von Zeit zu Zeit wandte sich der junge Räuber um und sagte: »Willst du mir diese Erkenntnis Gottes geben, die wertvoller ist als Purpur und Perlen? Wenn du mir sie geben willst, dann gehe ich nicht in die Stadt.«

Und jedesmal antwortete der Eremit: »Alles, was ich habe, will ich dir geben, nur dieses einzige nicht. Denn dies dir zu geben, ist mir nicht erlaubt.« –

Und im Morgendämmern des dritten Tages kamen sie an die scharlachnen Tore der Stadt der Sieben Sünden.

Und aus der Stadt kam der Lärm großer Freude, dem der junge Räuber mit seiner Freude antwortete, und er hob die Hände, um ans Tor zu schlagen. Da lief der Eremit auf ihn zu, zog ihn bei seinem Gewand und sagte: »Breite die Hände aus und lege die Arme um meinen Nacken; drücke dein Ohr fest an meine Lippen: ich will dir geben, was ich noch von der Erkenntnis Gottes habe.« Der junge Räuber blieb stehen. Und nachdem der Eremit seine Erkenntnis Gottes gegeben hatte, sank er zu Boden und weinte, und eine große Finsternis verbarg ihm Stadt und Räuber, daß er sie nicht mehr sah.

Und da er weinend lag, wußte er, daß einer neben ihm stand. Und der neben ihm stand, hatte eherne Füße, und sein Haar war wie von feiner Wolle. Und er hob den Eremiten auf und sagte zu ihm: »Bis heute hattest du die vollkommene Erkenntnis Gottes. Nun hast du die vollkommene Liebe Gottes. Weshalb weinst du also?« – Und er küßte ihn.

OSCAR WILDE

# Von den Gleichnissen

Viele beklagen sich, daß die Worte der Weisen immer wieder nur Gleichnisse seien, aber unverwendbar im täglichen Leben, und nur dieses allein haben wir. Wenn der Weise sagt: »Gehe hinüber«, so meint er nicht, daß man auf die andere Seite hinübergehen solle, was man immerhin noch leisten könnte, wenn das Ergebnis des Weges wert wäre, sondern er meint irgendein sagenhaftes Drüben, etwas, das wir nicht kennen, das auch von ihm nicht näher zu bezeichnen ist und das uns also hier gar nichts helfen kann. Alle diese Gleichnisse wollen eigentlich nur sagen, daß das Unfaßbare unfaßbar ist, und das haben wir gewußt. Aber das, womit wir uns jeden Tag abmühen, sind andere Dinge.

Darauf sagte einer: »Warum wehrt ihr euch? Würdet ihr den Gleichnissen folgen, dann wäret ihr selbst Gleichnisse geworden und damit schon der täglichen Mühe frei.«

Ein anderer sagt: »Ich wette, daß auch das ein Gleichnis ist.«

Der erste sagt: »Du hast gewonnen.«

Der zweite sagte: »Aber leider nur im Gleichnis.«

Der erste sagte: »Nein, in Wirklichkeit; im Gleichnis hast du verloren.«

FRANZ KAFKA

Bisweilen kommt es dahin,
daß Jesus noch einmal lacht,
zärtlich, und mit wunderbarem Sinn
und beruhigend wie eine Nacht.

ROBERT WALSER

SOWEIT gut und schön. Nun müssen wir den Baum abräumen, den Schmuck wieder in seine Pappschachteln zurücklegen – einiges ging kaputt – und auf den Dachboden hinauftragen. Stechpalmen und Mistelzweige sind abzunehmen und zu verbrennen, die Kinder für die Schule herzurichten. Es ist noch genug an Speiseresten da zum Aufwärmen für den Rest der Woche. Nicht daß wir großen Appetit hätten, nach dem vielen Alkohol, nach dem langen Aufbleiben und dem – ziemlich erfolglosen – Versuch, unsere Verwandtschaft zu lieben. Wir haben im ganzen unsere Kräfte stark überschätzt. Wieder einmal wie in allen Jahren haben wie die Erscheinung gesehen, und es mißlang wieder, sie für mehr als eine angenehme Möglichkeit hinzunehmen, einmal mehr haben wir IHN weggeschickt, wenn wir auch baten, SEINE ungehorsamen Diener bleiben zu können: wie Kinder, die ihr Versprechen nicht lang halten. Das Christfest ist bereits eine verblassende Erinnerung, man beginnt schon allmählich eine unangenehme Ahnung zu spüren, eine dumpfe Besorgnis beim Gedanken an die Fastenzeit, an den Karfreitag, die schließlich nicht mehr sehr weit weg sein können. Aber zunächst sind wir alle hier, zurück in der gemäßigten aristotelischen Stadt des Strümpfestopfens und des 8-Uhr-15-Zugs, wo Euklids Geometrie und Newtons Mechanik für unsere Erfahrung ausreichen, der Küchentisch existiert, weil man ihn scheuert. Er scheint nur über die Ferien eingeschrumpft zu sein. Die Straßen sind viel enger als in der Erinnerung. Wir haben vergessen, wie deprimierend das Büro ist. Für jene, die das Kind gesehen haben, wenn auch verschwommen nur und ungläubig, ist die augenblickliche Zeit, in gewisser Beziehung, die allerschwerste. Denn die unschuldigen Kinder, die so aufgeregt vor der versperrten Tür flüsterten, hinter der sie die Geschenke wußten, waren erwachsen, als sie aufging. Entsinnen wir uns dieses Augenblicks, können wir die Freude unterdrücken. Aber die Schuld bleibt bewußt, wenn wir des Stalles gedenken, wo ein einziges Mal alles zum Du wurde und nichts Es blieb. Wir sehnen uns nach dem Gefühl und achten nicht seine Ursache, wir sehen uns suchend nach etwas um, nach irgend etwas, das unsere Selbstbespiegelung endet, doch das Gegebenste dafür würde uns zuviel Schmerz bereiten. Nachdem wir so schon dem Sohn begegnet sind, sind wir jetzt versucht, zum Vater zu beten: »Führ uns in Versuchung und Übel um unsretwillen.« Sie werden kommen, klar, wahrscheinlich in einer Form, die wir nicht erwarten, und sicher mit einer Gewalt, furchtbarer, als wir uns vorstellen können. In der Zwischenzeit sind Rechnungen zu bezahlen, Maschinen in Ordnung zu halten, unregelmäßige Verba zu lernen, die Gegenwart zu retten vor Belanglosigkeit. Der glückliche Morgen ist vorüber, die Nacht des Todeskampfes liegt noch vor uns. Es ist Mittag: Der Geist hat die Skalen seiner Freude zu üben auch ohne feindliche Zuschauer, die Seele hat eine Stille zu ertragen, die weder für noch gegen ihren Glauben ist, daß Gottes Wille geschehen wird, daß trotz aller Gebete Gott niemanden prellt, nicht einmal die Welt um ihren Triumph.

WYSTAN HUGH AUDEN

Es war Silvester, ich hielt mich bei den Mönchen des Klosters Dionysiu auf, das nach Art der tibetanischen Bergklöster auf einen Felsen gebaut ist; der Felsen steht hoch überm Meer. Ich betrat die nächtliche Klosterkirche, die klein war, goldglitzernd, holzgeschnitzt, von den Gesängen der Mönche durch die Jahrhunderte selber zum Tönen gebracht, eine Bratsche. Aus dem Singen und Beten und Schreiten und Knien der Mönche in jener Fest-Nacht löste sich mir ein Moment, machte sich selbständig, schwebte ab, kam später zurück, setzte sich fest in meinem Gedächtnis; warum gerade er, blieb dunkel. Wir kennen den Vorgang, aber wir kennen die Gründe nicht, warum aus einer ununterbrochenen Folge von Eindrücken sich einige lösen und haften; wir müssen sie machen lassen.

In solchen Fest-Nächten ziehen die Dienste sich viele Stunden lang hin. Der Priester singt, der Chor der Mönche antwortet, Hymnen blühen, auch Laien sprechen. Lichter werden entzündet und wieder gelöscht, es geht Stunden um Stunden. Manchmal scheint die Liturgie klein zu brennen, dann wieder flammt sie.

So kam es, daß ein junger Mönch, ein Diakon, mit einer Bart-Krause, wie sie die jungen Männer auch hier wieder tragen, dort aber von jeher, dazu lange Haare, die überm Nacken in einem Kauz enden, sich der Stelle näherte, wo ich im Dämmer stand, und eine Öl-Lampe anzündete, wie es sein Dienst war. Er neigte dabei sein Gesicht, um den wollenen Docht schräg von unten zu prüfen, nichts Besonderes, kaum eine Gebärde zu nennen; ich sah in sein unausgeschlafenes, dennoch bemühtes Gesicht, ohne daß mir der Vorgang, der nebensächlich genug war, spürbaren Eindruck gemacht hätte, warum auch. Als ich aber nach vier oder fünf Jahren wieder auf dem Berg Athos zu Gast war und wieder nach Dionysiu kam, dieses Mal an einem Tage im Spätherbst, und wieder an der nächtlichen Hore teilhatte, kam derselbe Diakon wieder, und als wären nicht Tage und Jahre vergangen, zündete er dieselbe Öl-Lampe an, hatte wieder den dienstlich bemühten, unausgeschlafenen, prüfenden Schrägblick zur langsam aufbrennenden Lampe. Auf einmal sah ich die vielen Tage und Nächte, die vergangen waren und die kommen würden in seinem Leben, in denen sich nichts, nichts begab. Aneinandergefädelt die Tage; Zeit, die große Fälscherin, fast gelöscht, fast entmachtet. Zeit aufgelöst wie Honig in Wasser. Erfüllte Zeit, weil sie keinerlei Füllsel hat, keinerlei Neuigkeiten. Zeit wie eine Wunde, auf die Salbe getan wird. Ich begriff, welcher Abgrund besteht zwischen unserem erfolgreichen Leben, das vollgestopft ist mit Taten, Untaten, Fortschritt und ewigem Rückfall, und dem alten untergehenden Osten, der die zu voll gekritzelte Tafel zu löschen suchte, um sie frei zu machen für etwas, das Weisheit zu nennen, schon zu tüchtig, zu stolz klänge.

ERHART KÄSTNER

In unserem Lande
Dürfte es trübe Abende nicht geben
Auch hohe Brücken über die Flüsse
Selbst die Stunde zwischen Nacht und Morgen
Und die ganze Winterzeit dazu, das ist gefährlich.
Denn angesichts des Elends
Genügt ein Weniges
Und die Menschen werfen
Das unerträgliche Leben fort.

BERTOLT BRECHT

BERZONA: Schnee, viel Schnee. Die Zweige sind weißflaumig wie Pfeifenputzer. Tagsüber schaufeln wir uns frei, dann schneit es wieder in der Nacht. Nur das Fernsehen, TELEVISIONE SVIZZERA ITALIANA, bestätigt, daß die Welt weitergeht mit Staatsmännerbesuchen, Raumfahrt, Papst, Vietnam, Musik und Sport. Kein Grund zur Panik also. Auch kommt noch die Post: Soziologie reihenweise.

# Glück

»Ich hatte Glück, Fjodor Iwanowitsch, ich wage kaum dran zu denken. Ein unheimliches Glück. Sie sehen, ich fahre in der ersten Klasse. Ich habe einen Paß, ich habe einen Titel, ich bin frei. Warum ich nicht nach Sibirien gekommen bin, verstehe ich heute noch nicht, denn es fehlte wenig, Gott weiß es, sehr wenig«, sagt er, indem er Tabak nicht in die Nase stopft, sondern in eine Charatan-Pfeife; es summt auch kein Samowar, aber es ist Winter und in der Eisenbahn, und nachdem die Pfeife endlich zieht, sagt der Reisende, indem er zum Fenster hinausschaut: »Es schneit.« Es ist aber nicht Rußland, was man da draußen sieht. »Ich hatte keinen Grund zur Eifersucht«, sagt er, als wolle jemand seine Geschichte hören, »nicht den mindesten Grund. Natascha war verheiratet, aber das wußte ich von Anfang an. Vielleicht war ich sogar froh, daß Natascha verheiratet war. Jetzt denken Sie gewiß, das gehört sich nicht, weil Natascha verheiratet war. Aber das ist heutzutage anders, Fjodor Iwanowitsch. Ihr Mann war ein stiller und sanftmütiger Mensch, sogar jünger als ich, ein gerechter und bedrückter Mensch. Mag sein, daß Natascha ihn verkannt hat. Ihretwegen aber hatte ich Weib und Kinder verlassen. Das hielt ich damals nicht für moralisch, aber es machte mich doch glücklich. Ich liebte sie, Fjodor Iwanowitsch, ich liebte Natascha.« Es ist auch niemand im Abteil, der Fjodor Iwanowitsch heißen könnte oder Wassily Wassilikow oder irgendwie, und trotzdem muß er es einmal erzählen. »Sehen Sie, ich denke selten daran, um nicht zu erschrecken, eigentlich nie«, sagt er: »Ich war damals ein erwachsener Mensch, ein geachteter Mensch sozusagen, und ich glaube, Sie haben es erraten, Fjodor Iwanowitsch, ich könnte sehr wohl ein Mörder sein!« Auch der Schaffner, der einmal vorbeikommt und ins Abteil schaut, ist offenkundig kein Russe, sondern ein Kondukteur, ein junger und rosiger Bursche mit einer roten Tasche, die um sein Knie baumelt, kein unfreundlicher Mensch, aber auch er hat keine Zeit wie einst die Menschen in den russischen Eisenbahnen, die sich halbe Romane anhörten, und nachdem er das Abteil verlassen hat, sagt der Reisende: »Aber interessiert es Sie auch wirklich?« Vorher war er im Speisewagen; da blicken sie auf den Teller oder am andern vorbei, und wenn sie dann die Rechnung beglichen haben, nicken sie vielleicht, aber dann ist es zu spät, um sagen zu können: »Ich bin ein kranker Mensch... ein schlechter Mensch... Ein abstoßender Mensch bin ich. Ich glaube, ich bin leberleidend.« Wer will das wissen? »Gott weiß es, ich hatte das kleine Beil schon erhoben, und Natascha saß vor mir, ich wollte sie spalten wie ein Scheit. Ich wollte es natürlich nicht, aber das Beil wollte es, das kleine Beil, Fjodor Iwanowitsch, in meiner Hand.« Das sagt man nicht in einem Speisewagen, auch nicht im Abteil, nachdem ein Herr zugestiegen ist, der kaum guten Tag sagt und seine Zeitung lesen möchte. Vielleicht heißt er Hubacher oder Vogelsanger, ein einheimischer Herr, und es war ja auch nicht in Rußland, wo das Entsetzliche stattgefunden hat, sondern in Graubünden. »Kennen Sie die Gegend von Bivio?« Das läßt sich sagen, auch wenn der andere sich dann wundert und sagt: Wieso? Es summt kein Samowar, wie gesagt, es bruzzelt nur in seiner Charatan-Pfeife. »Eine schöne Pfeife«, sagt er, »nicht wahr?« Sicher ist der Herr, der hinter seiner offenen Zeitung nicht zu sehen ist, kein schlechter Mensch; sein Mantel ist ein guter Mantel mit feinem Futter. »Ich bin ein kranker Mensch, was ich vielleicht gar nicht bin, ich bin ein lächerlicher Mensch«, sagt er draußen im Korridor: »Übrigens habe ich vorher gelogen, Fjodor Iwanowitsch. Vielleicht haben Sie es bemerkt. Nicht ihretwegen habe ich Weib und Kind verlassen. Das ist Unsinn. Sondern meinetwegen! – später habe ich ja auch Natascha verlassen – und Wassa... Sie halten mich jetzt für einen gewissenlosen Menschen, Fjodor Iwanowitsch, aber das Gegenteil ist wahr. Sie war zu gut für mich, ich meine jetzt meine erste Frau. Ich prügelte sie nie, Gott sei mein Zeuge, aber es war ein Segen für sie, daß ich sie verlassen hatte. Heute geben alle es zu. Sie waren immer zu gut für mich, und ich mußte eines Tages erkennen, daß sie litten, Sie verstehen, früher oder später. Jedesmal gab es Geschwätz, das gleiche Geschwätz. Drum bin ich viel gereist. Heute weiß ich: Das Gegenteil ist wahr. Was heißt Gewissen! Im Gegenteil, die Frauen wurden entweder glücklicher, nachdem ich sie verlassen hatte, oder zumindest nicht unglücklicher – so viele sind es übrigens nicht gewesen, Fjodor Iwanowitsch, falls Sie das meinen... Jetzt sind wir in Biel, glaube ich«, sagt er und verbessert sich: »Bienne.« Es schneit noch immer. Heutzutage halten die Züge nicht lang; die Reisenden können nicht aussteigen, um sich heißes Wasser zu holen, und im Speisewagen gibt es auch keinen Tee mehr, nur noch das Menü. »Ich hatte keinen Grund zur Eifersucht«, sagt er, um in seiner Erzählung fortzufahren, »denn es waren ihre Brüder... Ich weiß nicht, wie es in jener Nacht über mich kam. Es war in einer Ski-Hütte. Sie machte also ihren Brüdern einen Glühwein, weil es kalt war, sie redete diesen ganzen Abend nur zu ihren Brüdern, und die Brüder redeten nur zu ihr, denn ich gehörte nicht zur Familie. Ich fand es komisch, das heißt, ich versuchte es komisch zu finden, es war komisch, Fjodor Iwanowitsch, aber ich bin ein eitler Mensch. Denn ich konnte es nicht haben, daß Natascha ihren Brüdern verbundener wäre als mir. Bin ich ein habsüchtiger Mensch? Ich war nicht betrunken, denn sie machte ja den Glühwein für ihre Brüder; ich wollte nichts davon. Sie können sich denken, wie fröhlich es zuging. Ich sagte kein Wort, denn sie redeten jetzt nur französisch, Sie verstehen, das kam noch hinzu. Es ist lächerlich. Plötzlich haßte ich sie, beobachtete sie von der Seite und haßte sie vollkommen nüchtern. Oder so meinte ich wenigstens; tatsächlich liebte ich sie, aber ich haßte die Sippe in ihr. Die Sippe! – ich finde eine Sippe immer gemein, zum Umbringen... Es kam über mich, als wir uns zum Schlafen legten, alle nebeneinander, Natascha und ihre Brüder und ich. Genau gesagt: Natascha zwischen ihren Brüdern und mir. Es war kalt. Ich hatte den ganzen langen Abend das Holzfeuer besorgt, aber den Glühwein machte sie für ihre Brüder. Sie schnarchten bereits, als die Wut mich packte, ich spürte, wie sie plötzlich meine Decke wegriß und mich packte wie von außen, die Wut, und wie sie mich aufsetzte im Dunkeln... Sagte ich schon, daß ihr Bruder, der ältere, ein Offizier war? Er war der dümmere, aber Natascha wies ihn nie zurecht. Der jüngere aber war ein Tänzer, Choreograph oder so etwas, ein Artist also. Vor allem ihn bewunderte Natascha sehr – ich begriff zum ersten Mal, wer ich war: ihr Liebhaber... Es ist wohl möglich, daß Natascha jetzt im Dunkeln fragte, ob mir unwohl sei, im Flüsterton, damit die Brüder weiterschnarchen konnten; ich hörte sie nicht. Ich bin auf hohe Schulen gegangen, aber ich bin und bleibe ein primitiver Mensch. Natascha traute es mir nicht zu. Und ihre Brüder, ohne mehr zu wissen als die Tatsache, daß ich Natascha liebte, trauten es mir ebenfalls nicht zu... Es war Winter, das sagte ich schon, und es war Nacht, ich wußte nicht wohin. Hinaus in den tiefen Schnee. Ich wollte erfrieren, Sie verstehen, während sie in der Hütte schnarchten«, sagt er und hält inne, da wieder jemand durch den engen Korridor geht. »Fjodor Iwanowitsch, glauben Sie an Gott?« fragt er, ohne eine Antwort zu erwarten: »Jetzt wäre ich schon fünfzahn Jahre in Sibirien für einen blöden Mord. Vielleicht hätte ich's gelernt. Es braucht wenig, das ist alles, was ich genau weiß. Vielleicht hätte ich gelernt, Fjodor Iwanowitsch, an die Gnade zu glauben. Jetzt glaube ich bloß an Glück«, sagt er und kratzt die Charatan-Pfeife aus, während der Herr, der Vogelsanger heißen könnte oder Bärlocher oder so, seine Ledermappe nimmt und das Abteil freigibt, nicht ohne zu nicken. »Kurz und gut«, sagt er, als er sich wieder ins gepolsterte Abteil gesetzt hat, »ich wollte also erfrieren. Ich haßte mich, Fjodor Iwanowitsch, ich schämte mich. Es war nicht kalt genug, um zu erfrieren, nur unerträglich. Sternennacht. Meine steife Leiche im Schnee am andern Morgen, das war nicht nur ein lächerlicher und niederträchtiger Vorsatz, sondern auch undurchführbar, denn ich schlotterte bloß, als es im Osten über den Bergen schon dämmerte. Natascha schlief. Sie wußte nichts von meinem Vorsatz, niemand unter dem Sternenhimmel wußte von meiner Lächerlichkeit. Nur ich!... Jetzt sind wir in Brugg, glaube ich«, sagt er, Blick zum Fenster hinaus, »Brugg oder

Baden«. Das sind keine epischen Distanzen. »Ich langweile Sie vielleicht, Fjodor Iwanowitsch, aber Sie sind der erste Mensch, dem ich meine Geschichte erzähle... Als ich endlich in die Hütte zurückging, dünkte ich mich vollkommen bei Sinnen, vernünftig und kalt in meinem Entschluß, lautlos meine Skier zu nehmen und in der ersten Dämmerung abzufahren ins Tal, um Natascha einen Brief zu schreiben. Auch sie war zu gut für mich. Ein Engel!... Ich weiß ja nicht, Fjodor Iwanowitsch, ob Sie es kennen, dieses Bewußtsein der Lächerlichkeit, dieses Bewußtsein der Niedrigkeit, das grimmiger ist als eine Sternennacht im Schnee, oder so empfand ich es wenigstens, als ich die Brüder über mir schnarchen hörte. Was hatten sie mir denn getan, der Offizier und der Artist? Ihre Schwester hatte sie mit Glühwein bedient, und ich verstehe einigermaßen französisch... Ich nahm also das kleine Beil, um Holz zu hacken, weil ich fror in meiner Lächerlichkeit nach zwei Stunden im Schnee. Ich fror in den Knochen. Ich hatte Feuer gemacht für sie, jetzt machte ich Feuer für mich. Das kracht natürlich, so ein Kloben, wenn das Beil drin steckenbleibt und wenn man den Kloben mit Beil auf den Block haut. Das Schnarchen der Sippe ließ nach. Ich freute mich jetzt, daß ich schlotterte, denn das gab mir das Recht, die Kloben zu hauen und Scheite zu machen, Brennholz, wie unsereiner das tut, nicht ohne Selbstgefährdung. Es muß lustig ausgesehen haben, aber es war gar nicht lustig, Fjodor Iwanowitsch. Als Natascha herunterkam und fragte, was ich um Gotteswillen denn mache, sagte ich: Glühwein. Sie war schläfrig und nicht so schön wie sonst, wie am ganzen Abend zuvor, und da sie schläfrig war, wurde ich deutlicher: Glühwein für mich! Dabei schämte ich mich. Ihre Vernünftigkeit, Fjodor Iwanowitsch, ihre weibliche Vernünftigkeit! – Sie kennen Natascha ja nicht. Wir liebten uns schon drei Jahre, ich meine, sie ist die Unvernunft in Person, ein wahrer Mensch, aber jetzt ihre Vernünftigkeit um fünf Uhr morgens war aufreizend. Glühwein, schrie ich, geh weg! Natascha meinte mich zu kennen, sonst hätte sich Natascha nicht auf den Block gesetzt, als sei er dafür gemacht, Natascha in einem blauen Overall und mit offenem Haar und schlafwarm. Die Brüder, nachdem meine Hackerei sie geweckt hatte, hörten natürlich zu; sie sagte: Qu'est-ce que tu fais? Ich sagte es noch einmal: Glühwein! so mit einer Betonung, Sie kennen das, Natascha hielt es für Ulk, ich weiß nicht, oder für eine sture Rücksichtslosigkeit gegenüber den andern, nicht nur gegenüber ihren beiden Brüdern. Ich habe vergessen zu sagen, daß auch noch andere in der Hütte waren, Töchter und Söhne und was weiß ich, eine ganze Sippe, als ich sagte: Geh weg! und das kleine Beil erhob«, sagt er, »um Brennholz zu machen, Kleinholz –«, sagt er und kratzt wieder die Pfeife aus, um zu schweigen, aber dann kann er's doch nicht: »Jetzt sind wir in Schlieren«, sagt er, Blick zum Fenster hinaus: »Fjodor Iwanowitsch, haben Sie schon einen Sessel auf die Straße hinuntergeworfen? und dann noch einen und noch einen? – ich habe mich nie gebessert, sehen Sie, das war mit Wassa, das war später, ich hatte Grund zur Eifersucht und war besoffen, ein besoffenes Schwein, es waren Sessel aus Eisen, die meine Wut packte und von der Terrasse hinunterschleuderte auf die Straße, und ich wurde kein Mörder, Fjodor Iwanowitsch. Wie erklären Sie das?« Er schweigt, bis die Pfeife wieder zieht. »Sie glauben an Gott, Fjodor Iwanowitsch, sonst würden Sie nicht über mich lächeln. Sagen Sie's ehrlich, daß ich Ihnen leid tue, Fjodor Iwanowitsch, als ein dummer und oberflächlicher Mensch. Ich tue mir nicht leid... Ich war nicht wahnsinnig, ich wußte in diesem Augenblick genau, daß alle meine Lächerlichkeit nichts zu tun hatte mit Natascha, die mich anblickte, und nichts mit ihren Brüdern, nur konnte ich das kleine Beil jetzt nicht mehr halten, obschon Natascha vor mir saß und mich anblickte. Ich glaube, ich konnte nicht einmal ihren Namen aussprechen, ihren so geliebten Namen, ich hörte bloß: Qu'est-ce que tu fais? Dann stak das kleine Beil in dem Block, sie stand daneben, ich hatte das Scheit noch in der Hand, das ich hatte spalten wollen – das war alles, Fjodor Iwanowitsch: Glück!« sagt er und blickt noch immer zum Fenster hinaus, wo die gelben Lichter einer Station vorüberfliehen: »Das war schon Altstetten«, sagt er gleichgültig, und es wird langsam Zeit, den Mantel herunterzuholen und was der Reisende sonst noch hat, nicht viel, ein kleines Paketchen, Parfum für seine Frau. Sein Mantel hat nie oder selten einen Aufhänger, so daß er ihn ins Gepäcknetz zu werfen pflegt, und als er sich umsieht, wo sein Mantel sich befinde, scheint es ihn zu verwundern, daß Fjodor Iwanowitsch gegenüber sitzt, gerade unter seinem Mantel, etwas lächelnd: »Väterchen, das ist deine ganze Geschichte?« Im Korridor drängen sich schon die Leute. »Nein«, sagt der Reisende, ohne jetzt seinen Mantel herunterzuholen, ebenfalls spöttisch: »Fjodor Iwanowitsch.« Dieser ist ein kleiner Herr, noch nicht alt, aber mit offenbar vorzeitig ergrautem krausem Haar und mit auffallend blitzenden Augen; er sitzt in einem abgetragenen, doch offenbar von einem sehr guten Schneider angefertigten Mantel mit Pelz am Kragen, Persianer, und trägt die Pelzmütze auf dem Kopf; wenn er den Mantel aufgeknöpft hat, sieht man darunter eine Poddiowka und ein russisches Hemd mit bunten Stickereiborden: »Ich heiße Podsnyschew«, sagt er, als müßte man den Namen kennen, und dann: »Darf ich Ihnen meinen Tee anbieten? Er ist allerdings sehr stark.« Der Tee, den er auf der vorletzten Station aufgebrüht hat, ist wirklich wie Bier. »Podsnyschew«, wiederholt er bitter; er spricht mit einer hüstelnden Stimme: »Väterchen, warum erzählst du nicht deine ganze Geschichte, deine wirkliche Geschichte, wenn du doch siehst, daß jemand zuhört?« Man spürt jetzt in den Füßen, daß der Zug zu bremsen beginnt. »Gut«, sagt der Reisende, »ich will's Ihnen erzählen«, als habe er den Kondukteur nicht gehört, der in jedes Abteil sagt: Zürich Hauptbahnhof, alles aussteigen! – er schweigt einen Augenblick, reibt sich das Gesicht mit den Händen und fängt an: »Wenn ich erzählen soll, muß ich alles von Anfang an erzählen. Ich muß erzählen, wo ich geboren bin und wer mich erzogen hat, wer meine Freunde gewesen sind, was ich gelernt habe und alles, was zu meiner armseligen Geschichte geführt hat –.«

MAX FRISCH

Eh man es merkte,
War doch am Neujahrstage
Schnee gewachsen!

KIYOI

dieser neujahrstag, leute,
dieser neujahrstag liegt schon heute
in den gittern aller bäume…
ich drehe am zauberknopf meines holzpferds
und schon wird die luft um mich
wie salziges eis.
mein mädchen hat krapfen gebacken
und ich, ein kenner von orient und polarstern,
fliege geradeaus dem duft nach,
ein schöner ofen im schnee,
der mir den weg weist,
kein vogel sicherer.
schnabellos,
flügellos,
ein meister der nase,
durchschneide ich die restlichen dezember,
meine kniee frieren an die seiten eines wunders,
mit rauhreif bedeckt der lack meiner stute,
der wind, eine gläserne levkoje aus eis,

spröde,
sie ist mein geschenk, das ich nicht mitbringen werde.
viel eher will ich ihr meinen mund bringen,
meine zunge, meinen schnurrbart
und das blaue auftauen meiner augen,
wenn ich dann die zügelverstriemten hände
über den duft ihrer pfanne halte,
fröhlich, müde und warm,
ein reiter der zehn tage,
eine rote kalendereins,
ein beliebter gast,
ein neujahr
um ofen, pfanne und krapfen!

H. C. ARTMANN

## Neujahrstag 1949

Das Klima der Sympathie – wie sehr wir darauf angewiesen sind! Es zeigt sich, sobald uns eine Sympathie, die lang vorhanden gewesen ist, entzogen wird. Da ist es, als habe man keine Luft unter den Flügeln.
Frage:
Ist die Sympathie, die uns das Gefühl gibt, fliegen zu können, nichts als eine freundliche Täuscherei, eine schonende Unterlassung der Kritik, so, daß das andere Klima – dieses Klima ohne Sympathie – als das gültigere anzusehen ist, das einzig gültige?

Das Ansteckende: es genügt eine einzige Sympathie im ganzen Kreis, und wenn diese gekündigt wird, kündigt der ganze Kreis, der nichts zu kündigen hat.
(Wie ihr Blick, musternd, dich verläßt.)
Gewiß, man kann die Achseln zucken, sich dorthin wenden, wo Sympathie uns erwartet, oder neue erobern – das alles ändert nichts an dem Schrecken, wie verloren man ist, wo uns die Sympathie entzogen wird.
Verloren: ohne Schutzengel.

Sympathie nicht als Unterlassung der Kritik. Aber: Sympathie hat Geduld, die Geduld der Hoffnung, sie behaftet uns nicht auf einer einzelnen Gebärde, die ungehörig ist, vorlaut, tappig, eitel, rücksichtslos, selbstgerecht; sie läßt uns stets eine weitere Chance... Anders der Partner, der keine Sympathie empfindet: er verbucht, was ist, und gibt keinen Vorschuß, er ist aufmerksam und gerecht, und das ist fürchterlich. Sieht er uns richtiger?
Wir werden, wie Polonius es mit den fahrenden Schau-

spielern tut, nach unserem Verdienst behandelt. Hamlet sagt: Potz Wetter, Mann, behandelt sie besser, viel besser; behandelt jeden Menschen nach seinem Verdienst, und wer ist vor Schlägen sicher?
Auch umgekehrt zu bedenken:
Wenn wir keine Sympathie haben, einem Menschen gegenübersitzen wie Geschworene, unvoreingenommen – wie verdächtig, wie anrüchig, wie unleidig jeder Mensch wird, wenn er fühlt, daß er unsere Gunst nicht hat, und also allein zu seinen Gunsten redet.
Das Gefühl, keine Luft zu haben, so, daß die Stimme nicht trägt, jedes Wort fällt auf den Boden und zerschellt, und wenn man sich verabschiedet, das Gefühl, daß man zuviel gesprochen habe, denn in der Tat ist jedes Wort zuviel gewesen, das Gefühl, in Scherben zu gehen, das Gefühl, zu bluten.

Die unbewußte, selbstverständliche Voraussetzung, ohne die man keinen Satz schreiben könnte, die Voraussetzung, daß man irgendwo, und wäre es noch so ferne, von einer Sympathie geschützt wird, ist das bereits Narzißmus?

Erinnerung an einen französischen Film, der schildert, wie einem Mann (Michel Simon) plötzlich die Sympathie entzogen wird, die er jahrelang im Quartier genossen hat; plötzlich, ohne daß er sich verändert hätte, fällt ein Verdacht auf ihn – oder man könnte auch sagen: plötzlich hat ihn der Schutzengel verlassen, und nun soll er sehen – er sieht: sein Gepäck, seine ganze Habe auf der Straße, er sieht die Nachbarn alle, die unter ihren Türen stehen oder aus den Fenstern gaffen, alle halten ihn für den Mörder, einer stellt ihm das Bein, er wehrt sich, keiner hilft ihm, andere spielen Fußball mit seiner Habe, plötzlich ist er wie ein Stier in der Arena, dessen Blut sie wollen, halb besessen und halb scherzhaft treiben sie ihn auf das Dach, bis er zu Tode stürzt –.

Das Mysterium des Hasses.

(Antisemitismus.)

Erzählung eines Bekannten, der schon mehrmals aus Versehen verhaftet worden ist, ein junger Arzt, ein empfindsamer und mit viel Gewissen belasteter Mensch, verhaftet und abgeführt von vier Gendarmen: durch eine Gasse von Menschen, die zwischen Neugier und Abscheu halb drängen, halb zurückweichen, und wie er versichert, daß er Doktor sei und von einem Kranken erwartet werde, fällt für die Gendarmen der letzte Zweifel, daß sie ihn endlich haben, den gesuchten Kindermörder –.

Der Schutzengel: die Sympathie, wir brauchen ihn immerzu. Wir haben ihn als Kind, sonst wären wir längst überfahren, wir wachsen damit auf, wir verlassen uns auf ihn – und dabei ist es nur ein Hauch, was uns schützt, was uns von dem Ungeheuerlichen trennt, von dem Rettungslosen, wo nichts mehr für dich zeugt, kein eignes Wort, keine eigne Tat...

MAX FRISCH

# Die Hoffnung der Welt

1

Ist die Unterdrückung so alt wie das Moos an den Teichen?
Das Moos an den Teichen ist nicht vermeidbar.
Vielleicht ist alles natürlich, was ich sehe, und ich bin krank
und will weghaben, was nicht wegzubringen ist?
Ich habe Lieder gelesen der Ägypter, ihrer Leute, die die
Pyramiden gebaut haben. Sie beschwerten sich über die
Lasten und fragten, wann die Unterdrückung aufhört.
Das ist viertausend Jahre her.
Die Unterdrückung ist wohl wie das Moos und unver-
meidlich.

2

Wenn ein Kind unter den Wagen kommt, reißt man es
auf den Gehsteig. Nicht der Gütige tut das, dem ein Denk-
mal gesetzt wird. Jeder reißt das Kind vor dem Wagen
weg.
Aber hier liegen viele unter dem Wagen, und es gehen
viele vorüber und tun nicht dergleichen.
Ist das, weil es so viele sind, die leiden? Soll man ihnen
nicht mehr helfen, da es viele sind? Man hilft ihnen weniger.
Auch die Gütigen gehen vorbei und sind hernach ebenso
gütig, wie sie waren, bevor sie vorbeigegangen sind.

3

Je mehr es sind, die leiden, desto natürlicher erscheinen
ihre Leiden also. Wer will verhindern, daß die Fische im
Meer naß werden?
Und die Leidenden selber teilen diese Härte gegen sich
und lassen es an Güte fehlen sich selber gegenüber.

Es ist furchtbar, daß der Mensch sich mit dem Bestehenden so leicht abfindet, nicht nur mit fremden Leiden, sondern auch mit seinen eigenen.
Alle, die über die Mißstände nachgedacht haben, lehnen es ab, an das Mitleid der einen mit den andern zu appellieren. Aber das Mitleid der Unterdrückten mit den Unterdrückten ist unentbehrlich. Es ist die Hoffnung der Welt.

BERTOLT BRECHT

# Anhang

# Verfasser- und Quellenverzeichnis

Abraham a Santa Clara
1644 in Kreenheinstetten bei Sigmaringen geboren, gestorben 1709. Wer bist du Mensch, S. 22; Die Köch müssen Tag und Nacht studiren (Auszug aus: Das Gastiren, Traktiren, Banquetiren), S. 112
Aus: Adams-Kinder. Aus seinen Werken ausgewählt von Walter Höllerer. Insel Verlag Zweigstelle Wiesbaden 1959 (Insel-Bücherei).

H. C. Artmann
1921 in Wien geboren, lebt zur Zeit in Graz.
dieser neujahrstag, S. 280.
Aus: Ein lilienweißer Brief aus Lincolnshire, Gedichte aus 21 Jahren. Herausgegeben von Gerald Bisinger. Suhrkamp Verlag Frankfurt am Main 1969.

Cyrus Atabay
1929 in Teheran geboren.
Brueghels Traum, S. 205
Erstveröffentlichung.

Wistan Hugh Auden
1907 in York/England geboren, gestorben 1973.
Soweit gut und schön, S. 264
Aus: Hier und jetzt. Ein Weihnachtsoratorium. Ins Deutsche übertragen von Gerhard Fritsch. Otto Müller Verlag Salzburg 1961.

Johannes R. Becher
1891 in München geboren, gestorben 1958 in Berlin.
Weihnacht, S. 86
Aus: Gesammelte Werke, Band VI, Aufbau-Verlag Berlin und Weimar 1973.

Walter Benjamin
1892 in Berlin geboren, 1940 auf der Flucht vor der Gestapo in Port Bou/Spanien gestorben.
An Jula Radt, S. 166
Aus: Briefe 1, Suhrkamp Verlag Frankfurt am Main 1966.
Keine Klingel schlug freundlicher an (Titel: Blumeshof 12), S. 185; Wintermorgen, S. 158; Ein Weihnachtsengel, S. 192
Aus: Berliner Kindheit um Neunzehnhundert, Suhrkamp Verlag Frankfurt am Main 1950 (Bibliothek Suhrkamp).

Heinrich Böll
1917 in Köln geboren, lebt in Köln.
Monolog eines Kellners, S. 64
Aus: Erzählungen 1950–1970, Verlag Kiepenheuer & Witsch Köln 1972.

Bertolt Brecht
1898 in Augsburg geboren, gestorben 1956 in Berlin.
Die gute Nacht, S. 33; Auch der Himmel, S. 51; Der Schnee beginnt zu treiben, S. 51; Wiegenlied, S. 55; Vom Brot und den Kindlein, S. 62; Nimm Platz am Tisch, S. 85; Außer diesem Stern, S. 90; Die Hoffnung der Welt, S. 285; In unserem Lande (Titel: Angesichts des Elends), S. 269
Aus: Ges.Werke, Band 4, Suhrkamp Verlag Frankfurt am Main 1967.
Der heilige Martin (Aus: Mutter Courage und ihre Kinder) S. 68
Aus: Ges. Werke 2
Keinen verderben zu lassen (Titel: Das ist gut), S. 69; Das Paket des lieben Gottes, S. 56
Aus: Ges. Werke, Band 5.

Carolina Maria de Jesus
1914 geboren, lebt in São Paulo, Brasilien.
Aus dem Tagebuch der Armut, S. 52
Aus: Aus dem Tagebuch der Armut, Christian Wegner Verlag Hamburg.

Alphonse Daudet
1841 in Nîmes geboren, gestorben 1897 in Paris.
Die drei Stillen Messen, S. 97
Aus dem Französischen von Helmut Bartuschek. Mit Genehmigung des Verlages Philipp Reclam jun. Leipzig.

Günter Eich
1907 in Lebus/Oder geboren, gestorben 1972 in Salzburg.
Schlüssel, S. 163
Aus: Maulwürfe, Suhrkamp Verlag Frankfurt am Main 1968.

Thomas Stearns Eliot
1888 in St. Louis/Missouri geboren, gestorben 1965 in London.
Die Reise aus dem Morgenland, S. 198
Aus: Werke 4. Gesammelte Gedichte 1909–1962. Herausgegeben von Eva Hesse. Aus dem Englischen von Eva Hesse. Suhrkamp Verlag Frankfurt am Main 1972.

Max Frisch
1911 in Zürich geboren, lebt im Tessin/Schweiz.
Berzona/Glück, S. 270
Aus: Tagebuch 1966–1971, Suhrkamp Verlag Frankfurt am Main 1972.
Neujahrstag 1949, S. 282
Aus: Tagebuch 1946–1949, Suhrkamp Verlag Frankfurt am Main 1950.

André Gide
1869 in Paris geboren, dort gestorben 1951.
Montag. Weihnachten, S. 40; Marseille, 27. Dezember, S. 41
Aus: Aus den Tagebüchern 1889–1939. Ins Deutsche übertragen und ausgewählt von Maria Schaefer-Rümelin. Deutsche Verlagsanstalt Stuttgart 1961. © Editions Gallimard Paris.

Johann Wolfgang Goethe
1749 in Frankfurt/Main geboren, gestorben 1832 in Weimar.
Epiphaniasfest, S. 115
Aus: Goethes Werke, Ges. Werke Band I. Im Auftrag der Goethe-Gesellschaft herausgegeben. Insel Verlag Zweigstelle Wiesbaden 1949.
Goethe an Kestner, S. 35
Aus: Goethes Briefe. Hamburger Ausgabe, Band I. Herausgegeben von Karl Robert Mandelkow unter Mitarbeit von Bodo Morawe. Christian Wegner Verlag Hamburg 1962.

Maxim Gorki
1868 in Nishnij Novgorod geboren, gestorben 1936 in Moskau.
Von einem Knaben und einem Mädchen, die nicht erfroren sind, S. 74
Aus: Erzählungen, Band 1. Aus dem Russischen von Amalie Schwarz. Aufbau-Verlag Berlin 1953.

Günter Grass
1927 in Danzig geboren, lebt in Berlin.
Advent, S. 91
Aus: Gesammelte Gedichte, Luchterhand Verlag Neuwied und Berlin 1971 (Sammlung Luchterhand).

Peter Handke
1942 in Griffen/Kärnten geboren, lebt in Kronberg/Taunus.
Lebensbeschreibung, S. 164
Aus: Peter Handke, Suhrkamp Verlag Frankfurt am Main 1969.

Friedrich Hebbel
1813 in Wesselburen/Dithmarschen geboren, gestorben 1863 in Wien.
Aus: Friedrich Hebbels Tagebücher.

Johann Peter Hebel
1760 in Basel geboren, gestorben 1826 in Schwetzingen.
Große Schneeballen, S. 176; Der böse Winter, S. 180
Aus: Werke, Band I. Herausgegeben von Eberhard Meckel. Insel Verlag Frankfurt am Main 1968.

Heinrich Heine
1797 in Düsseldorf geboren, gestorben 1856 in Paris.
Heinrich Heine an seine Mutter, S. 39
Aus: Heines Briefe. Ausgewählt von Fritz Mende. Aufbau-Verlag Berlin und Weimar 1969.
Altes Kaminstück, S. 178
Aus: Heines Ausgewählte Werke in sechs Bänden. Erster Band. Verlag von Philipp Reclam jun. Leipzig.

Hermann Hesse
1877 in Calw/Württemberg geboren, gestorben 1962 in Montagnola/Schweiz.
Weihnacht mit zwei Kindergeschichten, S. 127
Aus: Ges. Werke 8, Suhrkamp Verlag Frankfurt am Main 1970.

Friedrich Hölderlin
1770 in Lauffen am Neckar geboren, gestorben 1843 in Tübingen.
Hölderlin an seine Mutter, S. 37
Aus: Sämtliche Werke und Briefe, Band 4. Herausgegeben von Günter Mieth. Aufbau-Verlag Berlin und Weimar 1970.

Miroslav Holub
1923 in Pilsen/ČSR geboren.
Wie man vollkommene Weihnachten malt, S. 202
Aus: Obwohl ... Gedichte. Aus dem Tschechischen von Peter Künzel. Carl Hanser Verlag München.

Ödön von Horváth
1901 in Fiume an der Adria geboren, gestorben 1938 in Paris.
Probefahrt in die Kinderzeit, S. 138
Aus: Ges. Werke, Band III. Herausgegeben von Dieter Hildebrandt, Walter Huder und Traugott Krischke. Suhrkamp Verlag Frankfurt am Main 1971.

Peter Huchel
1903 in Berlin geboren, lebt in Staufen/Breisgau.
Die Hirtenstrophe, S. 45
Aus: Die Sternenreuse, R. Piper & Co. Verlag, München 1967.

Hans Henny Jahnn
1894 in Hamburg geboren, gestorben 1959 in Hamburg.
Ich muß eingestehen, S. 169
Aus: Norwegisches Tagebuch. © Hoffmann und Campe Verlag Hamburg 1970.

Marcel Jouhandeau
1888 geboren, lebt in der Nähe von Paris.
Die Kohlensammlerin, S. 161
Aus: Pariser Bilder. Deutsch von Friedrich Kemp. Suhrkamp Verlag Frankfurt am Main 1969 (Bibliothek Suhrkamp).

Franz Kafka
1883 in Prag geboren, gestorben 1924 in Kierling bei Wien.
Von den Gleichnissen, S. 262
Aus: Franz Kafka, Erzählungen ›Beschreibung eines Kampfes‹, Copyright 1936/1937 by Heinr. Mercy Sohn Prague. Copyright 1946 by Schocken Books Inc. New York City, USA. Europäische Lizenzausgabe im S. Fischer Verlag GmbH Frankfurt a. M.

Erhart Kästner
1904 in Augsburg geboren, lebt in Staufen bei Freiburg.
Es war Silvester (Titel: Gute Zeit), S. 267
Aus: Aufstand der Dinge. Byzantinische Aufzeichnungen. Insel Verlag Frankfurt am Main 1973.

Marie Luise Kaschnitz
1901 in Karlsruhe geboren, lebt in Frankfurt am Main.
Wie das war Weihnachten in Königsberg, S. 183
Aus: Orte, Insel Verlag Frankfurt am Main 1973.

Kigô
Vom blauen Himmel, S. 124
Kiyoi
Eh man es merkte, S. 279
Aus: Haiku. Japanische Dreizeiler. Ausgewählt und aus dem Urtext übertragen von Jan Ulenbrook. Insel Verlag Wiesbaden 1960.

Else Lasker-Schüler
1869 in Elberfeld geboren, gestorben 1945 in Jerusalem.
Gebet, S. 209
Aus: Sämtliche Gedichte. Herausgegeben von Friedhelm Kemp. Kösel Verlag München 1966.

Martin Luther
1483 in Eisleben/Thüringen geboren, dort gestorben 1546.
Es begab sich aber zu der Zeit, S. 10
Aus: D. Martin Luther, Die gantze Heilige Schrifft. Deudsch 1546/Auffs new zugericht. Unter Mitarbeit von Heinz Blanke herausgegeben von Hans Volz. Band II. Verlag Rogner & Bernhard München 1972.
Im Papsttum hat man eine Historie gesagt, S. 12; Er soll dein eigen sein, S. 23
Aus: Und ich bin des Weihnachtsglanzes voll, Kreuz-Verlag Stuttgart.(Auszüge aus: Von der Weihnachtsfreude)

Rosa Luxemburg
1871 in Samoschtsch/Kr. Lublin geboren, ermordet 1919 in Berlin.
Rosa Luxemburg an Sophie Liebknecht, S. 48
Aus: Briefe aus dem Gefängnis, Dietz Verlag Berlin 1961.

Wladimir Majakowski
1893 in Bagdady (Georgien) geboren, gestorben 1930 in Moskau.
Tannennadeln, S. 43
Aus: Werke. Erster Band. Herausgegeben von Leonhard Kossuth. Deutsche Nachdichtung von Hugo Huppert. Insel Verlag Frankfurt am Main 1973 (insel taschenbuch).

Palinurus
Pseudonym von Cyril Vernon Connolly. 1903 in Coventry/England geboren.
Weihnachtsabend, S. 88
Aus: Das Grab ohne Frieden. Aus dem Englischen von Leonharda Gescher. Suhrkamp Verlag Frankfurt am Main (Bibliothek Suhrkamp).

Pierre Reverdy
1889 in Narbonne geboren, gestorben 1960 bei Solesmes.
Weihnachts-Paris, S. 200
Aus: Quellen des Windes. Gedichte aus den Jahren 1915–1948. Deutsch von Friedrich Kemp und Max Hölzer. München: Kösel 1970.

Rainer Maria Rilke
1875 in Prag geboren, gestorben 1926 in Valmont bei Montreux.
Geburt Christi, S. 32; Nacht, stille Nacht (Auszug aus: Gebet), S. 196
Aus: Sämtliche Werke, Band I, Insel Verlag Frankfurt am Main 1955.
Vor Weihnachten 1914, S. 42
Aus: Sämtliche Werke, Band II.

Joachim Ringelnatz
1883 in Wurzen bei Leipzig geboren, gestorben 1934 in Berlin.
Die Weihnachtsfeier des Seemanns Kuttel Daddeldu, S. 120
Mit einer Zeichnung von Karl Arnold.
Aus: Du mußt die Leute in die Fresse knacken, Henssel Verlag Berlin.

Jean-Paul Sartre
1905 in Paris geboren, lebt in Paris.
Im Jahr 1917, S. 89; Ein gewisser Sanzio, S. 155
Aus: Die Wörter. Aus dem Französischen von Hans Mayer.
©Rowohlt Verlag GmbH, Reinbek bei Hamburg 1965.

Friedrich Sieber
Altem, längst erloschenem Volksglauben nach (Titel: Tiere sprechen in der Weihnachtsnacht), S. 156
Aus: Wunderweiße Nacht. Herausgegeben von Rut und Rudolf Brock. Henschel Verlag Berlin 1971.

Eva Stille
Das Elsaß, S. 26
Aus: Alter Christbaumschmuck, Verlag Hans Carl K.G., Nürnberg 1972.
Basler Backrezept, S. 114
Zitiert nach: Alter Christbaumschmuck

Jules Supervielle
1884 in Montevideo geboren, gestorben 1960 in Paris.
Mehrere Tiere baten (Titel: Besuch der Tiere), S. 218
Aus: Ochs und Esel bei der Krippe. Übertragung von Gustav Rademacher. Insel Verlag Frankfurt am Main 1960.

Jesse Thoor
1905 in Berlin geboren, gestorben 1952 in Lienz.
Adventrede, S. 8; Im Dezember, S. 61
Aus: Die Sonette und Lieder. Herausgegeben von Alfred Marnau. Verlag Lambert Schneider, Heidelberg 1956.

Georg Trakl
1887 in Salzburg geboren, gestorben 1914 in Krakau.
Winternacht, S. 160
Aus: Gedichte 1913. Herausgegeben von Hans Szklenar. Otto Müller Verlag Salzburg.

Kurt Tucholsky
1890 in Berlin geboren, gestorben 1935 in Hindås bei Göteborg/Schweden.
Gross-Stadt-Weihnachten, S. 47
Aus: Kurt Tucholsky, Gesammelte Werke, Band I. © Rowohlt Verlag GmbH, Reinbek bei Hamburg 1960, S. 113.

Giuseppe Ungaretti
1888 in Alexandria geboren.
Diesem sanft hinliegenden Land, S. 125; Weihnachten, S. 215
Aus: (Titel: Schlafen) Gedichte. Aus dem Italienischen von Ingeborg Bachmann. Suhrkamp Verlag Frankfurt am Main 1961 (Bibliothek Suhrkamp).

Hugh Walpole
1884 in Auckland/Neuseeland geboren, gestorben 1941 bei Keswick/Northumberland.
Ein reizender Gast, S. 140
Aus dem Englischen von Elisabeth Schnack. Copyright: Elisabeth Schnack, Zürich, und Messrs. Curtis Brown, London.

Martin Walser
1927 in Wasserburg geboren, lebt in Nußdorf/Bodensee.
Überredung zum Feiertag, S. 93
Erstveröffentlichung in: Süddeutsche Zeitung, 22./23. 12. 1962.

Robert Walser
1878 in Biel/Schweiz geboren, gestorben 1956 in Herisau.
Schnee liegt auf Straßen und Plätzen, S. 174
Aus: Dichtungen in Prosa. Herausgegeben von Carl Seelig. Verlag Helmut Kossodo AG.

Oscar Wilde
1856 in Dublin geboren, gestorben 1900 in Paris.
Das Sternenkind, S. 225; Der Lehrer der Weisheit, S. 256
Aus: Die Erzählungen und Märchen. Aus dem Englischen von Felix Paul Greve und Franz Blei. Insel Verlag Frankfurt am Main 1972 (insel taschenbuch).

William Carlos Williams
1883 im Staate New Jersey geboren. Dort lebte er als Armenarzt.
Der kahle Kirschbaum, S. 137
Aus: (Titel: Der kahle Baum) Gedichte. Aus dem Amerikanischen von H. M. Enzensberger. Suhrkamp Verlag Frankfurt am Main 1962 (Bibliothek Suhrkamp).

Thornton Wilder
1897 in Madison, Wisconsin geboren, lebt in Connecticut/USA.
Die Flucht nach Ägypten, S. 211
Aus: Einakter und Dreiminutenspiele. S. Fischer Verlag Frankfurt am Main 1954.

William Butler Yeats
1865 in Sandymount bei Dublin geboren, gestorben 1939 in Roquebrune-Cap-Martin bei Menton/Frankreich.
Die Anbetung der drei Weisen, S. 247
Aus: Werke, Band II. Herausgegeben von Werner Vordtriede. Aus dem Englischen von Susanne Schaup und Ernst E. Stein, nach der Übertragung von Herberth E. Herlitschka. Luchterhand Verlag Neuwied und Berlin 1971.

Unbekannte Verfasser

*Adventslegende* (16. Jahrhundert), S. 6
Bearbeitet von Burghart Wachinger

*Ballade vom warmen Bett* (Aus Irland), S. 117
Bearbeitet von Georg von der Vring.

*Das Lied von der barmherzigen Frau* (Altrussisches Kirchenlied), S. 70
Bearbeitet von Wolfgang Kasack

*Weihnachtslied* (Aus Schlesien), S. 29
Bearbeitet von Burghart Wachinger.
Aus: Tausendmund. Europäische Balladen, Romanzen und Lieder. Herausgegeben von Georg von der Vring und Burghart Wachinger. W. Langewiesche-Brand KG Ebenhausen bei München 1954.

*Ein altes deutsches Weihnachtsspiel* (Auszug), S. 13
Aus: Ein altes deutsches Weihnachtsspiel.
Bearbeitet von Max Mell. Insel Verlag Zweigstelle Wiesbaden 1956.

*Wiegenlied einer alten frommen Magd*, S. 217, Ammenuhr, S. 222
Aus: Des Knaben Wunderhorn. Sammlung alter Volkslieder.
Von Achim von Arnim und Clemens Brentano. Insel Verlag (Insel-Bücherei)
Zweigstelle Wiesbaden 1956.

*Zuerst will ich Euch einen Christkindelsbaum beschreiben*, S. 30
Aus: Simplizianischer Wundergeschichts-Calender, Nürnberg 1795

Inhalt

*Anhang*

## insel taschenbücher

### Alphabetisches Verzeichnis

Goethe: Faust (2. Teil) it 100
Goethe: Reineke Fuchs it 125
Goethe: West-östlicher Divan it 75
Hebel: Kalendergeschichten it 17
Heine: Buch der Lieder it 33
Hesse: Dank an Goethe it 129
Hesse: Kindheit des Zauberers it 67
Hesse: Leben und Werk im Bild it 36
Hesse: Pictors Verwandlungen it 122
Hillmann: ABC-Geschichten von Adam bis Zufall it 99
Hölderlin-Chronik it 83
Ricarda Huch: Der Dreißigjährige Krieg it 22/23
Jacobsen: Niels Lyhne it 44
Kant-Brevier it 61
Kaschnitz: Eisbären it 4
Kästner: Die Lerchenschule it 57
Kästner: Die Stundentrommel
vom heiligen Berg Athos it 56
Kästner: Griechische Inseln it 118
Kästner: Kreta it 117
Kästner: Ölberge, Weinberge it 55
Zum Kinderbuch it 92
Kinderheimat it 111
Kinder- und Hausmärchen gesammelt durch
die Brüder Grimm it 112/it 113/it 114
Klingemann: Nachtwachen von Bonaventura it 89
Kropotkin: Memoiren eines Revolutionärs it 21
Laclos: Schlimme Liebschaften it 12
Das große Lalula it 91
Das Buch der Liebe it 82
Linné: Lappländische Reise it 102
Lorca: Die dramatischen Dichtungen it 3
Majakowski: Werke I it 16 Werke II it 53 Werke III it 79
Märchen deutscher Dichter it 13
Maupassant: Pariser Abenteuer it 106
Michelangelo: Handzeichnungen und
Dichtungen it 147
Michelangelo: Leben und Werk it 148
Minnesinger it 88
Mirabeau: Der gelüftete Vorhang it 32
Mordillo: Das Giraffenbuch it 37
Mordillo: Das Giraffenbuch 2 it 71
Mordillo: Träumereien it 108
Morgenstern: Alle Galgenlieder it 6
Mörike: Die Historie von der schönen Lau it 72
Mozart: Briefe it 128